GW00871576

COLLECTION FOLIO

Romain Gary

Les clowns lyriques

Gallimard

© *Éditions Gallimard, 1979.*

Né en Russie en 1914, venu en France à l'âge de quatorze ans, Romain Gary a fait ses études secondaires à Nice et son droit à Paris.

Engagé dans l'aviation en 1938, il est instructeur de tir à l'Ecole de l'air de Salon. En juin 1940, il rejoint la France libre. Capitaine à l'escadrille Lorraine, il prend part à la bataille d'Angleterre et aux campagnes d'Afrique, d'Abyssinie, de Libye et de Normandie de 1940 à 1944. Il sera fait commandeur de la Légion d'honneur et Compagnon de la Libération. Il entre au ministère des Affaires étrangères en 1945 comme secrétaire et conseiller d'ambassade à Sofia, à Berne, puis à la Direction d'Europe au Quai d'Orsay. Porte-parole à l'O.N.U. de 1952 à 1956, il est ensuite nommé chargé d'affaires en Bolivie et consul général à Los Angeles. Quittant la carrière diplomatique en 1961, il parcourt le monde pendant dix ans pour les publications américaines et tourne comme auteur-réalisateur deux films, *Les oiseaux vont mourir au Pérou* (1968) et *Kill* (1972). Il a été marié à la comédienne Jean Seberg de 1962 à 1970.

Dès l'adolescence, la littérature va toujours tenir la première place dans la vie de Romain Gary. Pendant la guerre, entre deux missions, il écrivait *Education européenne* qui fut traduit en vingt-sept langues et obtint le prix des Critiques en 1945. *Les racines du ciel* reçoit le prix Goncourt en 1956. Son œuvre compte une trentaine de romans, essais et souvenirs.

Romain Gary s'est donné la mort le 2 décembre 1980. Quelques mois plus tard, on a révélé que Gary était aussi l'auteur des quatre romans signés Emile Ajar.

NOTE DE L'AUTEUR

La première esquisse de ce roman servit de prétexte à un film hollywoodien il y a plus de vingt ans. Le titre en était – Dieu sait pourquoi! – *L'Homme qui comprenait les femmes*, avec Henry Fonda et Leslie Caron dans les rôles du « couple idéal ». Le film n'avait aucun rapport avec mon scénario. Ce fut le début de mes nombreuses rencontres avec Hollywood, dont certaines hantent encore parfois mes nuits. Quant au roman que j'écrivais en même temps, il se ressentait de ce que Roger Martin du Gard appelait « la volonté de trop dire » et d'un excès d'indignation qui donnait souvent à ma voix des accents de requiem prémonitoire : on était cinq ans avant Budapest, seize ans avant Prague et vingt ans avant que le mot « goulag » vînt rejoindre, grâce à Soljénitsyne, celui d' « Auschwitz » dans le vocabulaire courant de notre civilisation.

La Mecque du cinéma a une longue et solide tradition de trahison dans ses rapports avec les œuvres dont elle prétend s'inspirer. On peut en dire autant des Mecque idéologiques qui trahissent, pervertissent et bafouent les idées dont elles se réclament. Le lecteur trouvera donc dans ces pages l'écho de mon expérience vécue de deux Hollywood : celui que j'ai connu comme romancier et scénariste, et l'autre, dont tout homme de ce temps ne cesse de subir les outrages.

J'espère qu'un jour quelqu'un fera une étude comparée de ces deux pôles du mythologique.

J'ai toujours voulu reprendre les thèmes et les personnages de quelques-uns de mes romans ou récits publiés au cours de ces années qui vont du blocus de Berlin à la guerre de Corée, et notamment *Les Couleurs du jour* et *Les oiseaux vont mourir au Pérou*, jusqu'à *La Tête coupable*. Je le fais aujourd'hui, à un moment où les conflits démentiels qui déchirent plus que jamais l'humanité font vivre nos nerfs et ce qui nous sert de raison dans un état de siège permanent. Il est permis de ne pas croire à l'inévitabilité de l'holocauste nucléaire, mais lorsque le Secrétaire général de l'O.T.A.N., M. Luns, nous annonce que l'U.R.S.S. tient six cents ogives atomiques braquées sur l'Europe occidentale et que la puissance destructrice de ces missiles est *trois cent soixante mille fois* plus forte que celle de la bombe d'Hiroshima, le moins qu'on puisse dire est qu'il ne reste plus grand-chose de ce que Verlaine évoquait il y a un siècle dans son « Mon Dieu, mon Dieu, la vie est là, simple et tranquille... ». Le personnage de Jacques Rainier, dans mon roman, est porteur de cette angoisse sous-jacente; celui de La Marne-Bebdern se jette à corps perdu dans la bouffonnerie, la parodie et la dérision pour tenter d'échapper à son aiguillon. Les rapports du comique avec l'anxiété sont connus depuis Bergson, Freud et Chaplin; après Buster Keaton, W.C. Fields, les Marx Brothers et bien d'autres, Woody Allen nous en donne aujourd'hui une exemplaire illustration. Le burlesque devient le dernier refuge de l'instinct de conservation.

Je tiens cependant à mettre en garde le lecteur peu familiarisé avec mon genre de drôlerie : je demeure entièrement fidèle aux aspirations que je moque et agresse dans mes livres afin de mieux en éprouver la constance et la solidité. Depuis que j'écris, l'ironie et l'humour ont toujours été pour moi une mise à l'essai de l'authenticité des valeurs, une épreuve par le feu à laquelle un croyant soumet sa foi essentielle, afin qu'elle en sorte plus souriante, plus sûre d'elle-même, plus souveraine.

R. G.

I

Par la baie vitrée du *Negresco*, Willie Bauché regardait le soleil et la mer célébrer midi dans un équilibre parfait, avec la tranquille assurance d'un couple de danseurs illustres sur une scène de province. Bien enlevé, pensa-t-il, en observant la pose en connaisseur. Dans la clarté qui le baignait, le visage d'Ann paraissait prêter sa lumière au jour plutôt que l'en recevoir et bouleversait Willie d'une manière indigne de son cynisme notoire et de sa réputation soigneusement entretenue de salaud intégral. Amoureux, amoureux tendrement, humblement, de cette façon bêlante et humide qui semble réclamer un pied à lécher, et cela malgré toutes les résolutions d'indifférence et de détachement, prises au comble de la tension nerveuse, entre trois et quatre heures du matin, alors qu'il ne lui restait presque plus d'ongles à ronger. Il s'efforçait encore de prétendre, devant les autres et devant lui-même, qu'il était uniquement l'imprésario d'une grande vedette, et qu'il avait simplement assuré cette situation par un contrat de mariage : un emploi de mari-maquereau après tout assez fréquent, à Hollywood comme ailleurs. Il essayait de se donner la comédie de croire qu'il ne tenait à Ann que par les quarante pour cent qu'il prélevait sur ses contrats. Il y avait même des moments où il regrettait de ne pouvoir aller jusqu'au bout et compter ses passes avec des dockers dans un hôtel borgne : une façon souveraine et dédaigneuse de se convaincre lui-même de son détachement. Le maquereau devenait pour lui un idéal d'invulnérabilité : une forme de stoïcisme. Mais Willie reconnaissait aussitôt dans ce phantasme de surhumain une sensibilité d'écorché vif, d'un bleu très tendre et très pur. Au début, lorsqu'il lui arrivait encore de prendre son beau-père au sérieux, il lui avait dit une fois que le premier homme, à l'aube de l'histoire, qui avait aimé une femme sans être aimé d'elle, avait déjà tenu la preuve de l'erreur monumentale qui s'était glissée dans « tout ce sale truc ». Il n'avait pas précisé ce qu'il entendait par « tout ce sale truc ». Mais Garantier n'avait pas besoin de précision. Il savait.

Willie avait trente-cinq ans, des yeux rieurs, des lèvres gourmandes et moqueuses et une fossette au menton qu'une moue savamment enfantine venait parfois creuser. Il était grand, large d'épaules et de torse – cela suggérait davantage une malformation que la force –, des boucles noires au-dessus d'un front admirable et ses traits fins rappelaient un peu la beauté des masques africains sur un visage de Blanc. Il se laissait pousser parfois une de ces petites moustaches que les perruquiers de Hollywood appellent françaises à cause de leur finesse et de leur précision. Il se prétendait originaire de La Nouvelle-Orléans, né dans les bayous d'une lointaine ascendance française et noire. Etudes à Jeanson-de-Sailly, à Oxford, troupes shakespeariennes d'Irlande et de Stratford-on-Avon, Hollywood... Depuis dix ans, on continuait à citer son premier film, dont il fut à la fois le réalisateur et l'interprète principal à l'âge de vingt-quatre ans et on ne cessait de discuter pour savoir si cette œuvre devait davantage à Willie ou à son scénariste, tout en reconnaissant qu'il s'agissait d'une création importante dans l'histoire du cinéma, ce qui n'empêcha pas son échec commercial. Son deuxième film fut interrompu en cours de tournage : l'explication de Willie était que « quelqu'un au studio s'était aperçu qu'il s'agissait d'une œuvre d'art ». En réalité, soucieux de prouver qu'il ne devait cette fois rien à personne, travaillant dans le « génie » et improvisant son scénario au jour le jour, Willie en était arrivé à un tel état de confusion et d'angoisse qu'il ne dessoûlait plus et ne savait plus ce qu'il faisait. Après quelques combinaisons de financements aussi rapidement élaborées qu'évanouies, il avait vécu aux dépens de son agent, prêté comme acteur aux studios pour des rôles qu'il méprisait, mais pourvu jusqu'à ses plus petits besoins. Weidmann le tenait sous contrat, lui donnait un salaire fixe de trois mille dollars par mois, le « vendait » aux studios pour soixante-quinze mille dollars par film et gardait la différence. C'était à l'époque la méthode pratiquée par tous les tsars de Hollywood : Zanuck, Selznick, Harry Cohn. Willie eut pour cette forme seigneuriale de proxénétisme une admiration instantanée et décida qu'elle irait bien avec son genre de beauté. Il observa attentivement les méthodes de Weidmann et se rendit vite compte que celui-ci jouait avec du velours : représentant les plus grands noms de Hollywood, il pouvait imposer ses vedettes et ses prix aux maisons de production, ou refuser leurs films. C'était une puissance banale, sortie de l'argent et qui y retournait. Il lui manquait un côté de mépris vengeur et de dérision que Willie se serait plu à mettre dans une entreprise de cette sorte : il lui manquait, en somme, un élément d'art. Willie perdit immédiatement tout intérêt pour Weidmann et se contenta de lui coûter le plus cher possible. Sa réputation avait survécu au désastre financier de ses films et se trouva même renforcée et, en quelque sorte, confirmée aux yeux de tous ceux qui, à force d'associer le talent avec l'incompréhension des foules, en sont venus à considérer l'art comme une forme de l'échec. Willie sut utiliser habilement son auréole de jeune prodige novateur victime du système pour « se placer », ainsi qu'il le disait, auprès de quelques gloires féminines de Hollywood bien établies, transformant avec beaucoup de délicatesse et de doigté ces amitiés tendres en de solides contrats d'exclusivité. Elles avaient, en général, dépassé la quarantaine et commençaient à éprouver une panique dont les vies d'Ava Gardner, de Judy Garland, de Heddy Lamarr, Veronica Lake, Rita Hayworth, de Joan Crawford et de tant d'autres ont été si tragiquement marquées. Willie savait les rassurer, en leur faisant apprécier comme il convenait la chance qu'elles avaient de s'être dégagées de la jeunesse, une saison, disait-il, ennemie de la profondeur par la bêtise de ses élans; elles allaient accéder enfin à l'authenticité, sortir de cette prison de fesses, de cuisses et de seins qui les avaient si longtemps empêchées de donner le meilleur d'elles-mêmes; avec le passage des ans, viendrait l'épanouissement de la maturité; la personnalité profonde, réelle de la comédienne se libérerait de la femme-objet, s'affirmerait, rayonnerait, la menant aux sommets – et il murmurait une ou deux fois le nom de Shakespeare, en leur tapant doucement la main. Willie crut avoir découvert ainsi sa personnalité véritable, ce qui est bien rare dans la vie, presque aussi rare que le génie. « Maquereau supérieur » – voilà qui sonnait haut et clair la mort de la sensibilité. Les efforts qu'il faisait pour justifier cette image de marque entièrement contraire à sa nature lui valaient de violentes crises d'asthme et d'urticaire. Il campait néanmoins de mieux en mieux son personnage de cynique endurci entièrement à l'abri des vagissements du cœur – le cœur, disait-il, cet éternel nouveau-né –, et avait même presque réussi à oublier l'enfant qu'il cachait si soigneusement aux yeux du monde et qui réclamait à hauts cris sa part d'amour et de merveilleux, lorsqu'un coup bas du destin le précipita en pleine authenticité.

II

Il avait rencontré Ann Garantier vers la fin de
la guerre, à une réception au centre de propagande
de la France Libre, dirigée à Hollywood par
Charles Boyer. Il se souvenait si clairement de
cette rencontre qu'il avait parfois l'impression
d'avoir constamment au fond des yeux une image
indélébile que ni le temps ni l'amertume de l'échec
n'étaient jamais parvenus à effacer.

Il était debout, penché sur les photos qu'il
dédicaçait, entouré de « ses » vedettes, souriant de
« son » sourire, lorsqu'elle vint tout droit à lui et ce
fut soudain comme s'il avait lui-même disparu.
Pendant qu'elle lui parlait – il sut plus tard qu'il
s'agissait d'une vente de charité –, tout ce qu'il
écouta fut le son de sa voix : c'était une voix un
peu rauque, un peu vide, où toute la place n'était
pas prise par la première banalité venue aux
lèvres. Elle ne se donnait pas entièrement au
premier venu, ne s'emplissait pas de n'importe
quoi et les mots ne la prenaient pas à leur guise;
elle demeurait toujours à demi cachée, voilée, dans
cette sorte d'attente, de retenue, qui est à la voix ce
que la pudeur est au corps; on s'imaginait volon-

tiers qu'elle gardait son accent caché et toute sa plénitude pour quelque chose ou quelqu'un, cri ou murmure, homme ou idée, on ne savait guère, mais dont on devinait comme la latente présence dans un curieux accent de nostalgie. C'était une de ces voix qui exaspère toujours le désir de possession, parce qu'elles font pressentir une profondeur dont chacun se plaît à imaginer qu'il est seul à pouvoir l'emplir. Il y avait aussi, par moments, ces quelques notes soudaines de gaieté et d'insouciance, comme le dernier écho des rires de l'enfance, qui ne manquent jamais d'éveiller chez les hommes ce fameux besoin de protéger et créent chez eux l'illusion de donner, alors qu'ils prennent, de défendre, alors qu'ils s'emparent seulement. Cet étrange appel que peut être parfois une voix de femme, un peu neutre, vacante, cet appel lointain qui nous vient comme d'un jardin abandonné, son irrésistible attrait est de nous donner l'envie de venir peupler cette solitude et l'on s'imagine volontiers que plus la solitude est grande et plus grande sera la place qui nous y sera faite. A l'époque, Ann avait vingt-deux ans; aujourd'hui, après huit ans de vie commune, sa voix n'avait changé que pour devenir plus absente encore, plus refusée, donnant ainsi à Willie, à chaque parole, la mesure de son échec, et il s'y ajoutait maintenant la torture quotidienne d'entendre cet appel lointain, cet écho d'un vide que seul un autre homme pouvait désormais combler. Dès le début de leur liaison, elle l'avait averti : leur union ne pouvait être qu'une amitié, elle entendait se consacrer entièrement à l'art, rien d'autre ne l'intéressait, et Willie approuvait gravement, résistant mal à l'envie d'embrasser la petite fille qu'elle était alors, avec son béret, ses

20

souliers plats et ses yeux si pleins de sérieux. Il avait mis à lui obtenir les premiers rôles et à l'imposer aux producteurs une passion et une habileté qui firent d'elle une vedette en moins de deux ans. Il l'avait en même temps liée à lui par des contrats inextricables, des chiffres, des signatures et des combinaisons d'affaires tellement élaborés que le mariage n'apparut finalement à Ann que comme une signature de plus sur un papier où, pour une fois, et à part la date, aucun chiffre ne figurait.

Ils vivaient ainsi depuis des années, souriant aux objectifs, le « couple idéal », les « éternels jeunes mariés » et le seul plaisir que Willie tirait de cette situation était de faire supporter à Ann cette publicité : c'était stipulé dans le contrat.

– Encore un peu de café, ma chérie? Nous avons le temps. Le défilé commence à trois heures.

– Merci.

Fille d'un professeur de français à l'université de New York, Ann avait fait des études à la Sorbonne, revenant aux Etats-Unis dès le début de la guerre. Son père était un homme raffiné, incapable de se faire à l'Amérique, qui était son pays, et à la France, où il avait vécu une partie de sa vie et qui l'avait toujours fait souffrir cruellement parce qu'elle n'était jamais à la hauteur de sa francophilie. Il avait passé la guerre dans son petit appartement de Manhattan, entouré de sa collection d'art abstrait, à s'interroger sur l'avenir de la culture : du point de vue idéologique, il ne voyait dans l'Occident que la forme suprême d'art pompier. Il avait une telle horreur du sang qu'il eût accepté plus volontiers d'apprendre la disparition de l'humanité entière que d'assister à une transfusion.

Une quantité incroyable de cactus de toutes dimensions envahissaient son appartement et montaient autour de lui une garde hérissée et vigilante. Il n'y avait sur les murs aucune tache un peu vive, un peu bruyante, les couleurs étaient neutres, les angles précis, coupés seulement parfois par la silhouette tourmentée d'un cactus, l'arabesque grise d'une toile de Hartung. Les meubles, modernes de cette façon sèche et géométrique qui les désincarne, eux aussi, et les fait ressembler à quelque trace de vie à la manière d'un squelette dans le désert, complétaient un cadre dont le but évident et recherché était d'exister à peine autour d'un homme qui faisait de son mieux pour limiter sa vie à son image spectrale, mille fois filtrée, débarrassée ainsi, sans doute, de tout ce qui peut atteindre ou blesser. Il y avait encore, dans un aquarium, quelques paysages assez lunaires, faits de sable et de rochers; il n'y avait pas de poisson ou, en tout cas, comme disait Willie, celui-ci n'était pas dans l'aquarium. Mais le cadre dans lequel s'écoule une existence ne signifie pas grand-chose : il révèle souvent un homme moins qu'il ne le cache.

Willie était allé voir son futur beau-père peu de jours avant le mariage, une sorte de visite de courtoisie, au cours de laquelle il fut d'ailleurs constamment question d'autre chose, Garantier regrettant amèrement les bassesses auxquelles était descendu l'art cinématographique, qui attachait, selon lui, trop d'importance aux êtres de chair et de sang et pas assez au monde des formes.

— Tout cela, au fond, est la faute de Shakespeare, qui a lâché les instincts dans la littérature comme des juments et des étalons en rut : ils n'ont jamais, depuis, cessé leurs ébats. Remarquez, je ne suis pas l'ennemi de la nature. J'apprécie beaucoup les fleurs, par exemple, celles surtout qui ont une forme étrange, comme un signe, mais ni trop de couleurs, ni trop de senteur. Notre sensibilité paie aujourd'hui pour nos crimes, et nos crimes s'appellent Rubens, Shakespeare, et cette horreur, Rabelais. Cet art de viande crue, de lyrisme bestial, a ébranlé les sensibilités d'une manière qui a trouvé dans le nazisme son aboutissement normal. J'abomine Shakespeare, particulièrement, pour avoir déversé dans la poésie des torrents de foutre lyrique... Foutre, répéta-t-il, voyant que Willie ne comprenait pas, et dans la bouche de ce monsieur délicat, sec et impeccable, ce mot sonna avec une amertume et un mépris immenses, peut-être à cause de la correction précise de la prononciation.

— Fou-tre, insista-t-il, ce mot signifie en français, vous ne l'ignorez pas, la semence de l'homme.

Il regardait Willie de ses yeux noirs et tristes, debout à côté d'un cactus tordu.

Avant de partir, Willie fit une rapide allusion au mariage, bien qu'il sentît, assez curieusement, que ce ne fût ni le moment, ni l'endroit. Garantier regarda de côté d'un air ennuyé.

— Ma fille aussi fait du théâtre, dit-il. Vous trouverez peut-être dans... enfin, dans la forme présente de cet art, quelque satisfaction commune. Je vous souhaite beaucoup de bonheur, dit-il, sans transition.

Il se gratta légèrement la moustache, du bout du doigt, et accompagna poliment son futur gendre à la porte.

— Vous m'excuserez si je n'assiste pas au

mariage. Je pars demain pour une tournée de conférences en Floride. Eh bien, eh bien... Voilà. J'ai été heureux de vous rencontrer... J'espère que vous trouverez dans l'art, tous les deux, des satisfactions suffisantes et... comment dirai-je? la justification de votre union.

Comme cadeau de mariage, il leur envoya un de ses dessins, une sorte de virgule grise seule sur un fond blanc, qui pouvait être aussi bien l'idée qu'il se faisait de sa vie. Il n'avait pas tort, pensa Willie, réfugié derrière sa moue ironique, derrière ses fossettes capricieuses d'enfant gâté, il n'avait pas tort, car la solitude n'est pas de vivre seul, mais d'aimer seul : ne jamais rencontrer celle qui ne vous aimera jamais, voilà peut-être la définition la plus juste du bonheur humain. Dans les rapports d'homme à femme où la pitié tue à coup sûr ce qu'elle essaie de sauver, il ne pouvait espérer d'Ann qu'un peu de haine, mais elle n'avait même pas envers lui cet élan de passion qu'il faut pour haïr. Willie éprouvait d'ailleurs à sentir à ses côtés, d'année en année, cette autre solitude de plus en plus désespérée, de plus en plus grande, un âcre et fugitif sentiment de bonheur : ils avaient ainsi, malgré tout, quelque chose en commun. Il acceptait de se contenter de cela. Mais cela aussi, il pouvait le perdre et Ann pouvait s'évader même de leur communion dans la solitude : il suffirait d'une rencontre, d'une soirée chez des amis, d'une porte ouverte : Willie se sentait entièrement à la merci du hasard et il regardait les hommes autour de lui avec une rancune anticipée, sachant fort bien qu'ils lui préparaient un sale coup. Il essayait donc toujours d'être le premier à leur marcher sur la figure, ce qui n'était qu'une juste vengeance

24

anticipatoire, mais ne faisait qu'augmenter le nombre de ses ennemis. L'idée qu'un amour comme le sien pût demeurer sans réponse lui paraissait justifier à l'avance toutes les bassesses qu'il pouvait commettre. Une telle injustice de la part de la vie, une telle cruauté étaient une incitation au cynisme. Tout ce qu'il pouvait faire aux autres n'était rien à côté de ce qu'on lui faisait. Aimer passionnément une femme et sans en être aimé, voilà qui prouve que le destin est un pitre qui ne mérite pas autre chose qu'une tarte à la crème. Dans ses moments d'authenticité – il avait de ces défaillances – il arrivait même à Willie de penser que ce sera finalement dans une tarte à la crème que l'on retrouvera un jour, intacte, indélébile, l'empreinte de la figure humaine.

III

Le défilé se faisait attendre. Il y avait bien quelques masques qui passaient, les inévitables arlequins, charlots et pierrots d'usage, et même un Staline hilare, bras dessus, bras dessous avec un Oncle Sam étoilé, mais il ne fallait pas compter sur le carnaval de Nice pour donner à vos états d'âme les gueules qu'ils méritaient.

Les nez collés aux vitres, les clients du *Pedro's* guettaient l'apparition des chars, cependant que les haut-parleurs braillaient l'air officiel du carnaval, *oui oui ça sera beau, ça sera bon, ça sera chaud, ça sera bleu, ça sera rose!* et Rainier pensa à un autre refrain, celui de son mitrailleur Despiau, tué au cours d'une mission en rase-mottes en Normandie autour de Sainte-Mère-Eglise : « *Je crois qu'après la guerre l'U.R.S.S. va évoluer vers un socialisme à visage humain, que les Etats-Unis s'achemineront dans le même sens par une évolution inverse, et le lieu de rencontre sera la plus belle civilisation que le monde ait connue.* »

— Pedro, encore une fois la même chose.

— Et une cerise pour moi, dit La Marne.

Despiau s'en était tiré à bon compte : il avait été abattu en 1944, en plein ciel d'espoir. Depuis, la guerre froide avait commencé par le blocus de Berlin, où Staline avait tenté de saisir l'Amérique par les couilles, et continuait à présent par l'invasion de la Corée, où les troupes des Nations unies essayaient d'arrêter le massacreur installé sur le trône d'Ivan le Terrible.

Rainier avait eu du mal à se faire accepter comme volontaire : il lui manquait un bras. Mais la présence de cet ancien de la guerre d'Espagne, combattant de la Résistance, Compagnon de la Libération, avait une valeur symbolique que l'on ne pouvait négliger. On l'avait donc accepté à titre légendaire. Il devait rejoindre le bataillon français des Nations unies par le prochain bateau, qui quittait Marseille dans dix jours. En attendant, il était accoudé au bar, avec La Marne, qui partait avec lui – nullement par conviction, précisait-il, mais pour suivre un copain. Ils étaient descendus à Nice, pour se mêler fraternellement aux bouffons du carnaval et pour dire adieu à Pedro, le patron, qui était en train de laver les verres de l'autre côté du comptoir. Pedro avait une tête de boxeur, un crâne à la fois chauve, rasé et grisonnant, qui ne correspondait guère à l'idée que l'on pouvait se faire d'un universitaire espagnol, ancien professeur d'anthropologie à l'université de Salamanque, en exil depuis la victoire de Franco. Rainier l'avait connu pendant la guerre civile. Pedro était déjà communiste à cette époque et il l'était toujours : il avait, en somme, beaucoup changé. Mais après tout, il ne s'agit pas de communisme, là-dedans. Il ne s'agit jamais de communisme nulle part. Il n'est jamais dans le coup, ni avec Staline, ni avec les pendaisons de Budapest ou de Prague. Le communisme est une idée. Elle est très belle. On n'a pas le droit de juger une idée sur ce qu'elle devient quand elle se concrétise. Elle n'est pas faite pour ça. Une idée se casse toujours la gueule quand elle touche terre. Elle se couvre toujours de merde et de sang quand elle dégringole de la tête aux mains. Une idée ne peut être jugée par aucun des crimes que l'on commet en son nom, elle ne saurait être trouvée dans aucun des modèles qu'elle inspire. Il y a une publicité dans le métro, pour je ne sais quel produit : *Je ris de me voir si belle dans ce miroir.* Mais une idée ne peut se refléter dans aucun miroir. On n'a pas le droit de juger le communisme d'après son image telle que la reflète le miroir russe : on ne voit que Staline.

Il vida son verre. Il est extrêmement difficile de rompre avec soi-même, c'est-à-dire de rompre avec le besoin de justice et de liberté pour les autres.

Il avait pourtant essayé. Après quinze ans de luttes politiques et de luttes tout court, du Palais de la Mutualité à l'Espagne, de la Ligue des Droits de l'Homme au maquis et de 1943 à 1945 à l'escadrille *Lorraine* en Angleterre, à la poursuite de son rêve humain et tendre, il avait sérieusement songé à entrer dans la police pour rompre avec lui-même. Mais il savait ce que cela aurait donné : il aurait essayé de faire une police « à visage humain », quelque chose de chevaleresque et de pur, pour le plus grand bonheur des assassins.

Il s'était alors retiré dans sa maison de Roquebrune, où il écrivit des livres pour enfants, répondant par un « non » catégorique à toutes les organisations qui essayaient de le récupérer, tous les comités, associations, partis, unions, mouvements, ligues, fronts, groupements et aussi aux appels des camarades de la Résistance engagés dans de nouveaux combats pour la même cause – la liberté – des camarades qui ne savaient vraiment pas vivre sans respirer.

Il attendait. Mais elle ne venait pas. Le village de Roquebrune était un peu isolé, il fallait faire un détour, savoir qu'il était là, le chercher délibérément. La vie est une rencontre, avait écrit le philosophe Martin Buber. Encore faut-il donner une chance à la rencontre, donner une chance à la chance. Une femme dont on ne sait rien, pas même si elle existe. La poursuite du bleu. Il arrivait à Rainier d'être hanté par l'idée que, pendant qu'il l'attendait à Roquebrune, elle le cherchait peut-être à Eze, à La Turbie ou à Nice. Il songeait même à faire un voyage au Mexique : un pressentiment...

Elle viendra ou ne viendra pas. Une rencontre – et justice est rendue. Un regard, et il n'y a plus de causes perdues. C'est très exactement ce que Lénine appelait une révolution, et s'il ne l'a jamais dit expressément, c'est uniquement par pudeur. Mais Lénine a su mettre tout ça dans son silence. Il a mis tout son génie à honorer l'amour de son silence formidable. Il a dédié silencieusement son œuvre à la tendresse du sein féminin, à la douceur des lèvres féminines, et ce qu'il n'a ainsi jamais dit de l'amour, de la féminité, avec toute sa puissance d'expression, finit par vous éblouir par son évidence... Cette absence qui monte de son œuvre est un des vides les plus significatifs qui ait jamais parlé d'amour à l'oreille des hommes et ce que Lénine ne dit ainsi jamais ne cessera jamais de toucher le cœur populaire. C'est son plus beau, son plus éloquent message.

Il rit. Attention! Encore un peu et on parlera de libertinage.

Ce que j'appelle le libertinage, c'est-à-dire le droit de mettre l'amour du couple au-dessus de tout – là où, par erreur, on met parfois le soleil. On dira que je lance ce qui reste de moi contre le déferlement du totalitaire pour défendre le libertinage, c'est-à-dire le droit pour chacun de nous de choisir son propre soleil et d'appeler le reste obscurité.

Il y a un paragraphe, dans la Constitution américaine, qui parle du droit, pour chaque homme, de poursuivre son propre bonheur. *Pursuit of happiness.* Effrayant, ça, comme responsabilité!

Une constitution écrasante et impitoyable : poursuite du bonheur, vous vous rendez compte?

Pourquoi pas les travaux forcés à perpétuité, pendant que vous y êtes?

– Ça va, les clowns? demanda Pedro.

– Ça va.

Il y avait une semaine que Rainier essayait de se rappeler le texte exact d'une citation de Gorki. *« Les clowns lyriques qui font leur numéro humanitaire dans l'arène du cirque capitaliste... »* Non. Ce n'était pas ça.

– C'est de Gorki...

– Quoi? Qu'est-ce qui est de Gorki? s'inquiéta La Marne, qui craignait toujours d'être pris en flagrant délit de défaillance culturelle.

– Les clowns lyriques. L'idéalisme bourgeois. Rien. Pedro, encore une fois la même chose.

– Vous allez arriver soûls en Corée, dit Pedro.

Rainier se tenait au bar, souriant d'un sourire un peu moqueur : l'ironie lui était depuis long-temps indispensable dans ses rapports avec lui-même. Sa manche gauche était enfoncée dans la poche de son veston. Il y avait vingt-cinq ans qu'il n'avait plus vingt ans. A vingt ans, il est encore permis de croire que l'amour est une façon de vivre. Mais il avait quarante-cinq ans. Il aurait dû avoir droit enfin à la maturité d'esprit, cette maturité tant vantée qui évoque irrésistiblement l'idée d'un fromage bien fait.

Et pourtant, il l'attendait encore. Il essayait de l'imaginer, avec l'aide de toutes les femmes qu'il avait connues. Car il arrive un moment dans la vie où toutes les femmes que l'on a rencontrées finissent par composer une image très claire de celle qui vous manque. C'est ce qu'elles vous laissent en partant. C'est la grâce qu'elles vous font. On finit par la voir très bien, d'esquisse en esquisse, et il ne lui manque plus qu'une chose : se matérialiser. Je la reconnaîtrai immédiatement : elle avait tellement manqué aux autres! Et comment s'y tromper, après tant d'ébauches, après tant de visages contemplés tendrement avec reproche et cette question un peu inquiète qui ne manquait jamais de venir : « Qu'est-ce que j'ai fait? Pourquoi me regardes-tu ainsi? »

La Marne avait fini son eau-de-vie et contemplait la cerise au fond du verre.

Ils ne pouvaient rien l'un pour l'autre : ils étaient entre hommes. La seule femme qu'il y avait là était une grue, perchée sur un tabouret dans son nid de renard argenté. Une pute, pensa La Marne, c'est-à-dire, quelque chose de viril et de masculin. Il s'en détourna avec dégoût.

IV

 La Marne – de son vrai nom, qui sait? – était
petit, le teint olivâtre sous des cheveux très noirs et
soigneusement teints, qui tombaient sur ses joues
comme deux ailes de corbeau entrouvertes; son
visage avait une sorte de joliesse sud-américaine,
on disait autrefois : rastaquouère. Il était en réalité
d'origine polonaise, fils d'un tailleur de Lodz. Il
avait aussi des cils très longs et palpitants et des
yeux de biche, bruns et doux, avec ce côté bon-
à-toucher qu'il est plus agréable de rencontrer
dans un gant de bonne qualité que dans un regard
d'homme. Il avait passé cinq ans à la Légion
étrangère – une tentative de désensibilisation – et
était probablement le seul homme dans l'histoire
de la Légion à être devenu sergent-chef avec ce
regard-là. Après, il s'était fait naturaliser français,
et s'établit en France, mais demeura néanmoins
francophile. Lorsqu'il était enfant et que ses camarades polonais le traitaient de youpin et le ros-
saient, il ne leur en voulait pas, parce qu'ils
n'étaient pas français. C'étaient de pauvres petits
barbares. Il arrivait aussi à ses camarades de se
moquer de lui en lui disant que les Français

avaient été battus par les Allemands en 1870. La
Marne se jetait sur ces menteurs le bâton à la main
et se cachait ensuite pour pleurer, si bien que son
vieux maître d'école, qui comprenait très bien de
quoi il s'agissait, n'avait jamais osé faire devant lui
la leçon sur la guerre de 1870. On enseignait alors
la France, la révolution, les droits de l'homme,
liberté, égalité, fraternité, dans les ghettos, pour
apprendre aux enfants à respirer, et il se trouve
que La Marne fut particulièrement sensible à ces
exercices respiratoires.

En France, sa vie se serait sans doute écoulée
tout doucement entre les revues du 14-Juillet et les
réunions pour les Droits de l'Homme à la Mutualité, s'il n'y avait pas eu la guerre. Juin 1940 le
transforma en loque, mais il s'accrochait encore, il
croyait que *c'étaient seulement les tanks*. Ce fut l'étoile
jaune, le commissariat aux Affaires juives et la rafle
du Vel' d'Hiv' par la police française en uniforme
français qui l'achevèrent. C'était normal : il avait
commencé par apprendre la France dans un livre
et, pendant longtemps, il l'avait seulement entendue de loin, comme un son du cor au fond des
bois. Même naturalisé, même vivant à Paris, il
continuait encore à l'entendre. Mais le son s'était
brusquement arrêté. Il ne comprenait plus. Il
scrutait le visage des Français garantis d'origine, et
eux aussi, ils semblaient ne plus rien entendre,
mais on ne pouvait être sûr, le son continuait
peut-être à s'élever en eux, à l'intérieur, il ne savait
pas. Il était complètement désorienté. Il passa les
premiers mois après la défaite à adorer le maréchal
Pétain et à maudire les Anglais à cause de Mers
el-Kébir. Il ne comprit vraiment que lorsqu'il se
trouva à Drancy, en attendant la déportation.

Alors là, il comprit. Il s'évada, se procura de faux papiers et fit du marché noir à Marseille. Mais il n'arrivait pas à se désintoxiquer. Il entendait à nouveau le son du cor au fond des bois : il venait de la radio de Londres et s'appelait de Gaulle. Il fit une nouvelle crise de francophilie et courut se joindre au maquis de Savoie. Il se faisait appeler La Marne.

— Pedro, encore un son du cor au fond des bois. Avec de la glace.

— Vous allez arriver soûls en Corée, dit Pedro.

— Et comment veux-tu qu'on y arrive autrement?

L'attitude de La Marne devant la vie était devenue celle d'une parodie incessante : il essayait de désamorcer ça, avant que ça n'arrive sur lui. Il n'était pas capable de dire ce qu'il entendait par *ça*, au juste. L'humour et la bouffonnerie n'ont jamais eu d'autre raison d'être que cette volonté d'amortir les chocs mais, poussés au-delà du minimum vital nécessaire, ils finissent par devenir une véritable danse sacrée d'écorché vif, et c'est ainsi que La Marne s'était peu à peu transformé en un véritable derviche tourneur.

La première entrevue que Rainier avait eue avec son futur ami s'était déroulée au lendemain de la Libération. Rainier assumait alors des fonctions éphémères au ministère de l'Intérieur : c'était l'heure douloureuse où l'unité forgée sous la Résistance commençait à voler en éclats et il s'efforçait de freiner les affrontements et les divisions qui s'accéléraient à vue d'œil. Son premier souci avait été d'examiner les dossiers du personnel placé sous ses ordres. Il fit convoquer La Marne.

— J'ai jeté un coup d'œil à votre dossier.

La Marne attendait, dans un garde-à-vous très militaire et trop appuyé.

– J'y ai trouvé votre condamnation pour outrage public à la pudeur.

Le visage de La Marne afficha un air de satisfaction.

– C'est exact.

– Je vais être obligé de demander votre dégagement des cadres.

– Je n'ai jamais fait que mon devoir.

– A cette occasion aussi?

– Parfaitement, monsieur le Directeur. C'était une heure abominable, la France était tombée aux mains des monstres et j'ai eu un accès de... de solidarité. Je voulus marquer le coup, m'écrouler, moi aussi. Je voulus assumer d'une manière tangible l'apocalypse, la chute...

– La petite avait quatorze ans.

– Mes valeurs morales s'étaient brusquement écroulées avec tout le reste.

– Est-ce qu'elles se sont relevées depuis?

La Marne fit palpiter ses longs cils et lança à Rainier un regard de reproche. Mais Rainier ne connaissait pas encore ce clown lyrique et il ne comprit rien à cet appel muet qui l'invitait à descendre dans l'arène pour y jouer avec lui.

– Mon geste fut à l'origine hautement symbolique et désintéressé, dit La Marne. Mais il s'est révélé fort utile par la suite. C'est ainsi que j'ai pu entrer à la brigade des mœurs.

Il lança à Rainier un nouveau regard – mais rien ne venait. Il soupira, se passa la main dans sa chevelure d'un geste de virtuose – un Paganini du cheveu.

– Voyez-vous, monsieur le Directeur, avec ce

petit accroc dans mon dossier, je donne prise. Je présente des garanties au pouvoir qui m'emploie : on sait par où je pèche. On me tient. On sait que je n'ai rien à refuser, on peut compter entièrement sur moi.

Rainier commença à comprendre : il avait une grande habitude de tout ce qui peut servir à défendre une sensibilité meurtrie.

La Marne se tenait au garde-à-vous, le petit doigt sur la couture du pantalon, essayant de se faire comprendre de l'homme qui le regardait attentivement et qui avait perdu un bras pour la jus... pour la fra... pour la Fra... pour l'impronon-çable. Il lui donnait le *la* : Rainier n'avait qu'à accorder son violon. Il émettait des messages brouillés par l'humour, dans l'espoir d'être compris par quelqu'un dont la sensibilité aurait la même longueur d'onde.

Mais Rainier comprit vraiment jusqu'où peut aller un homme dans sa dérision lorsqu'il apparut à l'enquête que la condamnation qui figurait au dossier de La Marne était un faux qu'il avait fabriqué lui-même.

La Marne fut éliminé des services de l'Intérieur pour troubles nerveux, et Rainier démissionna peu après. Ils devinrent alors inséparables.

— Pedro, j'ai demandé encore un son du cor au fond des bois. Bien tassé.

— C'est dégueulasse, ce que vous faites.

— Quoi?

— La Corée.

— Vive Staline!

— Les hommes passent, les idées demeurent. Vous savez ce qui vous manque? La France Libre. Alors, c'est n'importe quoi. La Corée, les croisades.

Tu sais ce que tu devrais faire, Rainier? Tu devrais aller au Mexique, fonder la France Libre. Il ne faut pas croire que de Gaulle n'aura servi à rien. La prochaine fois, ce sera à qui sautera le premier sur le micro.

– J'y pense.

– Allez fonder la vraie France quelque part au fond de la forêt tropicale. Vous pourrez alors l'avoir à vous, vierge et pure. Le trésor de la sierra Madre.

– Le socialisme à visage humain, dit La Marne. Rêve d'amour.

– Le fasciste aussi peut rêver d'amour.

– Je te parle d'amour, pas de cul, dit Rainier.

– Non mais dites donc! protesta la pute.

– On parle pas de vous, la rassura La Marne. Chez vous, c'est pas idéologique.

Un groupe de touristes manifestement anglais entra et se disposa autour d'une table. Ils étaient une dizaine et auraient pu légitimement occuper deux ou trois tables : sans doute, l'habitude de l'austérité, pensa La Marne. Ils nous ont poignardés dans le dos à Mers el-Kébir. Rainier ne pouvait réprimer un élan de sympathie chaque fois qu'il voyait un Anglais, à cause de la R.A.F. et de la bataille d'Angleterre. Il pensait tout de suite à Richard Hillary, à Guy Gibson, à ses camarades d'escadrille qu'il avait vus partir à l'aube, avec leurs pull-overs blancs et leurs écharpes au cou, et il les avait vus parfois éclater dans le ciel à côté de lui comme des soleils instantanés. Il lui suffisait pour qu'il y pensât de n'importe quelle andouille de Manchester, debout sur ses pattes de derrière.

– René Mouchotte, Martell, Guedj, compagnons de la Libération, murmura Rainier.

– Belmonte, Manolete, Dominguin, contre-atta-
qua La Marne.

– Ils vont justement donner une corrida aux
arènes de Cimiez, dit la fille.

– Dommage qu'elle soit une prostituée, grommela La Marne.

– Dites donc, vous! hurla la fille. Faites attention à qui vous parlez.

– Excusez-moi, mademoiselle, l'implora La Marne.
Je ne pensais pas du tout à vous, je vous assure. Je
pensais à l'humanité en général.

– Alors, ça va, dit la fille.

– On prend encore quelque chose? proposa
La Marne.

– La même chose, dit Rainier. Toujours. Jusqu'au dernier souffle.

– Pedro, dit La Marne. Encore un Bourbon-
Parme et un d'Orléans-Bragance. Puisqu'on est en
pleine noblesse, de toute façon.

Pedro remplit les verres.

– Le cortège! cria quelqu'un.

Tout le monde se leva.

V

Un croiseur traversait lentement la baie, se dirigeant vers l'Italie; les deux bras de l'horizon semblaient le tenir dans un tablier bleu; une colonne de mouettes montait du rivage, à la fois immobile et animée; derrière la vitre, un moineau avait l'air, dans ce cadre grandiose, d'une négligence, d'un simple oubli : Ann lui sourit. Naturellement, pensa Willie, avec rage. La grande vedette et le petit moineau. Il s'était mis à détester ces signes millénaires, tout ce qui était aussi vrai qu'un champ de blé, un pommier en fleur, un couple d'amoureux; ils semblaient rassurer Ann, comme s'ils témoignaient de quelque présence, de quelque promesse essentielle – et il n'était pas difficile de deviner de quoi il s'agissait. S'il avait demandé à Garantier de les accompagner dans ce voyage, c'était parce que son beau-père ne manquait jamais de murmurer son dégoût de tous ces clins d'œil racoleurs, de toutes ces « crudités »; il est temps, disait-il, d'en finir avec ce sentimentalisme de carte postale, de demander à la nature autre chose qu'un perpétuel bruit de castagnettes, un perpétuel tralala. Mais Ann était depuis longtemps habituée à interpréter le langage de son père : il n'était plus capable que de parler à l'envers, se plaçant toujours à l'opposé de lui-même, pour exprimer le contraire de ce qu'il ressentait vraiment, ce qui était, depuis vingt-cinq ans, sa façon de hurler avec discrétion. A force de le déchiffrer, elle avait fini par se composer une sorte de dictionnaire personnel des équivalences. Lorsqu'il parlait d'un paysage qui avait « toute la banalité d'une carte postale », elle savait qu'il avait vu un paysage qui l'avait fait rêver; lorsqu'il parlait d'une littérature de « viande crue », il s'agissait de l'amour; une « femme vraiment primaire » était une femme qui lui avait fait des confidences sentimentales et l'avait ému; l' « art des cavernes » était un art qui composait harmonieusement le monde au lieu de le réduire en miettes, et un « intellectuel digne de ce nom » était toujours quelque estropié affectif comme lui-même, réfugié dans l'abstraction. C'est ainsi que Willie, qui avait compté sur Garantier pour détourner discrètement sa fille de tout ce qui était affectivité, « crudité » des sentiments, passions et attente, pour l'entraîner avec lui dans ces sphères supérieures de l'esprit où elle ne serait plus livrée à « tous les miaulements de l'instinct », se trouvait au contraire constamment en compagnie d'un homme dont chaque parole et jusqu'à la présence brisée paraissaient encourager Ann à ne pas désespérer, à attendre, comme s'il fût lui-même un témoignage vivant de la toute-puissance de l'amour. Willie n'était pas entièrement sûr de cette discrète complicité entre le père et la fille, mais ce soupçon suffisait à le mettre hors de lui, et il les observait à présent tous les deux, narquoisement, le cigare aux lèvres, avec cette moue amusée que l'on attendait de lui.

Il savait que, depuis qu'elle avait atteint la trentaine, il arrivait à Ann de s'affoler et de perdre courage. A des semaines d'isolement délibéré, lorsqu'elle ne voyait personne, dans son indignation, se sentant volée de son droit de femme, celui d'être accomplie enfin, tirée de l'ébauche, et non plus seulement jetée sur la terre comme une vague esquisse à peine créée et aussitôt abandonnée parmi d'autres, objets, visages, mots, villes, idées, tout cela vague, lointain et légèrement incongru – le monde au singulier était comme quelques notes hâtivement prises de quelque chose qui n'était pas encore là – à ces moments de doute et presque de désespoir, succédaient alors des réceptions et des invitations avidement acceptées dans la prémonition d'une rencontre. Elle en arrivait parfois au point qu'un nom nouveau, prononcé devant elle plusieurs fois, à des occasions différentes, éveillait chez Ann un émoi presque panique; elle y voyait un présage, un signe du destin, et attendait la rencontre avec une irritation contre elle-même dont l'étranger, lorsqu'on le lui présentait enfin, faisait les frais; le malheureux se demandait alors avec ébahissement pourquoi la célèbre Ann Garantier, avec laquelle il n'avait fait qu'échanger quelques propos insignifiants, lui avait manifesté aussitôt tant de mauvaise humeur et une aussi évidente antipathie.

Willie avait depuis longtemps compris ces mouvements d'espoir et de dépit dans le psychisme d'Ann et il en jouait avec art. Il lui arrivait ainsi de bâtir insidieusement un homme dans l'imagination de sa femme, parlant de lui du bout des lèvres, avec une affectation d'indifférence et de dédain qu'elle prenait pour un signe, ou avec une animosité qu'elle interprétait immédiatement à l'avantage de l'inconnu. Il prenait soin ou bien de le décrire sous un jour trop négatif pour qu'il pût ne pas forcer l'attention d'Ann, ou bien de lui attribuer des goûts, des traits de caractère et un genre d'existence qu'il affectait de mépriser, mais qui frappaient Ann par leur noblesse, créant ainsi, peu à peu, entre elle et l'étranger, quelque chose comme un secret commun – puis il laissait tomber la conversation, qu'il reprenait quelques jours plus tard, avec une froideur ou même une trace de sarcastique rancune qu'Ann attribuait aussitôt à un pressentiment de ce qui le menaçait. Il invitait ensuite la victime à la maison et savourait avec triomphe la mort du rêve sur le visage de sa femme, un sourire innocent aux lèvres, pour ne rien perdre, pas un regard, pas une trace de colère ou de découragement, espérant naïvement et sans y croire vraiment que de ces déceptions répétées viendrait un jour la résignation qu'il attendait.

Le seul résultat auquel il arrivait ainsi, en la voyant encore si romanesque, si jeune, si proche encore de l'émotion du premier bal, était de se sentir étreint par une intolérable tendresse, qu'il ne pouvait s'empêcher de lui manifester et dont elle refusait immédiatement les plus timides élans, se vengeant ainsi un peu cruellement de sa déception, si bien que toutes ces savantes manœuvres le laissaient encore plus dépité et plus meurtri qu'elle. Il continuait cependant son jeu, moins pour la faire souffrir que pour lui prouver l'impossibilité de ce qu'elle attendait. Il lui présentait souvent des hommes intelligents et spirituels, mais dont il connaissait les limites, sachant qu'ils n'étaient pas capables de sortir ni de leur intelligence, ni de leur esprit et qu'ils faisaient ainsi de leur personnalité une véritable profession, ce qui était encore une façon de manquer de personnalité. Il était toujours là pour jouir ensuite du malentendu, écoutant ces spécialistes déployer toutes les ressources de leur art de plaire pour séduire sa femme, et il leur donnait parfois, modestement, la réplique, pour les faire briller davantage. Il regrettait qu'elle n'eût pas d'aventures; en s'ajoutant les unes aux autres, la somme d'erreurs et de recherches vaines eût fini peut-être par la lui assurer.

Il était allé, en somme, aussi loin que possible dans le chemin de l'humilité.

Mais en vain.

Et ni l'un ni l'autre n'arrivaient à se résigner.

Ann vivait dans une attente que ses rares moments de doute et de découragement ne faisaient que rendre plus évidente aux yeux de Willie et il lui suffisait parfois de lire, dans le regard de sa femme, ou dans son sourire, cette espèce de certitude qui l'habitait, pour qu'il se mît à étouffer ou que son corps se couvrît de démangeaisons : les plus grands spécialistes de l'allergie essayaient en vain de découvrir la substance à laquelle il était sensible, lui injectant toutes les cochonneries qu'ils pouvaient imaginer, depuis les poils de chats et ceux des brosses à dents, jusqu'au rouge à lèvres qu'Ann utilisait ou la crème dont elle se servait pour se démaquiller. Il vivait dans la peur constante de la perdre. Un homme pouvait se détacher à tout moment de la foule et la lui enlever, et une de ses phobies favorites était de se voir lui-même en instrument inconscient de la rencontre; il lui suffirait, peut-être, de dire : allons là, plutôt qu'ailleurs, entrons dans ce café, faisons ce voyage... Il se sentait continuellement exposé et avait trop l'habitude d'exploiter la vulnérabilité chez les autres pour s'attendre à être épargné : dans ces rapports personnels que chacun s'imagine avoir avec le destin, il se sentait narquoisement visé. Dans ses états de crise, il n'osait plus ouvrir une porte, choisir un hôtel, retenir des places au théâtre parmi des inconnus.

C'est ainsi qu'à la veille de leur départ pour l'Europe il fut pris d'une véritable panique – et l'attribua aussitôt à un pressentiment.

Les contrats étaient signés, la publicité lancée, la place retenue dans les studios à Nice – il ne pouvait plus se dégager. Il s'agissait d'aller tourner en France deux grands films, l'un d'après Flaubert, l'autre d'après Stendhal. Il avait voulu tirer Ann de ses rôles habituels : leur banalité lui donnait de plus en plus l'horreur de son métier, ce qui faisait craindre à Willie la rupture du seul lien qui les unissait. Car il en était venu au point de croire sérieusement à la petite histoire qu'il avait racontée à tant de femmes avec cynisme : la création artistique était le substitut parfait de l'amour. Willie s'accrochait pitoyablement à cette idée. Il avait donc lancé lui-même le projet de tourner deux films en Europe et obtenu facilement des contrats. Mais au dernier moment, il perdit la tête. Nuit après nuit, il rôda dans son appartement d'hôtel à New York dans ses magnifiques pyjamas pourpres – la seule couleur qui réussissait à cacher quelque peu ses plaques d'eczéma – et son état d'angoisse devint tel qu'il eut à la fois l'eczéma, le rhume des foins et l'asthme, étouffant et éternuant au point qu'il ne lui restait plus de force pour se gratter. Il dut réveiller Garantier et se faire gratter par lui, avec une de ces brosses à poil très dur qu'il se faisait fabriquer spécialement.

La crise d'asthme devint si grave qu'ils furent contraints de retarder leur départ de huit jours. Willie essaya en vain de trouver une ruse légale pour annuler les contrats. Il ne comprenait pas, il ne comprenait absolument pas, comment il avait pu commettre une folie pareille. C'est toujours en Europe que ces choses-là arrivent, se répétait-il, inlassablement. C'est une entremetteuse. C'est la plus grande maquerelle qui ait jamais existé, l'Europe, voilà ce qu'elle est. Elle nous attend, en se frottant les mains, un sourire cochon étendu sur sa vieille gueule. Elle va faire rencontrer quelqu'un à Ann, et tout de suite. Ça ne va pas louper.

– Mais qu'est-ce que j'ai eu, enfin, qu'est-ce que j'ai eu? J'aurais dû pourtant savoir, je m'y connais, je suis moi-même un maquereau!

Il étouffait et éternuait, vautré sur le divan, écarlate et graisseux, pendant que son beau-père lui grattait le dos sans poser de questions : Garantier préférait encore les manifestations physiques de la réalité, même odieuses, à ses manifestations psychologiques ou – comble de l'horreur – sentimentales. Il grattait donc en silence.

Deux jours avant le départ du *Queen Elizabeth*, Willie se traîna jusqu'à sa voiture et se fit transporter au bureau de Beltch. Beltch était peut-être le seul homme que Willie admirât sincèrement et il se sentait en sa présence un tout petit garçon, sentiment qu'il s'efforçait de cacher de son mieux, mais que l'autre semblait avoir percé à jour. C'était un ancien « contractuel » d'Al Capone, de l'époque dorée du gangstérisme. Mais il y avait quinze ans qu'il s'était retiré des affaires douteuses pour devenir un des grands patrons de Las Vegas et un des financiers occultes des studios de Hollywood. Aux yeux de Willie c'était incontestablement un héros, un homme, en tout cas, qui avait su s'imposer une éthique, accorder son violon à la note basse que le monde lui donnait. C'était un petit Italien maigre avec un de ces visages flasques et luisants dont les traits, et particulièrement le nez, pendouillent toujours un peu; chauve, avec quelques cheveux brillantinés en oblique à travers le crâne, lequel avait ainsi, assez curieusement, un air édenté. Il reçut Willie avec une impatience indulgente, comme s'il sût d'avance que rien de ce que Willie avait à lui dire ne pouvait avoir ne serait-ce qu'une trace de sérieux.

— Alors, Willie, alors?

— Au diable, Beltch, laissez-moi souffler, je suis en pleine crise d'asthme, vous ne voyez pas?

— Bon, alors faites vite et allez vous coucher. Ce n'était pas la peine de venir dans cet état pour ne rien dire.

Willie se mouchait, cherchait l'air dans un effort désespéré et jetait à Beltch des regards de rancune.

— Vous vous embarquez pour l'Europe, Willie? Tous les journaux sont pleins de photos du couple le plus heureux du monde.

— Justement, haleta Willie. Après-demain. Je viens vous demander quelqu'un. Un garde du corps. Vous vous souvenez, je vous en ai déjà parlé une fois.

Beltch avait déjà engagé un doigt dans la narine,

mais il se rattrapa adroitement et se contenta
de serrer fortement le bout de son nez.

– Je ne vous ai plus vu depuis un an, dit-il,
alors...

– C'est toujours la même chose, vous voyez, dit
Willie, piteusement.

– Je vois, dit Beltch, avec sympathie. Mais un
jour, ils vont guérir ça, vous allez voir. Ils y
arriveront, ne vous découragez pas.

– Je ne parle pas de ça, dit Willie. Je parle de
ma femme.

– Ils ont déjà trouvé ce machin, vous savez, les
antihistaminiques et ils vont trouver le reste aussi.
J'ai lu ça dans le *Reader's Digest*. Ils vont vous
guérir. J'en suis sûr. Il paraît que le quart de la
population des Etats-Unis est touchée par l'allergie. Vous vous rendez compte de ce que ça fait,
comme heures de travail perdues? Mais ils vont
trouver. En attendant, laissez papa vous mettre
dans votre voiture et vous faire ramener chez vous.
Une bonne bouillotte...

– J'ai besoin d'un type, Beltch, dit Willie. Particulièrement en Europe. Quelqu'un de sérieux, qui
protégerait ma femme contre les... contre les mauvaises rencontres.

– Contre les hommes, vous voulez dire.

– Un garde du corps. Comment s'appelle-t-il
déjà ce garçon dont on a parlé à propos de vous?
Soprano?

– Allons, allons, Willie, dit Beltch. Laissez ces
histoires-là à la télévision.

– Beltch, nous allons passer quelque temps en
Europe, Ann et moi. Deux films, peut-être trois.
J'ai peur. C'est une vieille maquerelle, l'Europe.

– Et alors? Vous vous entendrez très bien.

– Oh, ça va. Il me faut quelqu'un pour éviter à ma femme les mauvaises rencontres.

– Je sais que vous êtes jeune, Willie, mais je suis sûr que vous pouvez encore apprendre à la vieille Europe un ou deux trucs sur le métier.

– Beltch, écoutez, c'est sérieux. Je défends mon fric, voilà tout. Vous savez déjà que, chaque fois que nos grandes vedettes mettent le pied en Europe, c'est foutu. Elles trouvent toujours quelqu'un, là-bas, et il n'y a plus le moyen de les faire revenir en Amérique. Regardez Ingrid Bergman, avec Rossellini... Hollywood ne lui a jamais pardonné, les ligues de moralité lui sont tombées dessus et les studios n'en veulent plus. Je ne veux pas courir ce risque-là, voilà tout. Il y a quelque chose en Europe, qui les prend... Enfin, je ne sais pas où ça les prend. Mais ça leur fait perdre la boule. Et on va en France et en Italie. C'est là que généralement ça se produit. Ce sont deux entremetteuses et n'importe quelle cochonnerie peut y arriver. L'Italie et la France n'ont fait que ça toute leur vie. L'une ou l'autre me fera un sale coup, je le sens.

– N'y allez pas, dit Beltch.

– Oui, eh bien, je n'y peux rien, à présent. C'est fait. Tout le monde peut faire une connerie dans sa vie.

Beltch se pinçait malicieusement le bout du nez.

– Alors, que voulez-vous que je fasse exactement? Que je dise à un gars de faire disparaître l'Europe discrètement, une nuit? Entendu. Comptez sur le vieux Beltch.

– Je ne rigole pas. Vous voyez bien la tête que je fais. Je ne me sentirai pas une minute en sécurité là-bas. Et ne vous y trompez pas : c'est une question d'argent, de beaucoup d'argent. Si Ann reste en Europe, je suis foutu. Liquidé. Financièrement, je veux dire.

— Vous touchez combien sur elle?

— Quarante pour cent, dit Willie. Mais il n'y a pas que ça. Les producteurs ne me ménagent qu'à cause d'elle, sans ça, il y a longtemps que...

Il lutta avec l'air, la bouche ouverte.

— Grâce à elle, je pourrai peut-être convaincre le studio de me laisser enfin les mains libres pour un sujet que j'ai en tête. Ils me doivent bien ça. C'est une question d'art aussi, vous voyez.

— Allez vous coucher, dit Beltch, gentiment.

— Vous ne connaissez personne?

— Vous êtes amoureux de votre femme et c'est très bien. Faites-lui des enfants. J'en ai cinq moi-même. Ça fait du bien. En tout cas, ne venez pas me raconter des histoires. L'argent et les filles, vous vous en foutez un peu. Vous tenez à votre femme et vous avez peur de la perdre et alors, vous venez me faire ici du cinéma.

— Parole d'honneur, dit Willie, plaintivement. Je ne mens pas. Le studio est aussi inquiet que moi. Ils ont été déjà échaudés plusieurs fois, avec l'Europe. Ils m'ont demandé d'ouvrir l'œil. Je ne dis pas qu'ils m'ont demandé plus. Mais j'ai quand même le droit d'emmener un garde du corps, non? Rien que pour nous protéger des admirateurs, de la cohue. Nous sommes après tout des gens célèbres dans le monde entier. Vous avez dit comment, déjà... Soprano?

— Je n'ai rien dit du tout.

Beltch haussa les épaules.

— Il a été déporté en Sicile, si vous tenez à le

savoir. Il était dans le même cas que Lucky Luciano. Déporté dans son pays d'origine. Il doit ronfler sous les oliviers, à l'heure qu'il est. Sans un sou, probablement.

— Vous ne pourriez pas lui faire un petit signe? dit Willie. Après tout, on sera sur la Riviera française, c'est à deux pas... Non, écoutez, Beltch, qu'est-ce que ça peut vous faire, du moment que c'est à cinq mille miles d'ici? Il n'a qu'à rester tranquillement dans un hôtel à attendre. Ce sera entièrement à mes frais. Il n'aura qu'à se la couler douce. Il n'aura même pas besoin de venir me voir. Il n'aura qu'à être là sous la main, pendant quatre mois. Il peut même emmener sa vieille mère, s'il en a une. Tous frais payés. Il suffit que je sache qu'il est là, je me sentirai déjà plus tranquille. Et il y a neuf chances sur dix qu'on n'aura pas besoin de lui. Il ne se produira rien. Ann n'est pas comme les autres, elle a la tête sur les épaules.

Il se sentait déjà mieux. Il respirait plus librement et se grattait moins.

— Il ne se passera rien. C'est tout simplement pour avoir la paix de l'esprit. Je saurais que si un type devenait vraiment gênant, je n'aurais qu'à faire un petit signe et...

Il fit claquer ses doigts.

— Vous êtes un bébé, dit Beltch. Vous auriez dû être un enfant prodige.

— J'ai fait aussi vite que j'ai pu, dit Willie, avec coquetterie.

— Je ne sais pas du tout pourquoi je le fais, dit Beltch, mais j'ai toujours eu un faible pour les putes.

– Je suis comme vous, dit Willie. Je n'ai jamais su me résister.

Beltch griffonna quelques mots sur une feuille de papier.

– Voilà, dit-il, en tendant la feuille à Willie. Ecrivez-lui le nom de la banque et le montant que vous mettrez à son compte, au début de chaque mois. Il viendra sûrement le dépenser. Mettez cette feuille de papier dans votre poche et n'y pensez plus. Du moment que ça vous fait du bien... Je ne vous raccompagne pas à la voiture, je vois que vous n'en avez plus besoin. Vous avez l'air léger comme un pinson. Et j'irai peut-être faire un tour en Europe moi-même, un jour, après ce que vous m'en avez dit. Maintenant que les enfants sont grands, je ne serais pas mécontent de rencontrer quelqu'un, moi aussi! Ça m'a beaucoup intéressé, ce que vous m'avez raconté là-dessus.

Willie était sorti de là en sifflotant. Il avait écrit en Sicile et n'avait reçu aucune réponse. La seule chose qu'il savait était que le compte en banque qu'il avait ouvert à Nice au nom de Soprano se vidait régulièrement chaque mois. Cela avait suffi pour lui donner, pendant toute la durée de leur séjour sur la Côte d'Azur, un certain sentiment d'aisance à l'égard d'Ann, une sorte de paternelle et un peu ironique supériorité. Il y avait quelque part, autour d'eux, un homme qui veillait sur le bonheur et la légende – cela revenait au même – du « couple idéal », et il arrivait à Willie de chercher, à la sortie de l'hôtel, alors qu'Ann signait des autographes, une silhouette, un visage – quelqu'un à qui il aurait confié le rôle de Soprano. Mais il n'avait jamais vu personne qui lui aurait paru digne de George Raft, dans *Scarface*, ou de

53

Jack Palance, dans *Adieu Rio*. Il ne fallait pas trop demander à la réalité. Et à présent, il n'avait plus rien à craindre. Ils prenaient l'avion le lendemain. Il avait hâte de ramener Ann à Hollywood, de la replacer dans un milieu qu'elle connaissait suffisamment pour ne plus rien attendre de lui. Hollywood était vraiment l'endroit idéal pour ne rencontrer personne, pensa-t-il, avec reconnaissance. Willie eut un brusque sentiment de triomphe et de puissance et eut de la peine à ne pas se frapper la poitrine des poings, comme un gorille : l'impression de dominer entièrement la situation. Mais cela ne dura qu'un instant. Un regard au visage d'Ann et le gorille devint Mickey Mouse et se roula en boule dans un coin la queue entre les jambes et le cœur lourd.

Elle était si belle... Il n'y avait pas trace de rides sur son visage. Il fallait encore attendre longtemps pour que ce soit fini, pour que l'âge vînt la mettre à l'abri d'une rencontre par la grâce de cette cinquantaine où les robes, le linge et les bas d'une femme commencent à vieillir mystérieusement aux yeux de son amant et où il lui faut s'accrocher à elle de tout son amour pour ne pas la fuir. Il lui restait encore six ou sept ans de jeunesse, ensuite six ou sept de beauté, après quoi son visage sera seulement une vague ressemblance et un souvenir de lui-même; il ne sera plus qu'une trace de quelque chose qui fut, éveillant dans l'esprit d'hommes jeunes cette sensation de rendez-vous manqué qui leur fait croire à quelque erreur de date dans leur destin.

Pendant quelques secondes, il se complut à évoquer sur le visage d'Ann les rides futures, à les situer à l'avance, avec un art de connaisseur. Il s'attachait particulièrement au cou, juste au-dessous du menton : il y a là un petit endroit qui se flétrit toujours le premier; l'âge saisit les femmes à la gorge et tout ce qui y fut tendresse disparaît alors pour faire place à la réalité. Il regarda son cou affectueusement, le cigare aux lèvres, la tasse de café à la main, un œil fermé par la fumée : une simple question de patience, dix ans, peut-être douze... Ann savait exactement ce qu'il pensait, parce qu'il le lui avait crié une fois, dans un excès d'amour.

Il avait fini son café et il posa la tasse avec un soupir de satisfaction.

Les yeux, naturellement, ne vieillissent jamais, mais cela ne fait que rendre leur situation plus difficile. Rien n'est plus embarrassant, parfois, pour un homme jeune, que de recevoir un de ces regards de femme brûlant de jeunesse et de rêve, mais autour duquel on ne retrouve aussitôt que la caricature de ce qu'il semble promettre.

Willie aspira la fumée délicieusement.

Les joues prendront, après le repas, cette rougeur qui se mélange si mal avec le maquillage qu'on leur prodigue alors avec excès et les jambes – oui, les jambes – il réfléchit un moment, chercha à se rappeler – eh bien, les jambes, tout en conservant pourtant leur apparence racée, ne mèneront plus à rien et, au lieu de remonter, descendront de plus en plus vers la terre. Willie connaissait bien la question parce qu'il avait eu, à ses débuts, ce qu'il appelait une « très belle amitié » avec une dame mûre de Hollywood, qui avait conquis la gloire et la fortune dès l'âge de douze ans comme une adorable enfant prodige de l'écran. Lorsqu'il l'avait rencontrée, elle était devenue une femme petite et rondelette qui avait, à quarante-neuf ans, conservé ses boucles jeunefillesques et dont le visage avait acquis cet air à la fois poupon et ridé qui va si bien avec l'amour des pékinois et des pâtisseries. Willie la détestait cordialement à cause de ses boucles et de ses petits airs de gamine, mais surtout parce qu'elle avait conservé une invincible nostalgie de l'amour sublime et pur, qui s'accentuait au fur et à mesure qu'elle vieillissait, si bien qu'à l'approche de la cinquantaine elle commençait vraiment à croire au prince charmant et faisait de la jeunesse éternelle du cœur quelque chose comme le miaulement amoureux de la sénilité. Willie contemplait donc le visage d'Ann en connaisseur et ne savait même plus si c'est de son cigare qu'il jouissait ainsi profondément ou de ce doux moment d'anticipation.

Il fallait pourtant admettre que l'on était encore loin du compte. Dix ans au moins, peut-être un peu plus, pensa-t-il, en fouillant le visage d'un regard presque suppliant, à la recherche d'une ride, d'un début d'empâtement, d'une flétrissure. Le cou, surtout, était d'une pureté incomparable, et cet endroit, sous le menton, par où les femmes vieillissent, avait toute la grâce et la fraîcheur d'une branche de lilas... C'était parfaitement abominable. Willie sentit quelque chose se nouer dans sa gorge. Tout ce qu'il y avait de fragile sur la terre était là, dans ce cou ridicule, qui semblait vous priver de vos mains. Les cheveux étaient châtains, une combinaison assez banale d'ombre et de lumière, assez indifférents – sauf lorsqu'on les touchait. Les yeux avaient ce brun ambré et comme transparent qui rappelait à Willie l'éclat des feuilles à l'automne, dans les allées du parc où il avait passé son enfance. Ses ancêtres avaient tous été jardiniers des comtes d'Illery, en Touraine; son père mourut de chagrin en le maudissant, lorsque Willie vint lui annoncer son intention d'émigrer en Amérique; le parc n'existait plus, à présent, on l'avait transformé en un champ de patates, et Willie avait aidé le dernier des comtes d'Illery à s'établir en Amérique où il avait... où il faisait... eh bien, où il donnait des leçons d'équitation. Il s'inventait souvent, ainsi, des biographies complètes et saugrenues. Tout le monde disait de lui qu'il avait quelque chose de « demeuré ». A l'approche de la quarantaine, il avait un visage d'adolescent qui ne semblait devoir jamais vieillir. « Ça doit être glandulaire, expliquait-il à ses amis, avec complaisance, une forme de crétinisme. » Il jeta un long regard vers la glace immense qui couvrait tout un mur. « Avec un anneau dans l'oreille et un bon fond de teint, j'aurais la tête d'un pirate barbaresque. C'est mon côté Othello. Curieux, qu'ils n'y aient jamais pensé, au studio. » Il avait un quart de sang noir qu'il cachait soigneusement. Ses cheveux frisaient un peu et il y avait, dans ses traits, une certaine rondeur qui était connue comme un lointain écho des masques africains – mais personne ne s'en doutait. C'était peut-être cela qui expliquait sa mythomanie : ce besoin d'enfouir constamment quelque chose, de brouiller les pistes. D'ailleurs, il n'avait pas de sang noir, bien sûr, il inventait cela aussi. Il ôta le cigare de sa bouche.

– Vous ne voulez vraiment pas vous arrêter à Paris, ma chérie? Il est ridicule de repartir sans une robe, juste au moment des collections.

– J'aurais préféré rester ici quelques jours de

plus, dit Ann. Je n'ai rien vu, en dehors du studio.

— Je sais, ma chérie. C'est très, très tentant... Mais vous commencez à tourner lundi à la Fox. On reviendra.

VI

Ann avait grandi auprès d'un homme qu'un amour malheureux avait meurtri au point que tout ce qui touchait à la passion amoureuse avait fini par lui apparaître comme une infamie. Avec ce fantôme sous les yeux, elle avait pris très tôt la résolution solennelle et définitive, enfantine, de n'avoir d'autre amour que l'art – et c'était là une décision que Willie avait encouragée fermement.

Avant la cérémonie, elle était allée à New York, voir son père; il la reçut avec tous les égards dus à une personne que l'on connaît assez peu et qu'on ne tient pas à connaître davantage. C'était un bel après-midi de septembre, et il lui fit admirer les arabesques que le soleil dessinait, en se réfléchissant dans les boîtes de verre remplies de cactus et sur le mur blanc, entièrement nu, de la pièce.

– J'aime beaucoup le verre, lui dit-il, à cause de sa transparence et parce qu'il n'insiste jamais. Il est d'ailleurs agréable d'avoir autour de soi des objets qui ne retiennent rien et qui se laissent simplement traverser. Il y a là une incontestable leçon de sagesse. Et pourtant, il arrive qu'un morceau de cristal, par un jeu de lumière, se met brusquement à étinceler de cent couleurs violentes, rouges, bleues, jaunes, violettes... Oui, il est amusant de penser que le cristal, lui aussi, a ses moments de faiblesse, de passion. Ce qui n'est pas sans me donner quelquefois un petit moment de supériorité.

Il passa à la cuisine pour préparer le thé, la laissant seule, avec empressement. Ann demeura les yeux fermés dans ce vide qui montait autour d'elle de toute part, comme un cri, une protestation. Se peut-il vraiment qu'à partir d'un certain degré d'intensité, la solitude ne se transforme pas en rencontre, se peut-il que la solitude soit une prière jamais exaucée? Dans cet appartement sans vie, où tout se voulait éloignement, Ann sentait immédiatement la présence de l'autre pôle, celui de la passion : c'était cela qu'elle venait chercher. Elle avait besoin de revoir son père pour se rassurer, pour retrouver la promesse de ce qui l'avait brisé.

Il revenait, poussant devant lui la table à roulettes, avec le thé. Il paraissait un peu inquiet et entra en parlant, comme on prend les devants :

— Les journaux discutent beaucoup de ton mariage, je suis heureux de voir que tu fais une belle carrière. Lorsque je vous vois tous les deux tellement photographiés, et toutes ces choses... heu... merveilleuses, que l'on raconte sur votre bonheur, je sens que vous aurez ainsi moins d'efforts à faire vous-mêmes. Tout vous a été préparé. Ce qui est terriblement dangereux, pour les gens ordinaires — dont j'étais, à ton âge —, c'est cette dépense d'imagination qu'ils doivent faire eux-mêmes pour inventer leur amour. Cette mise est tellement forte qu'ils cherchent toujours à la récupérer sous forme de bonheur. Mais les agents de publicité ont bien travaillé pour vous et vous n'aurez rien à apporter vous-mêmes.

Ann versait le thé, avec ce sourire un peu coupable qu'elle avait toujours lorsque son père lui faisait ainsi ses confidences. Le regard ailleurs, pour ne pas rencontrer celui de sa fille. Il savait que sa négation était comique, parce qu'elle ne faisait que souligner la puissance de ce qu'il niait. D'ailleurs, on ne se rebelle que contre ce qui vous tient prisonnier et, après tout, une vie de rébellion est avant tout une vie de servitude. Il savait tout cela mais il continuait sa négation du cri, parce que c'était sa façon de crier. Dans son choix du neutre, de la demi-teinte, dans cette philosophie de l'abat-jour, il y avait simplement l'hommage de toute une vie à la passion, hors de laquelle il n'est plus qu'à s'annihiler dans la grisaille.

— Enfin, dit-il, lorsqu'on a élevé son enfant à peu près correctement, l'avantage, c'est que, le moment venu, il ne vient pas vous demander conseil. On a alors le sentiment d'avoir été bon père.

Ann lui sourit, elle eût souhaité lui prendre la main, mais c'était un geste qui l'eût ennuyé. Ses yeux, si jeunes parmi les rides, sous la mèche poivre et sel coupée en rond autour du front, avaient une gravité qui semblait exclure l'humour : l'humour aussi est un sentiment douloureux. Derrière lui s'élevait le mur de livres dont la plupart, elle le savait, se bornaient simplement à dire le triomphe de l'imprimerie sur la matière. Garantier passait des heures à se délecter de ces chefs-d'œuvre de la typographie où chaque mot n'était là que pour sa forme et où il était sûr de ne

pas rencontrer l'infinie vulgarité du mot « amour »
avec « toujours », sa compagne d'infamie.

Ils se taisaient.

C'était un de ces moments où Ann éprouvait
pour son père une tendresse qui la bouleversait et
qui était beaucoup plus la compréhension d'une
femme que l'amour d'une fille; leur silence les
unissait profondément. Garantier savait qu'elle
était venue pour puiser à la source toujours fraîche
de sa solitude un renouveau d'espoir.

La femme de Garantier était partie avec un
toréador mexicain qu'elle connaissait depuis quarante-huit heures. Quarante-huit heures, cela peut
arriver en quarante-huit heures, se répétait parfois
Ann, dans ses moments de doute.

— J'ai vu tes derniers films, dit-il, et je t'ai
trouvé beaucoup de sincérité. Tu parais mettre
beaucoup de toi-même dans les scènes d'amour.
Elles semblent te servir de tout-à-l'égout. Besoin de
te purifier sans doute, de t'exorciser.

Il tassa sa pipe et l'alluma : il avait choisi de
fumer la pipe un jour d'humour, parce que c'était
ce qu'il avait trouvé de plus directement opposé à
un toréador.

— Ce qui m'amuse, dans le cinéma, dit-il, c'est
la facilité de l'amour : comme si le destin n'eût pas
d'autre chose à faire sur terre que de se nouer... Je
veux bien admettre, naturellement, qu'il y a des
êtres qui s'aiment vraiment, mais alors, ils se
cherchent en vain et ne se rencontrent jamais.

Il vida le tabac dans le cendrier, en quelques
coups secs.

— L'affreuse influence de cette époque shakes-
pearienne ou hollywoodienne – c'est la même
chose – fait que des millions de gens passent leur

vie à attendre et à chercher, au lieu de vaquer pacifiquement à leurs occupations. Les grandes amours, si je puis m'exprimer ainsi, existent, bien sûr : mais seulement à la façon des lignes parallèles qui ne se rencontrent jamais. Ce sont les petites amours qui se fréquentent. Je crois qu'il est des êtres prédestinés, que chaque homme dans la vie doit rencontrer la femme qui lui est destinée : c'est là tout l'ennui. Les rencontres prédestinées sont toujours les petites rencontres, les autres n'ont absolument pas lieu...

Il ôta sa pipe de sa bouche, pour mieux articuler.

– ... absolument pas lieu.

Il fit un petit geste.

– Seule la peinture réussit parfois à nous présenter un monde qui refuse de prendre forme. En littérature, au théâtre, au cinéma, nous attendons encore celui qui dira toute la tragédie des lignes parallèles qui ne se rejoignent jamais. Après tout, il suffit que l'homme sache l'impossibilité de l'amour pour être parfaitement heureux. Il cesserait de vivre alors avec, en lui, ce sentiment panique de manquer son destin et la peur de vieillir. On fera des sages à vingt ans.

Ann crut tout de même discerner dans cette dernière phrase une pointe d'horreur.

– Mais je suppose que tu es venue me voir parce que tu te maries et pour que je te parle encore de ta mère, dit-il d'une voix blanche, comme s'il se fût jamais arrêté de parler d'elle. Elle est partie, ainsi que tu le sais, avec son toréador mexicain et ils ont vécu ensemble six mois. Après quoi, il a été tué par un taureau. Par un taureau, répéta-t-il, avec une espèce de ricanement, tu vois que je n'y suis vraiment pour rien.

Il se tut un instant, contempla le tuyau de sa pipe. Puis, il leva les yeux et ils étaient pleins de douceur; il souriait.

— Dis-moi, Ann... tu t'imagines ça, toi? Tu peux t'imaginer une femme me quittant pour un toréador? Je ne dis pas ça par vanité, bien au contraire... Mais comment pouvait-elle se tromper à ce point? Je veux dire : comment avait-elle pu m'épouser?

Il n'avait jamais auparavant abordé le sujet d'une façon aussi droite – sans aucun secours, sans aucun déguisement.

— Vous n'avez jamais rencontré une autre femme?

— Jamais, dit-il. On ne vit qu'une fois.

VII

Le cortège du carnaval descendait l'avenue; il y eut une ruée générale vers les vitres et ils eurent un bon petit moment de tranquillité et d'intimité, faisant un peu bande à part, une sorte de fraternité du pauvre, comme il s'en produit parfois dans les bars. Pedro et La Marne parlaient politique, le front baissé, œil dans œil, comme deux grands cocus qui croisent leurs cornes; la fille fumait au milieu de ses renards avec la mine de quelqu'un qui n'appartient pas à la même espèce que vous. A l'autre bout du comptoir, Rainier remarqua un monsieur très distingué, costume prince-de-galles, gants pécari, œillet blanc, nœud papillon, chapeau melon gris, sourcil gauche légèrement levé, qui paraissait complètement raidi par l'alcool, à moins que ce ne fût par le poids des responsabilités que la Constitution américaine lui avait jetées sur les épaules : la poursuite du bonheur, *pursuit of happiness*... Il y avait de quoi frapper un gars de stupeur et le réduire à l'état de pierre. Le quidam avait les yeux légèrement exorbités et les joues gonflées, comme s'il était sur le point de souffler, d'expirer, ou de retenir un éclat de rire. Mais, à part ça, il

65

était très digne et très propre et se tenait comme quelqu'un qui refuse de céder là-dessus.

– C'est le plus beau que j'aie vu, dit Pedro. Il ne boit même plus. Vit sur ses réserves. Etait déjà là, sur ce tabouret, hier soir : j'ai dû oublier de l'enlever en fermant.

– Oh, vous, alors, monsieur Pedro, dit la fille, avec admiration. Je prends quelque chose?

Pedro lui servit une fine.

– Si vous croyez que c'est l'alcool qui l'a mis dans cet état-là, vous vous trompez, dit La Marne, catégorique.

Il s'approcha du gentleman en chancelant – il n'était pas vraiment soûl, mais avait besoin d'excuse –, renifla amicalement, comme un bon gros chien, son œillet fané – et tout le monde fut heureux qu'il n'allât pas plus loin.

– Qu'est-ce que c'est, alors? demanda Pedro. Auschwitz? Hiroshima? La guerre en Corée? Ou toutes celles qui vont suivre?

– C'est la sérénité crispée, dit La Marne. Il s'est tellement crispé, face à tout ça, pour demeurer impassible, qu'il ne peut même plus bouger. Complètement contracté. Le stoïcisme. Il s'est tellement retenu qu'il est tombé en panne.

– Cochon, dit la fille.

– Une nature d'élite qui s'est élevée au-dessus de la mêlée, qui a décidé de sauver sa foi humaine, voilà! gueula La Marne. Il s'est réfugié dans l'impassibilité et il a si bien réussi qu'il n'arrive plus à en sortir. Complètement disparu, là-haut, sur les sommets. Il a voulu tout dominer de sa sérénité, depuis les camps d'extermination nazis jusqu'au Goulag stalinien mais pour cela, il a dû serrer les mâchoires et tout le reste tellement qu'il n'arrive même plus à piper. N'arrive plus à desserrer ses sphincters. En panne. Ne sait plus qui il est, ce qu'il fait là et pourquoi... Ou alors, il mime l'incompréhension et la stupéfaction de l'homme de ce temps et de tous les temps, d'ailleurs, face à tout ce qui lui arrive. Le complet ahurissement de l'humaniste face à la barbarie humaine. Ou alors, ce salaud-là essaie de dégager sa responsabilité. De tirer son épingle du jeu en montrant qu'il n'est pour rien, dans tout cela, qu'il reste propre. Regardez-le : gants beurre frais, plis du pantalon impeccables, œillet à la boutonnière. Inébranlable dans sa volonté de mimer notre propreté et notre dignité immortelles !

— Il a peut-être lu dans les journaux que les Américains disposent d'un arsenal nucléaire capable de détruire l'humanité trois fois et il n'en est pas revenu, dit Pedro.

— ... Ou alors, gueulait la Marne, un tendre qui défend sa sensibilité par une carapace d'absence ! S'est complètement retiré en profondeur, vers son poème intérieur, pour éviter les chocs ! Tombé en lui-même sous les coups de l'Histoire ! Une sensibilité tuée, atrophiée par les réalités historiques ! Bourgeois bêlant-lyrique qui s'est retiré, avec larmes et bagages ! Ou alors, un persifleur : une façon particulièrement rageuse et insidieuse de persifler la vie en montrant ce qu'elle a fait de vous. Une sorte de persiflage total et entièrement vécu du fait de vivre, de croire et d'espérer. Un dénonciateur. Un index implacable, braqué sur la vie telle qu'on la triche. Ou alors, soif d'amour et soupirs au clair de lune. Ou encore... chut !

Il se pencha vers la fille. Confidentiel :

— Le socialisme à visage humain, mademoiselle.

Il cacherait ça au fond de lui-même que ça ne m'étonnerait pas! Ou enfin, le truc.

— Le truc? dit la fille.

— Le truc, dit La Marne, en lui clignant de l'œil.

— Quel truc?

— Le truc à Pedro, dit La Marne.

— Cochon! dit la fille.

— Le truc à Pedro. Le crâne fendu de Trotski. Les pères de la révolution d'Octobre fusillés par Staline comme bolcheviques. Le Goulag et ses millions de morts. Le truc à Pedro.

— Ça va, dit Pedro. Va pisser ailleurs.

— On peut être communiste sans être stalinien, dit la putain vertueusement.

— Justement, opina La Marne. Justement, c'est ce qui vous met dans cet état-là. On lui demande d'où il vient, où il va et qui il est?

— Il ne parle pas, dit Pedro. Il est trop soûl.

— Le *rigor mortis* idéologique, dit La Marne. Fouillons-le. Il a peut-être l'adresse de ses parents sur lui.

Le gentleman-jusqu'au-bout-des-ongles se tenait très droit sur son tabouret, un sourcil élégamment levé. Invulnérable, cet enfoiré, pensa Rainier, avec envie. Les arcades découpaient dans la vue un tableau à la James Ensor et l'inconnu se détachait sur ce fond de confetti, de serpentins, de masques grimaçants, de filles tripotées et de monstres avec beaucoup d'aisance, comme s'il n'avait fait que ça toute sa vie. Il se laissa fouiller avec indifférence. On ne trouvera rien sur lui, pensa Rainier. Tout est à l'abri dans les musées et dans les bibliothèques.

— Rien, dit La Marne. Pas une trace d'identité,

complètement incognito. Un coup prémédité, naturellement. Cherche à symboliser l'homme invincible, indestructible, l'homme humain que rien ne peut vaincre ou salir!

– Vous pouvez vous mettre vos métaphores quelque part, dit Pedro. Tous des intoxiqués. Décadence bourgeoise. L'Occident tout entier est devenu *Le Lac* de Lamartine. Humidité et sanglots. Vous avez fait de l'humain une maladie.

Le gentleman demeurait indifférent à tout cela, tout à fait en dehors du coup, pendant que La Marne lui faisait les poches. Une nature d'élite jusqu'au bout des ongles, d'ailleurs entièrement rongés, pensa Rainier.

– Tiens, tiens, tiens! chanta La Marne, paroles de Hornez, musique de Misraki.

Il tenait à la main une feuille froissée. Il la déplia.

– *Petit Dictionnaire des grands amoureux*, lut-il. Ça alors... Ça alors! répéta-t-il, en contemplant le personnage avec tendresse. Un copain! Il a trouvé ça dans un hebdomadaire pour femmes, *Elle*. Je suis abonné. J'ai toujours eu besoin de présence féminine autour de moi. *Petit Dictionnaire des grands amoureux*. Il y a un nom qui est souligné.

Il lut :

– *Hölderlin, Frédéric (1770-1843)*. « *Il voulait l'amour absolu, plus grand que la vie...* »

Il s'interrompit, se tourna vers le personnage. Pedro, Rainier et la fille l'observaient aussi. Il avait l'air très éloigné de tout cela, bien qu'il fût impossible d'imaginer de quoi, au juste, ni où il se trouvait, sur quelles hauteurs et quelles étaient les perspectives ineffables qu'il contemplait. Il n'était simplement pas là, avec son œillet fané, ses guêtres

69

blanches, ses gants beurre frais et son sourcil levé. Il était parti et il avait laissé son vestiaire derrière lui.

Soprano, qui s'était approché de la vitre du café et qui regardait le défilé, le panama en arrière sur la tête, un demi à la main, se retourna, comme mû par un pressentiment, et vit que le baron était tombé dans des mains étrangères. Ils étaient quatre, autour de lui, dont une pute, et l'un d'eux était en train de faire les poches du baron. Ceci n'aurait pas inquiété Soprano outre mesure, parce qu'il le fouillait lui-même chaque soir et n'avait jamais rien trouvé. Mais il avait toujours peur qu'il ne lui faussât compagnie, d'une manière ou d'une autre. N'importe qui pouvait s'en emparer, et, après tout, Soprano n'avait sur lui aucun titre de propriété particulier, ce n'était tout de même pas un objet, ou un chien. Les réactions du baron étaient impossibles à prévoir, pour la bonne raison qu'il n'en avait jamais; il pouvait très facilement se laisser emmener par quelqu'un et Soprano n'était plus capable de se passer de sa compagnie. Il s'approcha donc du petit groupe d'autant plus vivement qu'à sa surprise, l'individu qui fouillait le baron parut avoir trouvé quelque chose dans ses poches et Soprano en fut tellement étonné qu'il oublia d'intervenir, pendant une bonne minute.

— Tu lis, ou tu ne lis pas? demanda Rainier.

— « Il voulait l'amour absolu, pur, profond, magnifique, plus grand que la vie... Il l'a trouvé. Il n'a pas perdu la vie, mais la raison. Suzette, la femme du banquier qui engage Hölderlin comme précepteur, a l'air aussi jeune que ses enfants, brune, avec les yeux sombres, pleins d'ardeur et de tendresse. Mais le banquier découvre leur passion et chasse le poète. Suzette ne survit pas à la séparation... Et

Hölderlin sombre dans l'absence. Il devient fou, mais fou absent, tranquille, quelqu'un qui n'est simplement plus là. L'homme postiche. Un tronc d'arbre pétrifié. Il vécut ainsi encore trente-sept ans chez un menuisier qui l'avait recueilli peut-être parce qu'il avait l'habitude du bois. »

La Marne se tut et contempla le personnage avec ahurissement, la mâchoire pendante. Les autres le regardaient aussi. Mais le baron ne paraissait pas s'en douter. Il se tenait très lointain et très raidi, sur son tabouret.

Il y avait, entre le ruban et le feutre de son chapeau melon gris, un petit bout de papier rose qui dépassait. Rainier tendit la main et s'en empara. C'étaient les restes d'un ticket vieux de deux ans pour le derby d'Epsom.

— Il a peut-être tout perdu aux courses, simplement, murmura-t-il.

— *Permesso*, fit derrière eux une voix un peu enrouée.

Ils virent un homme plutôt petit, la taille cintrée, les épaules rembourrées, coiffé d'un panama blanc. Des yeux noirs, des lèvres minces et un nez en lame de couteau.

Il arracha presque la feuille des mains de La Marne.

— *Come, come, barone*, dit-il.

Il le prit délicatement sous le bras et le fit glisser du tabouret. Le baron se laissa faire. Il se tenait debout, très droit, le sourcil impeccable, le melon aussi. Soprano le soutenait.

— Dites donc, il est comme ça depuis longtemps? demanda La Marne.

— Je ne peux pas vous dire, fit Soprano, avec un fort accent italien. Je l'ai seulement depuis un an. Un homme très distingué. *Come, come, barone mio.*

Il le conduisit vers une table et le baron s'assit,
en pliant mécaniquement les genoux. Soprano lui
coupa un cigare, le lui plaça entre les lèvres,
l'alluma. Le baron fuma, en exhalant la fumée par
petites bouffées saccadées, qui suivaient sa respiration. Il avait tout à fait l'air d'un automate.
Rainier, La Marne, Pedro et la fille le regardaient
avec incrédulité. Ils doivent être payés par le
Comité des Fêtes, pensa Rainier. Soprano lui
sourit, les salua, en se levant légèrement et en
touchant son panama du doigt. Dehors, sous les
arcades, des clowns, des pierrots et des masques
passaient sous la pluie de confetti et les haut-
parleurs ajoutaient leurs airs d'opéra à ce qui, de
toute façon, ne risquait pas d'être le silence.

— Nom de Dieu, dit La Marne.
— Ils se foutent de nous, dit Pedro.
— Pas seulement de nous. Ça va chercher beau-
coup plus loin.
— Vous pouvez vous mettre votre métaphysique
quelque part, dit Pedro.
— Enfin, c'est le carnaval, dit la fille.

Sous les arcades, les soldats et les masques
dansaient la ronde autour d'une jeune fille pauvre-
ment vêtue et qui était peut-être la petite marchande d'allumettes, pensa La Marne, qui rêvait
de féerie; la jeune fille embrassa finalement un
soldat et ils la laissèrent partir. La Marne eut les
larmes aux yeux en pensant que personne ne
l'embrassait, lui. Un monsieur d'un certain âge et
d'aspect cossu entra au café en trottinant au pas de
danse, un sac de confetti à la main, il baptisa tout
le monde à grandes poignées multicolores, fit une
révérence, souleva son chapeau et s'en fut en
trottinant; c'est effrayant, pensa La Marne, l'état

de bouffonnerie auquel la peur de la lutte des classes et l'angoisse nucléaire peuvent réduire certaines gens. Il louchait parfois vers le baron, presque peureusement. C'était peut-être ça, l'explication. Sans oublier les huit cents millions de Chinois. Le baron était tranquillement assis, les genoux écartés, le pli du pantalon impeccable, les chaussures admirablement cirées, le visage impassible, le cigare au milieu.

Soprano déplia le bout de papier qu'il avait repris à La Marne, le parcourut et l'examina attentivement. En marge, il découvrit quelques mots maladroitement gribouillés. D'un côté, il lut *droits de l'homme* et de l'autre *dignité humaine*. Il jeta au baron un regard soupçonneux. Mais on ne pouvait rien dire. Le dandy se tenait parfaitement indifférent et lointain. Tout au plus paraissait-il plus contracté que de coutume, ses joues encore un peu plus gonflées, et sa tête branlait légèrement : il semblait faire un effort surhumain pour retenir quelque chose, mais on ne savait quoi : ce pouvait aussi bien être un éclat de rire, un pet ou un noble élan.

VIII

Dans un discret bruit de couteaux et de vaisselle, les trois musiciens italiens s'acquittaient avec perfection de leur tâche, qui consistait à recréer, de *Santa Lucia* à *Sole mio*, en passant par *Sur la mer calmée*, une atmosphère agréablement rassurante des années 1900, avec ses ombrelles, ses grands-ducs russes, et sa complète sécurité. Garantier contemplait, à travers la baie vitrée, les mouettes qui se débattaient au-dessus de la mer; il s'efforçait d'oublier que c'étaient des choses vivantes et de n'y voir que des signes géométriques vivants, blancs et gris, assez comparables aux mobiles de Calder. Le visage d'Ann baignait dans la lumière. Elle était prise parfois d'une peur presque panique de l'âge et avait sur ce qu'on appelle l' « art de vieillir » les idées à la fois cruelles et naïves de quelqu'un qui ne se sent pas encore menacé. Rien ne lui paraissait plus pathétique que le désir de plaire, lorsqu'il était lu entre les rides, sous la poudre dont le grain lui-même semble s'épaissir avec le passage des ans; elle préférait à cela l'écroulement soudain des Indiennes du Mexique qui, à trente ans, ne dansent plus et auxquelles il est interdit de porter le masque au carnaval. L'âge demande aux femmes de changer plus impérieusement encore qu'il ne les change lui-même et le style seul compte, à ce moment-là, et la discrétion, ou bien, tout ce qui autrefois n'était que fraîcheur n'est plus que dureté. Certains maquillages savants de Hollywood qu'Ann voyait pratiqués sur les femmes qui refusaient de passer, portaient en eux toute l'horreur d'un avortement; elles traînaient pendant des années ce crime sur leurs visages et souriaient avec des sourires qui étaient bien la forme la plus pénible de la mendicité. Mais l'idée que les femmes se font de vieillir, pensait Ann, n'est souvent qu'une idée qu'elles se font des hommes, et il faut que ces derniers en acceptent l'insulte, tant pis pour eux. C'est d'eux qu'il s'agit dans ces yeux décorés, ces bouches fausses et ces sourires qui font tout craquer autour d'eux; pour en arriver à ce degré d'humiliation dans le refus de l'âge, il faut vraiment que la gamme de nos sentiments soit bien peu variée. A vingt ans, il avait semblé à Ann qu'elle préférait à ces artifices la solution de la vieille Indienne chassée dans la cour de sa maison pour y préparer le repas de son veuf, mais c'était sans doute seulement la tranquille assurance de la jeunesse qui se manifestait ainsi; aujourd'hui, elle était déjà un peu moins sûre et plus indulgente; je vieillis, pensait-elle, l'âge s'approche avec son goût du compromis; à quarante ans, je tâcherai de m'expliquer que ce que mon visage a perdu en fraîcheur, il l'a gagné en mystère, ce que mon corps a perdu en éclat, il l'a gagné en présence. Vers quarante-huit ans, je ne saurai même plus que les femmes vieillissent, j'aurai des rires et des minauderies de jeune fille, que je retrouverai tout naturellement; je découvrirai la joie de la valse, du premier bal, de la main serrée courageusement au jeune homme trop timide; à cinquante ans, je pleurerai enfin à nouveau et pour la première fois d'amour, je mettrai comme autrefois sur mes joues plus de rouge que ma mère ne m'eût permis, je tremblerai à nouveau tout entière sous le regard d'un jeune homme, c'est ainsi qu'à cinquante ans passés, je deviendrai une de ces femmes dont le linge trop tendre crie lui-même la pauvre usurpation. Mais c'est surtout à mon regard que je devrai faire attention alors, il me faudra veiller sur lui et le cacher, l'empêcher de trop parler. Elle était toujours émue par l'extrême jeunesse de certains regards de femme parmi les rides, dans la grisaille et la sécheresse ou l'enflure et l'empâtement des traits; le regard est toujours le dernier à se rendre et c'est normal : les yeux ont été inventés par l'amour. Elle sourit à son père, qui l'observait – et Willie se sentit exclu. Il se leva, toucha l'épaule d'Ann.

– Nous allons rater le cortège, dit-il. Vous venez, Garantier?

– Voilà, voilà.

Elle est en train de rêver d'amour, pensa Garantier. Ou de rêver tout simplement, ce qui revient au même. Il n'est pas convenable qu'à notre époque une jeune femme célèbre et indépendante puisse encore rêver d'amour à la manière de nos grands-mères, pour ne pas parler du présent. Nos grands-mères rêvaient dans des conditions d'inégalité sociale qui faisaient de l'amour leur seule façon de s'exprimer, mais aujourd'hui... Il se vit soudain, très clairement, revêtu d'une crinoline victorienne et d'un bonnet, soupirant à la fenêtre au clair de lune. Il fit la grimace. L'humour est un refus de faire face, une façon de se dérober : il rend le monde plus supportable et collabore ainsi secrètement avec lui. Au fond, la place exaltée, délirante, que l'on attribue à l'amour dans les peuplades occidentales témoigne d'une panique reculade vers l'intérieur d'une société assiégée de toutes parts et incapable de changer... Il se leva, but une dernière goutte de cognac, la savoura en connaisseur et regarda, à travers la baie vitrée, la mer qui défilait comme une foule portant à sa tête le drapeau blanc d'un voilier. Il s'en détourna avec dignité. J'appartiens à une classe pour laquelle le spectacle de la nature est un perpétuel reproche. L'émotion qu'il ressentait devant la mer et le ciel finissait ainsi dans un pincement douloureux qu'il évitait d'analyser, pour ne pas y retrouver avant tout le sentiment d'une absence qui emplissait l'horizon; il s'efforça de reconnaître là simplement le signe d'une sensibilité crépusculaire et tendre, toujours secrètement éprise de la beauté du drame et complètement indifférente à ses causes et ses remèdes, quelque chose comme le chant de cygne du cœur bourgeois.

Il observait distraitement le croiseur qui disparut derrière le cap, avec son allure de mauvais garçon. Il ne restait plus, sur la mer, qu'un voilier tout blanc : un cliché particulièrement éculé de solitude – ou de l'espoir... J'aurais peut-être dû m'acheter un petit chien depuis longtemps.

– Voilà, voilà. Je vous suis.

IX

Ils sortirent du *Negresco* dans cet air flou de
l'après-midi d'hiver où tout se fondait peu à peu
dans la teinte fraternelle du crépuscule; voici enfin
l'heure de la discrétion, pensait Garantier, l'heure
où la demi-teinte et la délicatesse triomphent enfin
de la crudité : en somme, l'heure de la civilisation.
Le monde devenait plus abordable dans la mesure
même où il s'éloignait. L'œil s'attardait presque à
retenir tout ce qui battait ainsi en retraite et cela
donnait même naissance à un agréable sentiment
de nostalgie; il était enfin possible de s'entretenir
amicalement avec le paysage, caresser du regard
tel jeu de collines à l'horizon qui n'était pas
dépourvu de talent et goûter même une certaine
volupté à se sentir menacé dans la durée de son
plaisir. Dans la baie des Anges, le voilier continuait
sa démarche de papillon. « Doit appartenir à
quelque satrape anglais. » Il s'en détourna : l'im-
mensité de la mer et du ciel récusait impitoyable-
ment le chagrin intime. Après vingt-cinq ans, il ne
se rappelait plus que difficilement le visage de sa
femme et il lui manquait ainsi doublement. Tout
ce qui restait de son amour était ces battements

réguliers du cœur qui pouvaient signifier n'importe quoi et presque le simple fait de vivre. Mais il demeurait fidèle à lui-même. Il défendait son honneur et refusait de céder à l'oubli.

Ann marchait seule, suivie par Willie, qui portait son manteau, respirant son parfum, vivant ainsi clandestinement au souffle de son corps. Il était toujours autour d'elle comme un rôdeur, lui dérobant ces petites bribes d'intimité, se nourrissant de miettes. Le parfum à peine perceptible, à peine esquissé, est comme un murmure prometteur du corps; lorsqu'il insiste trop, il ne parle plus que de lui-même, ne livre plus que son propre nom. Willie prit un bonbon contre l'asthme et se mit à le sucer; la forme de ses lèvres autour du bonbon allait bien avec sa moue célèbre : ça doit être tout à fait *moi*, pensa-t-il sous les regards des badauds qui le reconnaissaient. Depuis quelques instants, il souffrait de l'urticaire sur la poitrine et commençait à manquer d'air. « C'est peut-être le parfum. Ou l'étoffe du manteau. Rien d'autre : elle ne peut rencontrer personne dans cette foule. » Ils traversaient le jardin Albert-Ier, vers les arcades de la place Masséna; on entendait les clameurs des haut-parleurs; la foule leur tournait le dos, pressée contre les barrières; Ann avançait lentement sous des nuages désordonnés, tumultueux, ces grands gestes éloquents que le ciel faisait au-dessus de sa tête; elle n'avait pas de pressentiment et devait se rappeler plus tard ce moment où elle ne savait pas qu'il était là et où ils auraient pu se manquer encore. On disait d'elle que c'était une femme froide – cette froideur qu'on accorde si généreusement aux femmes que seul le soleil intéresse. Depuis des années, elle avait toujours su qu'il était là, quelque part, à l'attendre, à l'appeler, elle ne savait où, à San Francisco, à Rio, dans un bistrot de Paris ou sur une plage du Pérou, et tout le monde croyait qu'elle avait seulement le goût des voyages, des fugues soudaines à travers les continents.

Rainier, à ce moment-là, ne regardait même pas la porte, il baissait la tête, appuyé au bar, souriant à sa drôlerie intérieure, à ce vieux complice qui battait dans sa poitrine, avec beaucoup d'humour, pour se désamorcer.

– Qu'est-ce qu'il y a, patron? s'inquiéta La Marne. Vous êtes tout pâle.

– Rien. Il n'y a *rien*.

– Ah bon, alors, en effet, si c'est ça...

Ils firent quelques pas sous les arcades de la place dans les nuages de plâtre écrasé qui montaient du trottoir et puis, il y eut vraiment trop de bousculade, trop de confetti, trop de miaulements de trompettes en papier et d'haleines et Ann sentit les mains de Willie qui se posaient sur ses épaules.

– Ça suffit, comme bain de foule. Par ici.

Il la poussa vers un bar, la protégeant contre des masques qui voulaient l'entraîner dans leur ronde, ouvrit la porte et la poussa gentiment à l'intérieur.

Elle fit quelques pas et la première chose qu'elle vit fut qu'il lui manquait un bras et qu'il la regardait.

Son cœur s'arrêta presque, puis s'affola et elle essaya un moment de croire que c'était seulement la bousculade et l'irritation de sentir ce regard rivé au sien, et pourtant, elle n'arrivait pas à détourner les yeux.

Elle devait se demander souvent, plus tard, d'où lui étaient venus le courage et la certitude qu'il fallait pour se conduire avec cette tranquille assurance, comment elle avait pu savoir aussitôt, sans une seconde d'hésitation, que l'homme qui la suppliait ainsi du regard n'était pas un habitué. Mais la réponse à cette question était naturellement aussi simple que difficile à admettre, pour une femme : cela n'aurait rien changé. Fût-il le plus banal des aventuriers, elle n'avait pas le choix. Sans doute n'y a-t-il jamais de choix. On peut regretter toute sa vie, mais on ne se trompe jamais en amour. La seule chose que l'on peut dire, devait-elle penser au cours des années, avec une amertume infinie, c'est que j'ai eu de la chance.

Ils se tenaient immobiles, bousculés par la foule, lisant chacun dans les yeux de l'autre un appel de détresse qui fut leur première confidence échangée, et puis elle lui sourit.

Personne ne leur prêtait attention, et les faux nez, les fausses barbes, les masques et les chapeaux pointus s'engouffraient dans le café en dansant et en hurlant, mais ils n'entendaient plus que le silence, leur silence à deux, plein d'un sourd battement intérieur tellement plus fort que la clameur du carnaval, et le fracas dont ils étaient entourés, les masques grimaçants et la bousculade accentuaient encore leur sentiment d'intimité et d'isolement et cette naissante certitude d'avoir gagné enfin une terre autre, vraie, d'être debout sur cette autre et enfin humaine planète que l'on peut seulement être deux à habiter.

Et Willie, qui avait vécu tant d'années dans la

crainte de cet instant, ne remarquait rien, ne se doutait de rien et continuait à plaisanter avec Garantier, en secouant les confetti de ses vêtements.

Puis il se tourna vers Ann et comprit aussitôt, et ses lèvres tremblèrent et son visage prit un air d'enfant effrayé.

La Marne était demeuré sans bouger, la bouche ouverte, le verre levé à mi-chemin; il faisait simplement attention de ne pas bouger, de ne pas respirer; pourvu que Cela soit, pensait-il, pourvu que Cela soit enfin; même si Cela arrive à un autre, je m'en contenterai, pourvu que Cela arrive à quelqu'un.

Rainier souriait de peur et de timidité, et il chercha le premier mot, comment lui parler, et il pensa soudain à toutes les causes perdues et à ce qu'il avait poursuivi en vain sous tous les cieux de l'utopie et il sentit que c'était gagné, enfin.

Ma colombe – et que ce mot avait donc besoin de t'être rendu! – rien ne vaut d'être tenté que le goût de tes lèvres ne pourrait à lui seul accomplir et on peut peut-être vivre loin d'elles, mais à la manière d'un exil.

X

Shit, shit, shit, si encore ils se parlaient, ça
crèverait entre eux tout de suite, pensait Willie, ces
secondes-là ne résistent pas aux mots, dès qu'on se
parle, tout rentre dans l'ordre, on redevient aussitôt des étrangers. Et c'est moi, naturellement, qui
l'ai poussée ici, qui lui ai ouvert la porte : je
pourrai vraiment dire, désormais, qu'elle me doit
tout.

Il s'était assis à une table, les laissant seuls :
n'importe quoi, plutôt que d'être le troisième. Il
étouffait et avala une poignée de bonbons au
phénergan, sans cesser de sourire, essayant encore
de ne pas y croire et de contempler la scène en
connaisseur de ces choses-là, avec à la fois la
curiosité et le détachement narquois de quelqu'un
qui sait d'avance comment elles finissent, tel un
spectateur qui aurait payé sa place pour assister à
la chute d'Icare.

– Je ne vous espérais plus, dit Rainier.

Elle rit et Willie, qui la voyait rire, se sentit
soulagé : ce n'était pas sérieux. Peut-être n'al-
laient-ils même pas coucher ensemble. Ou alors, il
pourrait leur trouver un petit hôtel discret, ni vus ni

connus, il s'agissait de son honneur, après tout. Une maison de passe à Nice, ça doit pouvoir se trouver, chambre à l'heure et à la journée.

Garantier sentait ses mains se mouiller, ce qui l'emplissait de dégoût : pas à cause de la sueur, mais parce qu'elle était due à l'émotion. Il prit un air aussi distant que possible. C'était vraiment le comble du mauvais goût : Ann était tombée en arrêt devant un étranger, et on sentait, bien que cela ne se vît pas encore, qu'ils se tenaient déjà par la main. Tralala. Rien ne manquait à la vulgarité de la scène, pas même une petite marchande de fleurs avec son chapeau niçois et son bouquet tendu... Tralala.

Ils se parlaient à présent avec animation et Willie jeta à Garantier un regard éperdu; il était effondré à une table, le col du manteau relevé, ses boucles collées au front, essayant de sourire et de ressembler le plus possible à Willie Bauché : on le regardait avec curiosité et la seule solution était de leur faire croire qu'Ann avait rencontré un ami d'enfance.

Soprano observait la rencontre avec attention. Il avait respecté son contrat et avait suivi Ann partout, depuis deux mois. Mais à vingt-quatre heures du départ, il avait cru que le boulot était terminé et avait décidé de s'offrir un après-midi au carnaval. Et voilà. Mais il avait encore eu de la chance. Il l'avait toujours eue. Il s'était toujours trouvé au bon moment au bon endroit. La chance est une pute et il était son fils préféré.

Le baron paraissait également très intéressé par le couple, mais ce n'était sans doute qu'une coïncidence : il n'avait pas bougé, il était simplement tourné tout entier dans leur direction. Son chapeau melon était couvert de confetti et il avait des serpentins autour du cou et des épaules.

Rainier prit un bouquet de violettes, le tendit à Ann, et Willie ne put réprimer un ricanement devant la banalité du geste. Une nouvelle sarabande de masques s'engouffra dans le café et dansa la ronde autour du couple, dans une pluie de confetti.

– Vive les amoureux!

Soprano se leva, finit son verre de bière et le posa sur la table.

– Viens, *barone mio*. On va les attendre dehors. On ne sait jamais. Moi je dis toujours : fidélité à l'employeur!

Son compagnon acquiesça brusquement et Soprano fut surpris, mais ce n'était sans doute qu'un spasme d'alcoolique, ou le hoquet, et le baron demeura parfaitement raide et indifférent, sous son derby gris, un dandy jusqu'au bout des ongles. D'ailleurs, on ne pouvait à vrai dire parler d'« employeur », à propos de l'amour. Il aurait plutôt fallu parler de « maître ». Le baron avait assisté jadis, non sans plaisir, à Venise, à une représentation d'*Arlequin serviteur de l'amour*. Soprano le prit sous le bras et le poussa vers la porte, en le soutenant affectueusement; il arrêtait d'un geste les jeunes gens qui essayaient de jeter des poignées de confetti dans le visage du baron en répétant avec bonne humeur de sa voix saccadée et rauque :

– Attention... Il est très fragile... Très fragile!

Il parvint enfin à le faire sortir dans la rue sans autre indignité que des traces de plâtre sur la figure.

Willie se tordait le cou pour ne pas perdre Ann

de vue dans la foule. Il défit le col de sa chemise et sa cravate. C'était la plus sale crise d'asthme qu'il ait eue depuis des années.

– Venez, dit Rainier.

Elle parut hésiter et lui jeta un regard presque suppliant et ils sentaient comiquement, bêtement, tous les deux, que cela ne se faisait pas, qu'il fallait une excuse, un prétexte, ils sentaient encore autour d'eux les vieux liens d'un monde hostile à ceux qui tentent de lui échapper et il paya un tribut aux convenances, en disant très vite :

– Je connais un coin d'où l'on peut voir tout le cortège sans être bousculés...

– Je suis accompagnée, dit-elle, et elle ajouta aussitôt, pour le rassurer :

– Il y a surtout mon père...

– Lequel des deux est votre père? Les deux, j'espère?

– Les deux, dit-elle, très vite, et elle le quitta brusquement, dans un envol de la chevelure, et rejoignit Willie à l'autre bout de la salle.

Elle souriait encore, en arrivant, et Willie reçut ce sourire qui ne lui était pas destiné.

– Ne m'attendez pas, dit-elle. Je vous rejoindrai à l'hôtel.

Willie se leva et lui baisa les deux mains. Il le fit d'une manière tout à fait paternelle, sans s'incliner, en levant les mains d'Ann jusqu'à ses lèvres.

– Quel regard, ma chérie! Je suis heureux de savoir que vous aviez encore ça en vous. Vous avez tellement troublé votre père qu'il dut se réfugier dans la contemplation d'une image du calendrier sur le mur – *L'Angélus* de Millet, je crois – et pour qui connaît ses goûts artistiques, il est évident que, pour en venir à cette extrémité, il a fallu qu'il eût à choisir entre *L'Angélus* et un tableau encore plus outrageant dans sa banalité... Pour finir, deux choses. D'abord, soyez prudente dans le choix de l'hôtel. Pensez à ma réputation. Il y a à Nice une bonne douzaine de journalistes qui n'attendent que ça... Ensuite : à quelle heure voulez-vous votre bain, demain matin ?

Elle l'embrassa. Elle le fit très rapidement, effleurant à peine sa joue, et lorsqu'il ouvrit les yeux, elle l'avait déjà quitté. Il la vit près de la porte, au bras d'un étranger dont il essaya passionnément d'apprendre par cœur le visage. Il lui fit un petit geste d'adieu moqueur, mais elle ne le voyait plus, il n'existait plus pour elle et il se sentit arraché de la terre avec les racines et puis jeté, mais on pouvait vivre ainsi également. Il n'y a pratiquement pas de limites à votre capacité de vivre. Il luttait contre l'asthme qui le tenait à la gorge, cependant que l'eczéma commençait à lui chatouiller les fesses, sans aucun respect pour ce qu'il était en train de vivre – c'était une façon moqueuse de son corps de lui rappeler ses murs. On lui jetait des confetti dans la gueule, on lui demandait des autographes en lui chantonnant l'air de son dernier film, qu'il détestait particulièrement. Il se fraya péniblement le chemin jusqu'à Garantier et s'assit, essayant de ne pas étouffer et de ne pas cesser de sourire, tout en se grattant furieusement le derrière, sous le manteau.

– Dites-moi, mon vieux, vous n'auriez pas par hasard une trompette sur vous ? Vous savez, comme à Jéricho... Vous auriez pu faire sept fois le tour autour de Willie, en soufflant dans la trompette. Peut-être que les murs finiraient par tomber. Du coup, plus de corps, plus d'asthme, plus d'urti-

caire et les champs élyséens par-dessus le marché.
Vous avez vu?
– Tous les calendriers français se ressemblent,
dit Garantier. Celui-ci reproduisait *L'Angélus* de
Millet.

– Il va rater le bateau pour la Corée, dit Pedro.
Maintenant, c'est sûr.
– Je me sens heureux, dit La Marne. C'est
marrant, quand on vit entièrement aux dépens de
quelqu'un, ça finit par devenir complètement
désintéressé. Je ne me sens pas heureux pour lui, je
me sens heureux pour mon propre compte. Le
bonheur par procuration. Je suppose que c'est ça,
la fraternité.

XI

Ils étaient déjà depuis une demi-heure à la gare des autobus et le contrôleur attendait pour donner le signal du départ, parce que la jolie dame paraissait faire des difficultés.

— On va encore manquer celui-ci, dit Rainier. Ça fait le troisième.

— Eh bien, on le manquera. On... on prendra le suivant, voilà tout.

Elle le regardait avec supplication, essayant de voir qui il était, sûre déjà de s'être trompée, se serrant contre lui de toutes ses forces pour se donner du courage, pour se donner au moins l'illusion de le connaître, prise entre le désir de fuir et la volonté d'aller jusqu'au bout, ce qui était la seule façon possible de justifier le fait d'être là, contre la poitrine d'un étranger.

— Je ne devrais pas être là du tout.

— Non, vous ne devriez pas. Je n'arrive pas encore à y croire. Quelque chose a dû se dérégler dans le système solaire. Montez.

Les figurants du carnaval, vêtus encore des déguisements fournis par le Comité des Fêtes, leurs masques sous le bras ou relevés sur la tête, les entouraient d'augustes, d'empereurs romains et d'arlequins; le contrôleur souriait amicalement, on le sentait prêt à donner des conseils à Rainier, il n'avait pas l'air de savoir y faire, celui-là. Et puis soudain, la petite dame monta dans l'autocar et le contrôleur parut content et cligna de l'œil à Rainier.

Ils furent suivis par deux hommes dont l'un paraissait plongé dans un état de stupeur alcoolique aux limites de l'humain, non dépourvu du reste de grandeur et même de majesté. Il y avait une place libre au fond du car et Soprano y installa son compagnon, après avoir épousseté de son mouchoir les traces de confetti de plâtre sur le siège; les choses n'étaient jamais assez propres pour le baron, pas autant, en tout cas, qu'il l'eût souhaité. Soprano observait le couple du coin de l'œil; ils étaient debout à l'avant et ils s'embrassaient – un baiser qui n'en finissait pas – Villefranche, Beaulieu, La Turbie, Eze – et Soprano commença même à rêver, se demandant s'il s'était fait assez payer pour le boulot. Plus il les regardait, ces deux-là, et plus il sentait que c'était du sérieux, exactement ce que son employeur avait dû redouter quand il s'était adressé à Beltch pour un garde du corps. Soprano prit un cure-dent dans sa poche et commença à se curer les dents. C'était un gros truc, une vedette de cinéma qui plaque son mari et part avec le premier venu. Elle avait mis des lunettes noires et un foulard autour du visage mais si quelqu'un la reconnaissait, ça ferait un joli scandale. Trois mille dollars de prime, voilà ce que ça valait. Il finit même par s'irriter à l'idée que M. Bauché le prenait peut-être pour plus bête qu'il ne l'était. Il n'allait pas lever un petit doigt avant d'avoir obtenu les assurances nécessaires. Trois mille dollars, voilà ce que ça valait. Le baron n'allait sûrement pas aimer ce travail. Ça allait sûrement l'embêter, si les choses allaient trop loin et s'il fallait séparer les amoureux. C'était quelqu'un de bien, il avait des manières. Soprano était même sûr que le baron aurait demandé moins pour les supprimer tous les deux, ensemble, plutôt que de les séparer.

Ils étaient debout à l'avant, entre un pirate qui sommeillait et un Napoléon qui jouait doucement de l'harmonica. Ann tenait une main sur cette manche vide qui la rassurait, bien qu'elle ne sût pas pourquoi cette infirmité la rassurait et lui servait d'excuse pour continuer et aller peut-être jusqu'au bout. Tous les hommes, autour, avaient deux bras et déjà il semblait leur manquer quelque chose. Ils descendirent à Roquebrune et montèrent au village dans l'odeur des mimosas qui se faisait plus forte, à mesure qu'ils montaient. Rainier était heureux de cette arrivée nocturne : il allait pouvoir lui offrir tout le village au réveil, en tirant les rideaux.

– Vous verrez demain comme c'est beau.

– Je connais. Je suis déjà venue ici, pour des photos de mode...

– Oh.

– Déçu?

– Un peu. C'était le seul cadeau qui était dans mes moyens.

Il lui dit qu'il partait en Corée dans dix jours, l'humanité est heureusement ce qui nous reste quand il ne nous reste personne; avant, ce fut la guerre d'Espagne, la bataille d'Angleterre, le bras perdu dans la Résistance, et toujours cette maudite

phrase de Gorki qui parle des « clowns lyriques qui
font leur numéro de fraternité et d'amour universel
dans l'arène sanglante du cirque bourgeois »; il ne
se souvenait plus de la citation exacte, mais c'était
à peu près cela, on se fait toujours tuer pour
l'à-peu-près. Il pressa le pas pour arriver à la
maison plus vite, s'enfermer entre quatre murs,
échapper enfin à la poursuite du bleu, s'agenouiller
et bâtir jusqu'au ciel le cri de la femme heureuse
comme une cathédrale de joie.

– C'est là.

Une tour entre deux façades très italiennes qui
s'écartaient parmi les mimosas avec la légèreté des
draperies soulevées dans un pas de danse, et il
fallut, bien entendu, attendre pendant qu'il cherchait la clef, et souhaiter ardemment qu'il n'y eût
pas, à l'intérieur, trop de lumière et en tout cas pas
une de ces lumières qui pendent du plafond et
voient tout, et puis s'asseoir sur quelque chose qui
pouvait bien être un lit, pendant qu'il renversait
des objets et cherchait la lampe de chevet. Ils
restèrent un moment assis, serrés l'un contre l'autre, maladroitement, mais n'osant pas s'écarter
pour ne pas avoir l'air de se quitter, ils s'embrassè-
rent mais seulement pour ne pas se regarder et
cacher leur gêne, ils s'éloignaient l'un de l'autre
avec une rapidité de chute, et pendant quelques
secondes, ils n'eurent en commun qu'un acte de
volonté et l'amour n'est peut-être à ses débuts
hésitants que deux rêves d'amour qui se ménagent.
Si je me trompe cette fois, pensait Ann, en sentant
cette main étrangère qui cherchait son sein, ce
serait tellement terrible que d'avoir couché avec
toi n'aura vraiment aucune importance, et il la
sentit qui soupirait, si fort, si fort, qu'il eut l'im-

pression que quelque chose s'envolait et quittait la chambre et il la sentit qui bougeait et qui se dégrafait, et il la prit contre lui pour retenir ce qui les quittait et fuyait, et il ne pensa plus qu'à ce souffle sous ses lèvres qui devenait voix, et il ne pensa plus qu'à faire naître sa voix, à la faire jaillir et monter, il ne pensa plus qu'à l'ériger et à la bâtir de ses mains et de ses lèvres et voilà enfin que monta au-dessus de tout ce qui était échec et malheur, cette voix que les petites filles ont pour pleurer et les femmes pour être heureuses. Et quand il leva enfin son visage, il vit dans ces yeux fermés et dans ces lèvres souriantes qu'il n'y avait plus rien à redouter.

— Mon Dieu, vous avez laissé la fenêtre ouverte!

— Il n'y a personne. C'est un jardin. Et si quelqu'un vous a entendue, il a dû lever les yeux et écouter, comme on regarde le ciel pour voir s'il va faire beau demain.

Et il n'y avait plus de cause perdue. Et c'était soudain comme une fin d'errance. Comme la lumière est seule, quand tu fermes les yeux! Et ce sein, que ma main seule peut exprimer, et il écoutait cette voix qui s'était tue et qu'il entendait encore. Et tous les sons du cor au fond des bois qui s'arrêtent un instant de vous parler du malheur des hommes...

— Je croyais que vous ne partiez que dans dix jours, dit-elle, doucement.

Il se pencha sur son front et l'embrassa.

— Excusez-moi.

— Quand partez-vous, exactement?

— Je devais prendre le bateau à Marseille, le 7 mars.

Il se leva et alla boire du vin dans une jarre. Il se tenait debout, la tête renversée en arrière, et Ann regardait la manche de sa chemise. Vide. Sans doute était-il plus attaché au bras qui était parti qu'à celui qui restait.

— Vous étiez déjà contre Franco, ensuite contre Hitler, et maintenant contre Staline. Est-ce que ce n'est pas... démesuré?

— Oui, je manque de moi-même. J'ai toujours eu beaucoup de mal à me présenter aux guichets de la vie et lui dire : je voudrais ouvrir un compte personnel. Mais cette fois...

Il revint s'agenouiller auprès d'elle : de toutes les façons de bâtir, le cri de la femme aimée ira toujours porter plus haut que les cathédrales la gratitude et la piété d'être un homme.

— Je voudrais vivre sans fin au zénith de ta voix, comme ces balles à la pointe extrême du jet d'eau qui ne retombent jamais. Pourquoi ris-tu?

— Parce que c'est assez drôle, cette façon de bâtir un monde meilleur, dit-elle.

XII

Pendant vingt-quatre heures, Willie se donna la comédie de croire qu'il s'agissait d'une simple coucherie. Il se promenait dans son salon doré du *Negresco*, vêtu de sa robe de chambre pourpre, un verre de champagne à la main, collant le plus possible à son personnage, réfugié dans la peau du personnage qu'il avait choisi, comme, jadis, on émigrait très loin. Il interprétait devant Garantier un cabotin uniquement préoccupé de son amour-propre, blessé dans sa réputation de Pygmalion, « celui qui avait créé Ann Garantier comme Joseph von Sternberg avait autrefois créé Marlène Dietrich », terrifié par les risques commerciaux de l'affaire, si elle venait à s'ébruiter. Le cynisme et la désinvolture amusée étaient la seule façon possible de refouler l'angoisse et de protéger une sensibilité peu faite pour les lieux habités.

— Mon cher bon, il est essentiel pour moi de savoir combien de temps elle compte faire durer cette petite plaisanterie. Elle a passé déjà une nuit avec son gars, elle doit être renseignée sur ses possibilités : mais non, pas un coup de téléphone, rien. Elle devait commencer à tourner lundi...

Vous êtes son père, je suis son mari et j'estime que lorsqu'elle part avec un amant, elle doit nous avertir. Je ne suis pas très ferré sur la morale mais cela, au moins, je le sais.

Garantier regardait par la fenêtre, vers la mer. Sur la Promenade, une foule de carnaval regardait passer les éléments du cortège qui allait se reformer place Grimaldi.

– Ne brillez pas pour moi, Willie. Ce n'est pas la peine.

Willie affecta un air vexé.

– Je brille pour moi-même, si vous n'y voyez pas d'inconvénients. Après tout, on ne se lave pas les dents pour les autres.

Il écrasa sa cigarette dans le cendrier, avec une emphase destinée à être vue clairement de tous les coins d'une salle de six cents places au moins.

– Vous appartenez à une école dramatique révolue, Willie. Celle qui gesticule. A une société qui gesticule, je dirais.

– Le parasitisme, même distingué, n'a jamais été à la pointe du progrès, vous savez.

– Merci. Il y a une façon d'être utile à ceux qui vous succéderont : c'est de les aider à vous succéder. Je fais ce que je peux.

Willie se tourna vers lui, s'appuya lourdement à la table et son grand dos toujours un peu courbé – il faisait passer pour carrure ce qui n'était qu'une assez forte déviation de la colonne vertébrale – se voûta encore plus, dans un geste de demi-élan arrêté sur place.

– *Listen, pop*, dit-il. Entre deux maquereaux, le cabotinage est de trop, mais je croyais que vous préfériez cette politesse à la sincérité. Vous coûtez cher à Ann, pas autant que moi, mais assez tout de même : pour un petit professeur de littérature, ce n'est pas mal. Vous aimez être très bien habillé, voyager, décorer votre appartement avec beaucoup de goût et vous ne faites rien du matin au soir, en attendant que la révolution vienne vous libérer même de cette obligation-là. Vous avez devant vous en ce moment une bouteille de votre whisky préféré qui ne figurera pas sur votre note, car personne n'a jamais vu une note à votre nom, depuis que vous m'avez collé votre fille dans les bras. Alors, vous savez ce que ça peut nous coûter, cette petite histoire? Nous n'avons pas le sou, ni Ann, ni moi, donc, ni vous. J'ai fait des placements pour Ann, mais figurez-vous qu'elle a tout perdu. Pas de chance, trouvez pas? J'ai fait de mon mieux, je ne vous le cache pas. Je tenais à rester avec cette petite-là. J'aime lui faire l'amour. Je vous montrerai en détail, un jour, comment je fais ça avec elle. Pas le temps, maintenant. La seule façon de la garder, c'était de l'enfermer dans le cercle de Hollywood. Si elle le rompait, c'était foutu. Elle restait parce qu'elle ne savait quoi faire d'autre, parce que, pour en sortir, elle attendait l'amour...

Garantier reposa son verre.

– Au cas où vous ne le sauriez pas, remarqua-t-il, on dit beaucoup qu'elle restait par pitié pour vous...

Willie continuait sur sa lancée :

– Parce que Hollywood offrait une banalité rassurante et une sorte de facilité à cette fille qui restait roulée en boule, au fond d'elle-même, et aussi et surtout, peut-être, parce que vous aviez pris le goût du luxe et qu'elle avait pour vous de la tendresse – incroyable, mais vrai!

– Je n'ai pas pris le goût du luxe, dit Garantier. Je l'ai toujours eu. Je pourrais vous dire que j'ai horreur de moi-même, mais ce n'est pas vrai, ce n'est pas assez; j'ai horreur même de l'air que je respire, du milieu dans lequel je vis, de la société qui m'a produit et qui me tolère. Je sais, très exactement, ce que je lui reproche le plus.

– Je sais, je sais, je sais. Je sais aussi que rien de cela n'est vrai, que vous avez horreur du luxe, mais que vous mimez de cette façon, pour votre propre compte et dans votre petit coin, une décadence sociale et morale qui existe ou n'existe pas, mais que vous vous efforcez de votre mieux d'incarner. Tout cela parce que vous avez raté votre vie. Tout cela, parce que votre femme vous a quitté, et parce que vous l'aimiez. Et peut-être même ne l'aimiez-vous pas : cela fait partie de vos excuses. Il est commun, ayant loupé en fin de course, de se dire qu'on vous a brisé les jambes au départ. Mais c'est votre affaire. Cela aussi est une façon de vivre. Mimez, cher ami, mimez, mimez! mais en ce qui concerne la dure réalité – celle qui vient toujours péter dans vos jambes – notez bien ceci : demain je vais recevoir les premiers télégrammes du studio. Je pourrais câbler qu'elle est malade, mais cela est dangereux : quarante-huit heures après, j'aurais dix reporters sur le dos. Si c'est une coucherie, tout va bien. Si ça doit durer, sa carrière sera brisée, et la vôtre aussi, mon bon. Il s'agit pour nous trois d'un million de dollars par an.

– Comme vous l'aimez! dit Garantier. Je reconnais dans vos propos toute la vulgarité de l'amour. Vous l'aimez, mon petit Willie, et elle ne vous aime pas. C'est d'ailleurs ça, le grand amour : quand on est seul à aimer. Lorsqu'on s'entr'aime, c'est coupé en deux, ça ne pèse plus rien. Les gens qui s'entr'aiment ne connaissent rien à l'amour.

— Epargnez-moi vos confidences, mon vieux.

Garantier sourit. Dans la discrète lumière marine de l'après-midi qui venait de la fenêtre – ciel, mouettes et mer –, il avait une sorte de distinction grise, poivre et sel, avec sa mèche japonaise et sa moustache à la Paul Valéry, et il se tenait là, dans les pastels du jour finissant, comme une demi-teinte de plus.

— Quand je pense qu'ils doivent traîner ça dans les rues et dans les hôtels et qu'il suffit d'un photographe... Ils auraient dû m'emmener, j'aurais servi de chaperon.

— Ça saigne, hein, Willie?

— Allez vous faire pendre. Qu'est-ce que ça peut me faire qu'elle couche avec un gars, ou pas? Au contraire, c'est bon pour son art. Et si j'étais avec eux, ils auraient au moins la paix. Ils n'auraient pas eu à se cacher... Car j'espère tout de même qu'ils se cachent! Mais il aurait été si simple de me demander de venir avec eux, même du point de vue de la morale! Après tout, ça existe!

Il était à peu près complètement soûl lorsque le téléphone sonna. Il y avait là quelqu'un, annonça le concierge, qui désirait voir M. Bauché, au sujet de Mlle Garantier. Soprano, pensa Willie, avec soulagement. Il est vrai qu'il pensait à lui tout le temps. Cela devenait presque superstitieux. Comme il ne connaissait même pas son visage, ni son lieu de résidence, ni même s'il existait réellement, il n'avait qu'à suivre ses vieux penchants pour le transformer en une sorte de puissance formidable et occulte entièrement occupée à veiller sur le pauvre petit Willie.

– Faites monter.

Garantier suivait du regard les mouettes.

– Ces mouettes sont impressionnantes, dit-il. Du matin au soir, elles se débattent au-dessus des galets, toujours au même endroit. Il s'agit naturellement d'une bouche d'égout.

Le groom violet de l'hôtel ouvrit la porte et ce que Willie vit d'abord, fut un chapeau pressé sur le cœur, dans un geste de piété, et le personnage entra ainsi comme dans une cathédrale. Il était très petit et portait les traces d'une ancienne joliesse olivâtre que le temps avait boursouflée et ridée et jaunie, si bien qu'il évoquait un peu l'image de quelque eunuque habillé à l'européenne et jeté par une révolution loin de son harem natal.

– Qu'est-ce que c'est que cette façon de vous introduire ici? gronda Willie. Qui êtes-vous, d'abord?

La Marne s'inclina, la tête rentrée peureusement dans les épaules. Suppliant :

– Une silhouette, une simple silhouette, bégaya-t-il, avec empressement. Très rapidement esquissée et sans aucune prétention...

Il serrait le chapeau contre son cœur, si fort qu'il l'aplatit complètement.

– La vie, jusqu'à présent, ne m'a jamais donné l'occasion d'une réplique, elle ne m'a jamais honoré d'une situation... Toujours en marge, toujours un figurant, obligé de me contenter d'une muette apparition, jouant les simples utilités... obligé de me contenter de la vie des autres, de vivre par procuration, par le trou de la serrure... Vierge, si Monsieur me permet de préciser... Vierge et expert-comptable, par-dessus le marché... Voyant toujours tout de l'extérieur, sans pouvoir mettre le doigt dans rien... C'est pour la première fois que, grâce à un concours de circonstances favorables... Je me trouvais au bar, lorsque Mlle Garantier...

Le doigt sur les lèvres :

– Pas un mot! Une aubaine pour les journaux, naturellement... A part : je le tiens à ma merci!

Willie ne put s'empêcher de sourire. Il ne résistait guère à un doigt de cour. Ce bouffon surgi d'on ne sait quelle merde entrait de plain-pied dans son intimité. Garantier haussa les épaules, avec lassitude.

– Combien? demanda Willie, avec sympathie.

– Ce n'est pas tout à fait ça, fit l'individu, anxieusement, cependant qu'un sourire servile se formait et se reformait sur ses lèvres, entre les mots. J'ai surtout besoin de participer, de prendre part... J'ai besoin d'amitié, d'affection... Si Monsieur acceptait de me prendre à son service... L'admiration que j'ai pour Monsieur et pour Madame... Si seulement Monsieur pouvait m'emmener avec lui à Hollywood... Pour un pauvre hère parfaitement insignifiant et incolore comme moi qui ai toujours vécu d'idéal, qui ai toujours eu besoin de croire pour vivre... Monsieur me comprendra! Une très vieille noblesse, ancien combattant des Brigades Internationales, ancien homme de gauche, ancien habitué de la main tendue, ancien humaniste, ancien membre du Jockey Club...

Pour la première fois, Garantier s'intéressa à la conversation. Il se détourna des mouettes qui s'agitaient au-dessus de l'égout et observa celles qui battaient des ailes plus près de lui. L'individu saisit son regard.

– Monsieur me comprend, je vois, murmura-
t-il. Sans doute, une expérience analogue?... Entre
aristocrates exilés... Monsieur m'excusera de lui
parler à la troisième personne, mais, ainsi que je
l'ai dit, j'appartiens à une très vieille noblesse –
bien que ruinée – et j'ai toujours conservé une
certaine nostalgie du style... La troisième personne,
c'est à peu près tout ce qui me reste de ma
grandeur passée, mais que voulez-vous, avec le
fascisme, Munich, le pacte germano-soviétique,
Vichy, les camps d'extermination, la bombe atomi-
que et la fin qui justifie les moyens, notre grande
famille a à peu près tout perdu... J'ai tout de
même conservé l'habitude de me parler à la troisième personne, ce qui me donne l'impression
d'être encore quelqu'un. Monsieur me permet-
tra...

La Marne fouilla anxieusement dans son porte-
feuille : il avait de nombreuses cartes de visite
toutes prêtes, mais il avait envie d'improviser :

– Il ne m'en reste plus. Je suis le comte de
Bebdern, dit-il. Une très vieille noblesse, qui a
toujours été à la pointe du progrès. A part : ha!
ha! ha!

– Je n'ai pas besoin de domestique, dit Willie.
Foutez-moi le camp.

Bebdern lui jeta un regard insolent, puis alla
jusqu'au fauteuil au milieu du salon, s'assit, étala
ses pieds crottés sur le sofa et contempla ses ongles.
Willie regardait le personnage avec un vague
espoir. Après tout, il suffisait qu'il eût deux petites
cornes qui pointeraient discrètement sur son front
pour que tout devînt à nouveau possible... Mais il
ne fallait pas être trop exigeant.

– Foutez-moi le camp, répéta-t-il, sans conviction.

– Je disais donc, à propos de Mlle Garantier..., commença Bebdern. Dans quel journal aimeriez-vous que ça paraisse? Vous n'avez pas de préférence? Bon. Donnez-moi du champagne... C'est gentil, chez vous. Je pourrai dormir sur le canapé? Merci. Ah, la Veuve Cliquot... C'était la marque préférée de mon maître d'hôtel. Le couple le plus uni du monde, hein? Pygmalion, hein? Mon cul. A part : faisons-le chanter immensément.

Il se pencha, prit un Monte-Cristo dans la boîte, le renifla. Les yeux au ciel, le cigare à la main :

– Enfin, un rôle! fit-il avec ravissement. Enfin, je fais partie de la distribution. Donnez-moi encore du champagne.

– Sacrée mouette, dit Willie, avec sympathie.

Garantier leva les bras, avec lassitude.

– Ecoutez, Willie, en voilà assez. C'est insensé. Il y a tout de même des limites... Nous ne sommes tout de même pas dans un film de Groucho Marx!

– On y arrivera, promit Bebdern, rassurant. On y arrivera, on passera tout dans l'univers des frères Marx, et Monsieur ne sentira plus rien. Il n'a qu'à me laisser faire...

Il fumait son cigare avec délice.

– Depuis longtemps, j'ai une horreur profonde de la nature, déclamait-il, vautré dans son fauteuil. Depuis longtemps : depuis qu'elle a pris ma forme, exactement. Je mesure un mètre cinquante-cinq d'un côté – rien de l'autre – je ne suis ni beau ni seulement... bien constitué. Dans ces conditions, il faut évidemment avoir de l'idéal. Mais la réalité finit toujours par s'imposer et alors, on n'a plus refuge que dans l'artificiel. A cet égard, je ne saurais jamais assez dire à Monsieur combien je lui sais gré de ses efforts. Avec quelques lutteurs comme Monsieur, on finira vraiment par tirer le monde de l'autre côté du miroir. Tout ce que le monde réel mérite, c'est des tartes à la crème. J'ai toujours suivi les efforts de Monsieur dans les journaux, avec la plus grande attention. Avec mon horreur du tel quel... D'ailleurs, chaque fois que je lis que Hollywood est menacé, qu'on réduit le salaire des vedettes, je sens que le sol se dérobe sous mes pieds. Toutes ces merveilleuses vies privées... Sans elles, je serais obligé de vivre pour mon propre compte... Brr! Je trouve que nous devrions tous payer un impôt spécial pour vous permettre de vous épanouir. Le réarmement moral, en quelque sorte.

Immensément cochon :

— Monsieur a dû en avoir des femmes, hé? Des vraies, je veux dire. Il ne s'est pas contenté d'avoir de l'idéal?

— Appelez-moi Willie, dit Willie, avec bonhomie.

— Je peux? Je peux vraiment? Vous savez, depuis 1935, je n'ai pas raté une cause sacrée, j'ai toujours été là... Alors, maintenant... je peux?

— Mais oui.

— Oh, Willie! fit Bebdern, tendrement. Oh vous, grand Willie qui régnez sur terre! Laissez-moi nouer votre lacet, il s'est défait.

Garantier se tenait les mains enfoncées dans les poches de son veston, les lèvres serrées dans un petit sourire mince, avec une sorte de distinction soulignée, pour bien montrer qu'il refusait de se vautrer avec les autres.

– Eh bien! dit-il. Se réfugier dans la bouffonnerie n'est peut-être pas une attitude très courageuse,
mais j'admets qu'il est difficile de vivre. D'autant
plus que vous n'y arriverez pas...

– Mais si, qu'on y arrivera! protesta Bebdern.
On y arrivera même sûrement! N'est-ce pas, Willie?

– A quoi? demanda Willie, qui était légèrement
ahuri et qui commençait à voir trois Bebdern et
deux Garantier.

– Comment, à quoi? s'indigna Bebdern. Mais à
tout! Je suis progressiste, je crois au progrès. On y
arrivera!

– Vous n'y arriverez pas! dit Garantier.

Willie donna un coup de poing sur la table.

– Nom de nom de nom, hurla-t-il, on arrivera à
quoi?

– A tout, absolument à tout! affirma Bebdern,
solennellement. Je suis progressiste, je crois au
progrès illimité de l'humanité! Tenez, chez les
écrevisses, l'orgasme dure vingt-quatre heures, eh
bien, grâce à Lyssenko, grâce à la génétique
marxiste, on y arrivera aussi! Credo!

– Je suppose que si je connaissais un juron assez
fort, je jurerais, dit Garantier. Je jurerais pour vous
faire disparaître dans un grand et sain juron...

– La colère populaire, hé? se réjouit Bebdern.
Vox populi?

Garantier se tourna vers la mer.

– Quand je vois la mer, dehors, je ne sais même
plus si c'est du vrai.

– Jetez-vous dedans, vous verrez bien! grommela Willie, en essayant de reprendre la bouteille à
Bebdern.

– Il faut essayer de tout brouiller, qu'est-ce que

vous voulez, fit Bebdern, le cigare aux lèvres, le champagne sous la main. C'est la méthode bien connue du désespoir bourgeois. Il s'agit de déguiser et de maquiller soigneusement toutes choses, de peinturlurer la réalité de façon à perdre de vue l'humain, c'est-à-dire son absence. A défaut de l'humain – et j'entends par là, bien sûr, un humain humaniste et humanisant, tendrement tolérant et humainement impossible –, à défaut de l'humain, il nous faut travailler à quelque chose de tellement inextricable que l'on ne puisse plus distinguer un nez d'un cul. C'est ce qu'on appelle une œuvre de civilisation.

Willie embrassa Bebdern sur le front et Bebdern embrassa Willie sur la joue.

– Agaga? demanda Willie.

– Agogo, dit Bebdern.

– Hopsy-hopsy?

– Trotto oh so gay!

– Vous n'y arriverez pas! répéta Garantier. Vous n'arriverez pas à desserrer l'étau de l'idéalisme bourgeois bêlant-lyrique autour de votre tête, je vous le dis, moi!

Bebdern fit mine de se lever.

– Je m'en vais, déclara-t-il, d'un ton vexé. Je suis venu ici pour vous rendre service, pas pour être insulté. Je veux qu'on respecte ma porcelaine! Je n'admets pas qu'on me traite d'idéaliste! Je n'ai jamais été membre du Parti, alors, je ne vois pas pourquoi je serais désespéré!

– Là, là, là, fit Willie, en le retenant. Je vous donnerai une banane.

– Ah bon, alors ça change tout, dit Bebdern, en se rasseyant.

A force de regarder les mouettes, Garantier

finissait par ressembler à un personnage de Tchekhov.

– D'ailleurs, vous avez raison, dit-il, avec mépris. Je comprends vos efforts. Votre espoir, en tant que classe, c'est que la vie soit absurde. Vous auriez alors une petite chance de surnager. La méthode Albert Camus.

– Je vais vous faire retirer votre passeport américain, vous allez voir, gronda Willie.

– Je ne savais pas qu'ils avaient ça aussi en Amérique, remarqua Bebdern.

– Christophe Colomb l'a ramenée de là-bas, en Europe, dit Willie, mais ils sont en train de la leur rendre. Tous des vérolés idéologiques.

Bebdern tomba brusquement à genoux.

– Notre Père qui êtes au ciel, pria-t-il. Permettez-nous de nous élever! Permettez-nous d'accéder à la surface, rendez-nous superficiels! Donnez-nous un millimètre de profondeur, permettez-nous enfin d'être simples comme bonjour! Rendez-nous le goût du rose et du bleu, du tendre et du charmant, apprenez-nous à nous servir d'un chien, d'une forêt, d'un coucher de soleil, du chant des oiseaux! Libérez-nous du mal, libérez-nous des abstractions, rendez-nous nos esprits! Ô Vous grand Willie qui êtes au ciel, apprenez-nous le ruisseau et le sommeil dans l'herbe, rendez-nous l'herbe, le brin d'herbe entre les dents et la touffe d'herbe sous la nuque! Comment fait-on ça, comment fait-on ça? Prenez nos plus hautes institutions et faites-nous vivre au lieu de ça en Corse, dans une chanson de Tino Rossi! Que notre vie ait toute l'élévation de sa voix, toute la variété de ses rimes! Sauvez-nous du blanc et du noir, réconciliez-nous avec le gris, avec l'impur, gardez la pureté pour Vous et apprenez-nous à nous contenter du reste! Ô Vous qui pouvez tout, donnez-nous la midinette et les moyens de s'en servir! Rendez-nous le secret du coït simple comme bonjour où l'on ne risque pas de se casser les jambes à force de s'entortiller! Rendez-nous les clairs de lune, la valse, permettez-nous de mettre genou à terre devant une femme sans ricaner! Ô Vous, formidable et colossal, ô Vous, absolument inouï! sauvez-nous du ricanement et de l'analyse, sauvez-nous des élites, faites régner sur nous un rêve de jeune fille! Ô Vous! absolument invraisemblable par plusieurs côtés, rendez-nous la sérénade et l'échelle de corde, le sonnet et la feuille sèche entre les pages d'un livre, mettez Roméo et Juliette au Kremlin! Ô Vous qui avez créé les abîmes et le Kilimandjaro, rendez-nous enfin l'usage du superficiel! Sauvez-nous du hara-kiri de l'introspection! Libérez-nous des traités hautement sérieux et du narcissisme, prenez l'homme et dénouez-le! Il s'est entortillé en un nœud tellement inextricable que, de tous les côtés, on veut le couper sous prétexte de le libérer! Permettez-nous de croire à la virginité et aux petites valeurs humaines, qu'elles reviennent à nous avec leur pain et leur sel, libérez-nous de nos scaphandres, laissez-nous seulement quelques douces bulles d'air et donnez-nous la simplicité nécessaire pour embrasser une femme sur les lèvres seulement! Prenez le génie et rendez-nous le talent! Ô Vous qui connaissez si bien l'histoire, n'en faites plus! Laissez-nous petits et aimables! Arrêtez tout et vérifiez soigneusement nos mesures : nous sommes sortis de nos dimensions! Nous sommes devenus trop grands pour notre petitesse! Pour vous y retrouver, c'est bien simple : écoutez nos cris quand nous faisons l'amour, rappelez-vous ainsi qui nous sommes, réglez-vous là-dessus! Avant de créer de nouveaux Staline et toute la ribambelle de géniaux pères des peuples, écoutez longuement le chœur des hommes et des femmes qui font l'amour : retenez-vous. Laissez-les continuer. Ne les dérangez sous aucun prétexte. Gardez le génie pour Vous : Vous en avez singulièrement besoin, c'est un homme qui vous le dit. Je sais bien que ça manque d'idéal : gardez l'idéal et l'absolu pour vous, ô Vous, qui n'avez jamais fréquenté les petites femmes! Sauvez-nous des partouzes idéologiques, rendez-nous le couple! Permettez-nous de ne pas être tous heureux ensemble et en même temps et d'être heureux quand même! Ô Vous, pour qui l'amour n'est que le petit besoin des hommes, laissez-nous à notre petit besoin! Laissez-nous par couples, empêchez les grappes! Rendez-nous le goût des duos! Soutenez les barcarolles contre les hymnes, les sérénades contre les chœurs, épargnez, au cœur des grandes symphonies, le petit son de flûte! Soutenez-le, rendez-le perceptible! Sauvez-nous des Wagner du vécu, des Wagner du sué, du saigné, du bâti, de l'arraché, donnez-nous le goût de la fragilité! Prenez à nos graves penseurs le goût de l'esthétique et donnez-leur le sens de la beauté! D'ailleurs, rendez-nous le goût du joli! Réhabilitez à nos yeux le goût, le goût qui se cache, rampant, misérable et persécuté par l'écrasante catastrophe du beau! Ô Vous qui pouvez, sur le papier, les choses les moins vraisemblables, rendez-nous le goût de la boucle des cheveux et du médaillon sur le cœur! Ô Vous, qui pouvez tout, sur le papier, sauvez-nous de l'organigramme, du programmé, du perforé, et de l'épure! Rendez à

nos fils le goût du jupon qui frémit et la merveil-
leuse découverte de la cuisse de plus en plus tendre
– chez les mignonnes, les ailes et les cuisses sont
servies ensemble. Faites que nos mignonnes ne
s'arrêtent jamais de faire de la bicyclette, sauvez-
nous des puritains, sauvez-nous des puritains, sauvez-nous des puritains! Prenez les puritains et
faites-en absolument ce que vous voulez, mais je
vous suggère ceci : faites-les vivre dans les dessous
d'une fille, qu'ils respirent! Mais surtout, ô Vous!
qui êtes capable de tout! ne faites rien pour nous.
Ne nous améliorez sous aucun prétexte! Laissez-
nous éternellement tels que nous sommes, c'est très
bon! Si on ne vous satisfait pas, allez ailleurs et
créez quelqu'un d'autre! Ne touchez à rien! Laissez-nous les couleuvres et les guêpes et les gros
rhumes – c'est si bon d'éternuer! Et si vous devez
absolument nous aider, manifestez-vous en nous de
temps en temps comme un aphrodisiaque!

– Vous n'aurez pas un sou de moi, grogna
Willie.

– Que Monsieur se rassure, dit Bebdern, en se
levant. Si je peux faire sourire Monsieur... Un
sourire, un simple sourire sur son auguste visage et
je serai largement récompensé... Pour le reste...

Il baissa timidement les yeux.

– Si Monsieur veut bien me dire parfois ces
simples mots : « Pauvre petit fils de pute... »

– Chauve-souris, chauve-souris! murmura Garantier.

– Où ça? s'effraya Willie, qui ne voyait que
quelques éléphants sans importance.

Garantier se détourna avec dégoût. Il avait
toujours eu horreur de l'art expressionniste.

– Monsieur prend ses espoirs pour des réalités,

lui dit Bebdern. Il est très pressé de finir, n'est-ce pas? Puis-je lui murmurer discrètement à l'oreille qu'une chauve-souris n'annonce pas le printemps, que le crépuscule n'annonce pas le matin, mais la nuit, que ce qui caractérise les culs-de-sac, c'est que, précisément, ils n'offrent pas de débouchés et tant que l'impossible s'acharnera sur nous avec sa foreuse de dentiste, ce n'est pas par les croisades, les révolutions, les idéologies ou le suicide que l'on pourra lutter contre lui, mais uniquement par la poésie, le rire et l'amour... Il n'y a pas d'autres façons de lutter contre les horreurs de l'absolu...

– Assez, dit Willie. Je ne me sens pas bien.

Les deux autres se turent : le satrape n'est plus amusé, pensa Garantier. Willie se tenait debout, appuyé à la table, la tête basse, la respiration sifflante. Depuis qu'il était un adulte, c'est-à-dire depuis qu'il se cachait, il n'arrivait à tenir que par ces moments de jeu parodique et de dérision, et si les lutins, les gnomes et le chat botté-qui-arrange-tout n'existaient pas, il lui suffisait de quelques partenaires pour que l'angoisse ne se refermât pas entièrement sur lui. On pouvait demander cela, au moins, aux rapports humains. Il suffisait d'être quelques-uns à repousser le néant et la mort, pour les tenir à bout de bras, par la parodie, par le burlesque, par la dérision, par l'humour, par l'alcool, par ces sortes de graffiti barbouillés sur tout ce qui nous menace et nous terrifie pour le rendre méconnaissable. Mais ce n'étaient que des moments. Et il fallait aussi, pour y parvenir, se retrouver entre initiés, retrouver la fraternité des mimes inspirés. La puissance du rire a besoin de leur compagnie. L'apparition providentielle de Bebdern avait suffi, pendant quelques instants, à alléger la terreur du monde autour de lui, mais ce n'était qu'un intermède et, brusquement, tous les poids de la vérité furent à nouveau sur lui. Le désir de tenir la main d'Ann dans la sienne, de baiser ses paupières, d'avoir un enfant d'elle, d'avoir un sourire d'elle, d'être heureux. Il n'y avait pas de dérobade, pas de pitrerie possible devant une telle évidence, c'était vraiment l'heure de la vérité. La vie reprenait toute sa naïveté formidable et souveraine et l'humour ne pouvait rien contre la bêtise du cœur.

Willie commença à se gratter le poignet, puis le cou, où des boursouflures rouges venaient de se former : les contrariétés lui donnaient de l'urticaire et parfois aussi de l'asthme et le rhume des foins. Il souffrait d'une allergie chronique et impossible à soigner, car, selon l'explication très vraisemblable de Garantier, il était allergique non à quelque corps étranger, mais à lui-même. Il était sa propre contrariété permanente et tenace. Peut-être lui eût-il suffi de s'accepter une fois pour toutes, de laisser l'enfant terrifié sortir de sa cachette, pour que l'asthme et l'urticaire le quittassent à jamais. Mais il aimait encore mieux étouffer, se gratter et éternuer à en crever que de s'avouer aux yeux du monde, dans toute son immaturité, dans toute sa rose, bleue et infantile rêverie de tendresse et d'amour maternels. Et ses nerfs se vengeaient de cette espèce de détournement auquel il s'était livré sur lui-même. Il finissait par devenir sa propre épine irritative. Le personnage qu'il avait soigneusement bâti autour de lui-même était ainsi assailli par des crises d'asthme terribles, par des démangeaisons qui étaient sans doute la seule façon que la nature trouvait de se venger, de faire quelques remous à la surface. Aux mille causes connues de l'allergie, peut-être faut-il ajouter celle du rêve coincé dans un milieu qui lui est si essentiellement contraire, celui des possibilités simplement humaines : quelque chose comme de l'horizon enfermé dans une bouteille. Il y a là largement de quoi se gratter. Cet immense horizon captif est sans doute ce que les médecins appellent une épine irritative.

– J'ai dû encore manger de la merde, grommela-t-il, en se grattant furieusement. Cette cuisine française aura ma peau.

En quelques secondes, son corps devint une surface lancinante et la crise d'asthme commença aussitôt. Garantier, qui s'y attendait depuis un moment, l'aida à se coucher, sous les yeux d'un Bebdern affolé et impuissant devant cette brusque manifestation du réel.

– Ce n'est rien, dit Garantier. L'émotion. Chaque fois que la réalité reprend le dessus, il fait une crise d'asthme.

Willie, la gorge béante, étouffait avec des soubresauts de poisson, pendant que Garantier lui tenait devant la gorge le vaporisateur de ténol. Ce qui lui était d'ailleurs de loin le plus insupportable dans la souffrance, c'était son caractère de sincérité. Il avait horreur de cette façon que la souffrance avait d'imposer à son visage, à ses yeux, ses propres moyens d'expression. C'était vraiment la fin de l'art.

– *Finita la commedia*, râla-t-il. Nom de nom! Grattez-moi.

Ils le déshabillèrent rapidement.

– Grattez-le, dit Garantier. J'ai les mains occupées.

Il continuait à presser l'aérosol dans la bouche de Willie. Bebdern commença à gratter, effrayé de sentir sous ses doigts les boursouflures grosses comme des écailles.

– Plus fort! gueulait Willie.

Au bout d'un moment, Bebdern sentit ses doigts refuser tout service.

– Je n'en peux plus, gémit-il.

– Allez chercher un gant de crin dans la salle de bains, ordonna Garantier.

La crise dura près de deux heures. L'asthme se calma d'abord, puis les démangeaisons, bien que le corps demeurât couvert de boursouflures qui perdaient seulement peu à peu leur couleur rouge.

L'épuisement rendait à Willie son visage d'enfant. C'était ce visage, ce visage clair des enfants avant de s'endormir, un jouet dans leurs bras. Les yeux étaient à demi partis et paraissaient tenir enfin un rêve. Sous les cheveux bouclés, le front semblait abriter la pureté même et la beauté des traits apparaissait, maintenant qu'ils ne cachaient plus rien. Le nez était très fin, droit, les lèvres ne semblaient avoir touché à rien, le menton, têtu, avait ces fossettes qui vont si bien avec le sourire... Il était facile de deviner qu'une mère, en se penchant sur ce visage, avait dû se dire avec confiance : il sera aimé...

Willie respirait enfin. C'était un de ces moments où il découvrait la bonté de l'air et il se sentait entouré d'une générosité insoupçonnée. Il sourit et ferma les yeux. Garantier le regarda encore un moment puis se leva.

– Voulez-vous m'attendre chez moi? demanda-t-il à La Marne. Je vous rejoins.

Lorsqu'il fut seul, il passa dans la chambre d'Ann et revint avec un écureuil en toile qu'Ann avait toujours sur sa table de chevet, un petit objet amical aux yeux ronds qui paraissait sortir d'un dessin animé. Il le posa discrètement sur le lit, à côté de Willie et rejoignit La Marne dehors.

La Marne suivit Garantier dans sa chambre, s'installa dans un fauteuil sans quitter son pardessus, le chapeau sur la tête, et accepta un whisky de mauvaise grâce. Il se méfiait de Garantier : celui-ci sentait les belles âmes à cent lieues à la ronde, ce qui jetait immédiatement sur vos épaules tout le poids de l'intolérable, y compris celui de votre propre vie gâchée en poursuite du bleu. Par « poursuite du bleu », il entendait toutes les aspirations bêlantes éternellement bafouées et qui continuent à bêler en vous d'une voix immortelle et qu'aucune pantalonnade n'arrive jamais à faire taire tout à fait.

– Mon cul, déclara-t-il, sans aucune intention précise, mais à titre de précaution élémentaire et pour mettre les points sur les *i*.

– J'ai l'impression que nous nous sommes déjà rencontrés quelque part, dit Garantier.

– Vous et lui?

– Je vous en prie... Je crois que nous avons siégé ensemble au Présidium du Congrès de Lutte contre le Racisme, en 1937. J'étais dans la délégation américaine.

– Me souviens pas, dit La Marne, le nez dans

son whisky. Moi, vous savez, je suis dans la chaussure.

— Dans la chaussure? s'étonna Garantier. Tout à l'heure, vous étiez expert-comptable?

— On a tout de même le droit de changer de métier, dans la vie? s'irrita La Marne.

— Ou alors, c'était peut-être au bureau de travail permanent de la IIIe Internationale, en 1936? insista Garantier.

— Oh la la, fit La Marne. Vous connaissez celle du boulanger?

Il tendit le bras :

— Elle est comme ça!

Il se tortillait sous le regard de Garantier comme sous une foreuse de dentiste.

— Non, sérieusement, dit Garantier. Willie n'est plus là, ce n'est plus la peine de faire des culbutes... Je suis absolument sûr de vous avoir déjà rencontré. A la Ligue des Droits de l'Homme, peut-être?

— Qu'est-ce que vous avez à m'emmerder? gueula enfin La Marne, d'une voix larmoyante. On a tout de même le droit de rigoler, dans la vie! On a le droit de changer de métier? J' suis un honnête ouvrier, j' fais mon boulot, j' m'occupe pas de ça... Est-ce que je vous demande, moi, avec qui vous avez couché? A part : il m'embête, à la fin.

Ils observèrent tout de même ensemble un moment de silence nostalgique, comme deux vieux rameurs d'Oxford qui se remémorent leurs quatre-vingt-dix défaites par le onze de Cambridge.

— Prenez encore un whisky, vieux, dit Garantier. Qu'est-ce qu'est devenu le reste de l'équipe?

– Je ne sais pas du tout de quoi vous voulez parler, dit La Marne, avec énormément de dignité.

– Malraux, par exemple, est chez le général de Gaulle, dit Garantier. Ce qui est bien la plus sensationnelle rupture avec l'érotisme que je connaisse... Et les autres? A part tous ceux qui ont été fusillés par Staline?

– Foutez-moi la paix, dit La Marne. Je viens de passer deux heures à gratter votre patron et je ne vais pas vous faire le plaisir de vous gratter là où c'est bon. Grattez-vous vous-même.

– Le petit Dubrecht, vous vous en souvenez? demanda Garantier. Celui qui rêvait tout haut, dans les meetings, d'un communisme français ensoleillé, harmonieux, fraternel, sans haine aucune, infiniment soucieux des aménagements, de la mesure, entièrement préoccupé de sauvegarder les valeurs françaises permanentes de tolérance, de diversité, d'équilibre et de liberté. Qu'est-ce qu'il est devenu celui-ci?

– Il est toujours communiste, dit La Marne. Voilà ce qu'il est devenu.

– Et les autres? Les intellectuels de gauche n'étaient pas si nombreux à Paris, dans les années trente. Qu'est-ce qu'ils sont devenus, tous ces visages frémissants et inspirés que l'on voyait sur la scène de la Mutualité?

– Il y en a qui publient encore, dit La Marne.

– C'est très beau.

– Mais la plupart ne se sont jamais remis de leurs blessures. Il y a eu l'extermination de quelques millions de Juifs par les nazis – ça se passait entre hommes, malgré tout – il y a eu la pulvéri-

sation de Hiroshima – entre hommes également –
il y a eu les procès politiques de l'Est et les
pendaisons – entre hommes, mon bon, entre hommes, qu'on le veuille ou non! et il y a eu le pacte
germano-soviétique de 1939, vous en avez peut-
être entendu parler?

Garantier sourit avec indulgence. Le souvenir
du pacte était pour lui particulièrement odieux et
il en éprouvait un très beau sentiment d'apparte-
nance, de grandeur et d'exaltation. Car, pour lui,
avoir fait un tel sacrifice et accepté d'avaler une
telle couleuvre, était quelque chose comme la
preuve – noir sur blanc – de la noblesse et de la
pureté du but poursuivi. Il prit une Sobranié dans
son étui, la plaça dans son fume-cigarette et
alluma. L'ensemble – main, briquet en or, ivoire et
cigarette – formait une nature morte agréable à
l'œil. La Marne glissa machinalement son regard
sur le reste du tableau : le veston, d'une coupe
démodée, de tweed anglais, boutonné très haut, le
pantalon étroit, presque edwardien et de fines
chaussures montantes admirablement cirées – de
qui se moquait-il? De lui-même? Au fond, pensa
La Marne, il n'y a là sans doute, qu'un immense
dégoût pour son temps et une nostalgie irrésistible
du passé. La nostalgie d'une époque où toutes les
idées étaient encore intactes, où elles n'étaient pas
devenues de sanglantes réalités.

– Et Poupard? demanda Garantier. Celui qui
faisait, au Vel' d'Hiv', de 1934 à 1939, ces discours
prophétiques sur la volonté pacifique des peuples
qui devait empêcher une nouvelle guerre, et sur le
courage des masses, qui devait rendre inutiles les
croisades et permettre auxdites masses de se libérer
elles-mêmes?

– Il cultive les orchidées dans le Midi. On se venge comme on peut.

Garantier hésita un moment. La Marne l'observait d'un œil moqueur. Il n'était pas dupe de ses ruses de Sioux.

– Et... ce Rainier? finit par demander Garantier. Il avait fait partie du Comité pour la Libération de Thaelmann en 1934, n'est-ce pas? Je crois me souvenir du nom.

– Et alors?

– Qu'est-ce qu'il est devenu?

– C'est là que vous vouliez en venir, hé?

– Il s'agit seulement de ma fille, dit Garantier. Pour moi, c'est encore la seule chose qui... Enfin, je voudrais savoir...

Il se tut. Vraiment, ce n'était pas possible. Il ne pouvait tout de même pas s'abaisser jusqu'à dire, devant témoin, qu'il n'y avait qu'une chose qui restait, qu'il n'y avait qu'une seule façon de bâtir le monde et c'était l'amour. Il sortit la pipe de sa poche, fit avec elle un geste vague en l'air...

– Je voudrais savoir si ce garçon...

– S'il est prêt à cultiver les orchidées, lui aussi.

La Marne se leva, mit son chapeau. Il contempla Garantier avec le sentiment très revigorant d'avoir violé la vieille grand-mère, de s'être essuyé la verge dans les rideaux et d'être allé ensuite à la cuisine boire le lait du petit chat.

– Vous m'aideriez beaucoup, dit Garantier.

La Marne rota.

– Il part en Corée dans huit jours. Il est de ceux qui croient qu'il suffit de punir les idées lorsqu'elles se conduisent mal. Changera jamais, vous voyez.

Pas comme nous, hé? Rien appris et rien oublié. Allez, mon cul, et à bientôt.

— Mon cul, murmura Garantier, automatiquement. Je veux dire...

Mais La Marne était déjà sorti — avec le sentiment d'avoir tout de même sauvé la face.

XIII

Lorsqu'ils se réveillèrent, le jour s'était déjà levé au-dessus d'eux comme une corne d'abondance et ils furent envahis par la lumière, les parfums, les voix et les couleurs – bleu du ciel, bouffées de mimosa, rires d'enfants, sabots de mulets sous la fenêtre ouverte – et Rainier alla vite fermer les volets, tirer les rideaux, jeter le jour dehors. Ann disait qu'il fallait s'habiller, faire un tour dehors, on ne pouvait rester couchés par un temps pareil, mais il revint auprès d'elle et ils oublièrent ce qu'on pouvait et ce qu'on ne pouvait pas. Vers trois heures de l'après-midi, ils se réveillèrent encore et il alla chercher du raisin et des oranges à la cuisine. Les murs étaient nus, il y avait peu d'objets, il avait toujours attendu une femme pour faire vivre la maison. Je ne te connais pas, pensait Ann, en caressant ses cheveux blonds et gris, effleurant du bout des doigts son front, ses paupières, ses lèvres, je ne te connais pas encore et ainsi tu es, ainsi tu demeures, encore inconnu et donc possible.

– Qui es-tu? Je ne sais rien de toi.

– Tant mieux. Que ça reste intact. De toute façon, je suis approximatif.

– Approximatif?

– Oui. Je suis à peu près. Un homme à peu près, une vie à peu près, qui rêve d'un monde à peu près et d'une société à peu près. C'est d'ailleurs ce qu'on appelle civilisation : une poursuite de l'à-peu-près. Et dès qu'on veut aller au-delà de l'à-peu-près, on est dans l'inhumain. Au-delà de l'à-peu-près, on est chez Hitler et chez Staline. Dès qu'on va au-delà de l'à-peu-près, on tombe dans tout ce qui est ennemi de l'homme. La seule chose qui n'est pas à peu près, c'est la mort.

– Et c'est ainsi que l'on se trouve avec un bras en moins, dit-elle.

– Oui. Je voulais vivre dans un monde à peu près libre. Et je n'ai jamais été capable de vivre uniquement de moi-même : « je », « moi », c'est toujours un état de manque. Alors, ce fut d'abord la guerre d'Espagne, ensuite les escadrilles de la France Libre, les parachutages en France occupée, et maintenant...

– La Corée, dit-elle.

– Oui.

Il rit.

– Parce que je n'ai jamais pu me contenter de l'à-peu-près. C'est ce qui me rend si comique. Je n'ai jamais réussi à me dire : tu as fait tout ce que tu as pu pour l'à-peu-près. Le fascisme est à peu près vaincu, il reste Staline, mais c'est aux autres, maintenant, d'en débarrasser la terre. Tu as fait à peu près tout ce que tu as pu, alors, arrête-toi, laisse à d'autres la lutte pour un monde à peu près libre et essaie d'être à peu près heureux. Mais comme je n'ai jamais pu me contenter d'aimer à peu près une femme... C'est ce qu'on appelle être bourré de contradictions. C'est même ce qu'on appelle être à peu près un homme...

Et c'est ainsi, pensait-il, que si Gorki pouvait se pencher sur ce qu'il avait si bien appelé « l'arène du vieux cirque bourgeois idéaliste », il verrait ce couple désopilant : une vedette de Hollywood et un éternel éclopé de la « république des belles âmes », qui étaient de toute évidence destinés l'un à l'autre. Et si quelques dieux de nous inconnus, avides de divertissement, donnaient un grand coup de filet dans nos rêveuses profondeurs, ils ramèneraient à la surface de cette source du comique quelques autres clowns lyriques qui s'acharnent à vouloir ménager la chèvre et le chou, leur soif d'absolu et l'acceptation de l'à-peu-près, ce qu'on pourrait appeler la coexistence pacifique entre le possible et l'impossible. Pourtant, je n'ai jamais été communiste et je n'ai donc jamais eu à devenir haineusement, rageusement anticommuniste, comme toujours dans les drames de rupture passionnelle : je n'ai jamais eu à rompre avec moi-même. Mais, du blocus de Berlin aux pendaisons de Budapest et de Prague, des camps de mort sibériens à l'invasion de la Corée, Staline menace tout ce que nous avons à peu près sauvé, à peu près arraché à la gueule d'Hitler. Et voilà tout ce que je ne te dis pas, parce que c'est fini, maintenant, je t'ai rencontrée et je vais rompre enfin avec tout ce qui, en moi, était toujours chez les autres et toujours ailleurs. Je vais rompre enfin avec celui qui a toujours su que toute œuvre humaine ne peut être que de l'à-peu-près et qui n'a pourtant jamais su se contenter de l'à-peu-près. Celui qui a lutté contre tous les démons de l'absolu et qui n'a pourtant jamais su faire lui-même cette paix avec l'impossible. Qui a toujours su que rien n'est plus ennemi de l'humain que l'extrémisme de l'âme et qui est pourtant lui-même un extrémiste de l'âme. Et voilà pourquoi je me serre contre toi avec tant d'espoir et de désespoir, pour me retenir enfin, me contenir, me limiter, me détourner enfin de l'horizon, cet éternel fuyard – et le retour de tes yeux au lever des paupières, et la confiance tremblante des cils avant l'étreinte, ce regard de femme où l'on vit si bien et où l'on revient toujours de si loin...

– A quoi penses-tu?

– A la fin de l'impossible, dit-il, et il se pencha sur ses lèvres et baisa leur ligne mince et souriante comme tout l'horizon humain.

XIV

La crise d'asthme, la plus forte qu'il avait eue depuis des années, permit à Willie de fournir une bonne excuse au studio qui s'inquiéta – un coup de téléphone de son représentant à Paris – de la prolongation du séjour du couple en Europe. Il expliqua à Ross qu'il avait besoin de quelques jours de repos pour se remettre.

– Je ne vois pas pourquoi Ann ne rentrerait pas seule, grommela à l'autre bout du fil la voix de Ross qui, selon la bonne vieille expression américaine, sentait toujours un rat, lorsqu'il avait affaire à Willie. Elle devait commencer à tourner aujourd'hui.

– En somme, vous voulez que ma femme me laisse crever seul pour tenir ses engagements? hurla Willie. Après ça, vous pourrez difficilement abreuver le public de vos bondieuseries sur le couple le plus uni du monde.

Le téléphone observa un moment de silence peiné.

– Ecoutez, Willie, je dois donner au studio une réponse précise. Ils ne peuvent pas garder tout le

monde assis autour du plateau, les bras croisés.
Quand pensez-vous pouvoir rentrer?

— Donnez-moi une semaine, dit Willie.

De toute façon, il ne pouvait espérer de garder le
départ d'Ann secret plus de huit jours. Il avait déjà
vu les journalistes traîner, comme par hasard, dans
le hall de l'hôtel : il se demandait quelquefois s'il
n'avait pas une odeur qui les attirait. C'était aussi
un laps de temps largement suffisant pour permettre à Soprano de se manifester et de remettre les
choses en ordre. Il lui faisait entièrement confiance.
Il sentait sa présence invisible autour de lui et en
tirait un certain sentiment d'aisance et d'humour,
l'impression de dominer, avec une maîtrise de
grand style, les petits efforts dérisoires que la vie
faisait parfois pour se mettre au travers de votre
chemin.

— Donnez-moi une semaine. Si je n'ai pas d'autre crise, bien entendu. Je tiens à vous dire d'ailleurs que j'ai demandé à Ann de rentrer et qu'elle
a refusé. J'ai plus à cœur les intérêts du studio
qu'ils ne le pensent et qu'ils ne le méritent. Vous
pouvez me croire que je n'ai rien fait pour qu'Ann
restât sur la Côte, mais il faut croire que c'est plus
fort qu'elle...

Il ne put s'empêcher de jouir un moment de
l'ambiguïté de ses propos dont Ross était à mille
lieues de se douter. Ça, c'était du style.

— Entendu alors, dit Ross. Je me demande
seulement si nous ne pourrions pas rattraper
en publicité ce que nous perdons en temps et
en argent. On pourrait vous photographier avec
Ann à votre chevet, ou quelque chose comme
ça...

— Rien à faire, dit Willie, avec indignation.

Personne ne sait ici que je suis malade et même que je ne suis pas parti. J'ai envie d'avoir la paix, figurez-vous.

Il sentait qu'un tel mépris pour la publicité ne lui ressemblait guère, mais il n'avait pas le choix.

– J'ai voulu parler à Ann, mais je n'ai pas pu l'avoir, dit Ross.

– Parfait, dit Willie, tranquillement. Une seconde, je vous la passe. Ann, cria-t-il, Ann...

Il raccrocha. Il appela ensuite le concierge et lui donna l'ordre de ne plus passer aucune communication de Paris, ni à lui-même, ni à Mlle Garantier. Cela lui ferait gagner sans doute quarante-huit heures et, entre-temps, Ann allait sûrement rentrer. Un bain chaud et il n'y paraîtra plus. Il ne pouvait en être autrement, le grand amour n'arrive pas comme ça, pas un soir de carnaval, pas avec cette facilité, la vie n'est pas comme ça, *shit*. Et d'abord, le grand amour, le vrai, c'est quelque chose qui ne peut être partagé. Il faut être seul à aimer, pour aimer vraiment. Le grand amour, c'est lorsqu'on aime une femme sans être aimé d'elle. Là, alors c'est le vrai truc, dévorant, destructeur – la vie, dans toute sa domination ironique et souveraine, qui vous prenait à la gorge, vous étranglait et couvrait votre corps de démangeaisons insupportables.

Il avait en tout quarante-huit heures pour inventer quelque chose au cas où le représentant du studio déciderait de faire un petite apparition à Nice, ce qui était plus que probable. Pour l'instant, il n'avait aucune idée de ce qu'il allait lui dire, mais il avait confiance dans ses talents d'improvisateur. Il savait trouver les reparties qu'il fallait, sans jamais les préparer à l'avance. Un don de riposte, d'empoignade immédiate et victorieuse avec toutes les sales bêtes que l'on voit soudain émerger à la surface de la vie, comme le monstre du Loch Ness. Il fallait toujours à Willie des situations imprévues pour donner le meilleur de lui-même.

Il n'allait pas permettre à ces bâtards de celluloïd d'interrompre une petite aventure hygiénique qui allait faire à Ann le plus grand bien. Cette môme ne baisait pas assez. Cet état de frustration l'empêchait de s'épanouir et la condamnait à une froideur, un manque de chaleur, dont on commençait à ressentir les effets sur son talent de comédienne. Il fallait espérer que le gars sur lequel elle était tombée savait s'y prendre et qu'il allait bien la faire jouir.

Willie croqua un bonbon, avec, à l'égard du commun des mortels, un sentiment d'indulgente supériorité. Il ne fallait jamais attacher d'importance à ces histoires de cul. Il sourit, sortant de son for intérieur comme s'il sortait d'Eton : une élégance dédaigneuse, faite de parfait détachement. Le vrai style, quoi.

Il avait, en dehors de tous les dons dont la nature l'avait comblé, celui de se mouvoir à la surface de lui-même, en évitant de crouler à travers la très mince et craquante carapace dont il s'était couvert. Cela finissait par ressembler à une sorte de patinage artistique, de ballet d'une perpétuelle *commedia dell'arte*, une improvisation dont l'enjeu était d'éviter à tout prix la confrontation, avec le petit garçon terrifié, abandonné depuis trente ans dans le noir et qui n'avait même plus le droit d'appeler maman.

Mais cette *commedia* exigeait avant tout des partenaires, il ne fallait surtout pas rester seul, et l'apparition inattendue de Bebdern avait été à cet égard un véritable don du ciel. A défaut, il fallait se rabattre sur ce cher vieux Monsieur Loyal. Il s'habilla et passa dans l'appartement de Garantier, qu'il trouva assis, les mains jointes, les yeux fermés, dans le crépuscule. Il n'était d'ailleurs que trois heures de l'après-midi et on ne pouvait parler de crépuscule. C'était un air que Garantier réussissait à se donner, une sorte de demi-teinte personnelle qu'il parvenait à étendre à tout ce qui l'entourait. C'était une façon d'être, de vivre, de se tenir et de respirer qui s'étendait jusqu'au ciel gris, la mer hivernale, une apparente absence de passion qui était peut-être une volonté passionnée et formidable de marquer le monde entier de son chagrin intime. Willie devinait au fond de tout cela une intention entièrement égocentrique de faire entrer le monde dans son dépit, avec ses guerres et ses révolutions, ses millions de vainqueurs et de vaincus, un prodigieux gigantisme du nombril, une véritable annexion par un bobo de toute la souffrance des hommes.

— Bebdern est parti? Il m'amuse. Il n'y a rien de plus drôle que les écorchés vifs.

— Vous le trouverez dans le hall. Il n'a pas pu tenir, avec moi. Je le démonte.

— Je vais sortir. Si Ann téléphone, dites-lui de ne rien faire de précipité. Il ne faut pas que cette histoire de cul foute tout en l'air. Expliquez-lui surtout qu'il est essentiel que je sois avec eux. C'est le seul moyen de donner à la chose un caractère de parfaite honorabilité. Du moment que je serai avec eux, personne n'aura plus rien à y redire. Je suis prêt à les suivre partout où ils veulent aller. Pour eux, c'est une couverture parfaite, et pour moi, c'est une question d'amour-propre. Même s'ils veulent se promener en gondole à Venise, je suis prêt à faire le gondolier. Rossellini vient de briser la carrière de la Bergman : elle a toutes les ligues de moralité américaines sur le dos. Pourra plus travailler à Hollywood pendant des années. Tout cela parce que son mari, Lindström, n'a pas su assurer le coup. Nous ne pouvons pas nous permettre de provoquer la morale et l'opinion publique, dans notre métier. Ils vont avoir d'un moment à l'autre cent journalistes sur le dos.

Moqueur :

— Surtout, ne lui dites pas que je fais ça par amour pour elle. Pour lui faire avaler ça, il faudrait que ce fût joué par moi, et encore, elle ne le croirait pas.

— Elle aurait tort.

— Rappelez-lui que ma vanité est en jeu. Tout le monde sait que je suis un salaud intégral : qu'elle respecte ma réputation.

— Calmez-vous, Willie. Ann est probablement en train de vivre une très belle histoire d'amour : ça ne risque donc pas de durer. Même et surtout s'il s'agit vraiment d'un grand amour. Les peuples ont fait la même expérience avec la révolution.

Il y avait presque de la bienveillance dans sa voix. C'était la voix de ce que Willie détestait le plus en lui : un chagrin intime qui réduisait tout à vanité et poussière. Ramener à ce point tout à lui-même ! pensa-t-il avec indignation.

— Caressez-vous bien, dit-il.

Il sortit, mais au lieu de descendre, il s'assit sur

la banquette pourpre et or du corridor, à côté de la porte, et resta là une demi-heure à attendre. C'était une ruse pour faire croire au téléphone qu'il était parti. Les téléphones étaient tous des vicelards et il fallait les piéger. Pour les faire sonner, il suffisait souvent de leur faire croire qu'on n'était pas là.

Il frissonnait. Si l'affaire devenait vraiment sérieuse, il ne resterait plus que Soprano. Mais comment mettre la main sur ce maudit fils de pute? Il avait pu obtenir le numéro de téléphone à l'adresse que Beltch lui avait donnée à Palerme, mais tout ce qu'il entendit, à travers l'espace, fut de la musique et des voix de femmes qui pouffaient de rire dans l'appareil. Il savait très peu d'italien, mais il n'y avait pas besoin d'être un linguiste pour comprendre qu'il se trouvait dans un bordel. Willie s'était senti réconforté : cela conférait à Soprano un caractère réel. Il avait toujours cru au merveilleux, c'est-à-dire à une saloperie immense qui préside au destin des hommes. Beltch, Soprano, et toute la Maffia, c'était ce que les contes de fées deviennent en vieillissant – la dernière incarnation, à l'âge d'homme, de la baguette magique, du Sésame-ouvre-toi et du tapis volant, c'était ce que *Les Mille et Une Nuits* deviennent lorsqu'elles se font mille et un jours. En ce moment même, assis dans le corridor, il était convaincu, en authentique croyant, que la toute-puissance de la saloperie veillait sur lui : il suffisait de se conduire en salaud pour que cette bienveillance se manifestât et lui donnât aide et protection.

Il entendit le téléphone sonner et se précipita dans l'appartement. Au moment où il entrait,

Garantier était sur le point de reposer le récepteur. Il avait l'air horriblement ennuyé.

– C'est Ann... Prenez l'appareil. J'ai horreur de ce genre de situation.

Ann fut surprise d'entendre la voix ironique et indulgente de Willie : elle l'avait oubliée.

– Ma chérie, c'est si merveilleux de vous savoir enfin heureuse... C'est si bon pour votre art... Je vous envoie vos valises et j'ouvre un compte à la Barclay's de Monte-Carlo à votre nom, au cas où votre ami aurait des goûts luxueux... Un peu de linge aussi, bien entendu, j'imagine que c'est tout ce qu'il vous faut, en ce moment... Vous ne pourriez pas me donner une idée du temps que ça pourrait durer? Huit jours, un peu plus? C'est uniquement pour savoir la tête que je dois faire devant les journalistes...

– Je n'en sais rien, Willie.

– Enfin, nous autres, acteurs, nous devons tout aux beaux sentiments... Nous en vivons. Sans ces petits accidents d'authenticité, il n'y aurait pas d'art possible. Il faut nous incliner bien bas sur leur passage – ils passent si vite! et nous laissent... si endoloris! A ce propos... Voulez-vous parler à votre père?

– Non.

– Bien. Il comprendra. Lui aussi est plein de délicatesse.

– Willie...

– Ne craignez rien. Je survivrai. Et, si vous permettez, je vais vous citer un poète français. Un certain Ronsard... *Vivez si m'en croyez, n'attendez à demain, cueillez dès aujourd'hui les roses de la vie...*

– Merci, Willie. Je connais ce poème depuis mon enfance.

– Vous me l'avez bien caché. Sans doute, une preuve de tact...

Ce qui comptait, ce n'était ni les mots ni le ton de persiflage, mais le fait qu'il n'arrivait pas à raccrocher. Ann le fit, – et ils ne se parlèrent plus jamais.

XV

Elle raccrocha et se détourna, le visage contre la blancheur de l'oreiller. Dans la blancheur de la chambre, les ombres bougeaient au hasard de la brise qui jouait avec les rideaux. Il se penchait sur ce profil qui donnait enfin un sens à tout ce qui fut sa vie errante. La douceur de l'air les couvrait de cette tendresse méditerranéenne où tout ce qui aime et se veut aimé retrouve sa raison première. Dans cette paix qui les portait lentement au fil des heures, et qui était à la fois fleuve et estuaire, visage et haute mer, chaque seconde semblait mêler l'éternel à l'éphémère et Ann sourit à ce regard un peu triste, si attentif, qui l'apprenait par cœur.

— Chaque fois que tu me regardes, on dirait que tu fais des provisions. Habillons-nous. Sortons. Il fait si beau dehors.

— Partout.

— Quoi?

— Il fait beau partout. Dehors. Dedans. Partout.

Elle tendit la main, prit une grappe de raisin, mais n'eut pas la force de la porter à ses lèvres, ni de la reposer, et elle laissa retomber sa main avec la grappe sur le drap.

— Levons-nous, Jacques, sortons, murmura-t-elle, encore, pour se faire peur.

— C'est ça, approuva-t-il, énergiquement, et ils se serrèrent encore un peu plus l'un contre l'autre.

— Bande de salauds, murmura-t-il, en pensant à tout ce qui était haine et guerre. Je ne sais même pas ce qu'ils veulent défendre...

— Je ne veux rien défendre, dit Ann, résolument. Pas en ce moment. On dirait que, dès qu'une idée prend corps, elle devient cadavre...

Il sourit.

— Mais non. Lorsqu'une idée prend vraiment corps, elle devient femme...

Il s'écarta un peu, regarda ses seins, les sourcils froncés, avec énormément de gravité, et Ann essayait de ne pas rire, parce qu'elle sentait que, dans sa main, ses seins devenaient déjà un contenu idéologique, quelque chose comme deux petits Occidents jumeaux. Ses premiers mots après leur rencontre furent pour lui dire qu'il partait dans dix jours en Corée, avec les troupes des Nations unies, pour lutter contre la nouvelle poussée du règne totalitaire, il le lui avait dit immédiatement, comme un honnête homme annonce qu'il est déjà marié. Mais cela avait tout de suite eu très peu d'importance, aussi peu d'importance qu'il fût marié. Son départ était encore une chose lointaine — neuf jours — et songer à l'avenir apparaissait à Ann comme une histoire sans lendemain, une sorte d'imprévoyance, une manière de gaspiller son bien. C'était un luxe criard et provocant, totalement dépourvu de modestie, survivance d'une époque où l'on économisait, où l'on mettait du bonheur de côté pour l'avenir, où les riches vivaient dans une telle opulence et dans une telle sécurité qu'ils pouvaient se permettre de penser au lendemain. C'était un souci de bas de laine.

– Tu sais, Jacques, une chose m'a toujours beaucoup frappée, depuis que j'ai lu pour la première fois *La Cigale et la Fourmi*...

– Quoi donc?

– C'est que beaucoup de temps s'est passé depuis, mais les cigales chantent toujours. On a tiré une fausse morale de la fable; la vraie, c'est que les cigales chantent toujours. Elles font en somme aux fourmis une réponse pleine de courage et de fierté : elles continuent à chanter. Quand j'étais enfant, cela m'est tout de suite apparu comme très important et d'autant plus significatif que les grandes personnes le passaient discrètement sous silence. Les cigales continuent à chanter, et c'est cela, la véritable morale de la fable. Alors, que tu partes ou non... Penser uniquement au présent est la seule façon d'être prévoyant...

– Les cigales ont raison. D'ailleurs, la Méditerranée s'est faite comme ça, avec cette morale des cigales. C'est pourquoi elles chantent ici mieux qu'ailleurs. Tout le reste, c'est beaucoup plus au nord.

Elle essaya de retenir sa main, mais il avait raison, tout le reste était beaucoup plus au nord, là d'où venait sans doute l'expression « garder la tête froide ». Après, dérivant dans le silence, avec le monde roulé en boule à leurs pieds, ils demeurèrent longtemps dans cette immobilité heureuse des instants qui sont, plus qu'on ne le croit, las de finir. Il pensait à tout ce qui s'était perdu, de victoire en victoire, et qu'il retrouvait maintenant vivant, gagné, intact dans ce corps contre le sien et dans ce souffle si léger, mais qui mettait fin à toutes les lois de la pesanteur, et ce havre au creux de l'épaule où finissent toutes les quêtes et où tout vous est rendu. Et le dessin ondulant et magique des lèvres comme une vague surprise au vol... O celles que l'on prend dans ses bras! Ici, c'est un homme qui parle, un vide, un comique, une rage, un désespoir d'homme. Qui a connu la fraternité des causes justes et qui n'a rien connu, qui a connu les femmes et qui n'a rien connu, qui a connu l'amour maternel et qui n'a rien connu, mais qui t'a rencontrée enfin et qui a tout rencontré. Voici que s'accomplit sous mes yeux la preuve du monde par deux. Et qu'il est drôle d'être un homme mûr qui reçoit enfin sa première leçon de choses, la révélation d'une main de femme, d'une démarche de femme, de ses pieds qui donnent quelque chose à la terre chaque fois qu'ils la touchent, et le miracle de ses bras le long du corps – quelle idée bouleversante de les avoir mis là! Tout enfin est pour la première fois. Et hier soir, à la fenêtre, qui donc aurait cru que la nuit méditerranéenne pouvait être ainsi cueillie au creux de ta main à chaque baiser, avec toute sa douceur? Ici finit ma vie errante. Viens plus près. Oui, je sais que tu ne peux pas : viens plus près quand même. Encore plus près... Là. Ça ne fait rien : on respirera après. Comme ça.

Jacques...

Ne m'appelle pas. Ne dis pas mon nom : on croirait que nous sommes deux.

Il essaya de se rappeler ce que Gorki avait dit des clowns lyriques, car ce que Gorki avait ou n'avait pas dit était sans importance, puisqu'il avait écrit aussi que l'amour était une incompréhension de l'homme devant les lois de la nature.

– Pourquoi ris-tu?

– C'est le sérieux qui l'exige.

Vers le milieu de la nuit, il alluma.

Elle paraissait si menue : ses cheveux sombres semblaient la contenir toute. Les yeux, le nez, les lèvres, le menton, l'oreille y dormaient bien au chaud.

On avait envie de les prendre l'un après l'autre et de les porter à son visage, les effleurer de sa joue et de les remettre ensuite dans leur nid sans réveiller leur mère.

Et à l'aube, il se réveilla encore et lui sourit et baissa la tête dans ce geste immémorial qui pousse toujours l'homme à appuyer son front sur ce qu'il adore.

XVI

A travers les volets entrebâillés, on voyait les oliviers qui grouillaient dans le mistral avec leurs feuilles argentées comme les sardines qui bougeaient autrefois au fond de la barque dans les filets de son père, en Sicile, et le ciel était bleu, bien balayé par le vent. Ils s'étaient introduits dans la villa en faisant sauter la serrure; il y avait dehors une pancarte qui disait de s'adresser à une agence, ce qui indiquait qu'il n'y avait personne sur les lieux. La villa était très bien située, juste en face du nid d'amour des tourtereaux. C'était du sérieux, ça durait déjà depuis quatre jours, il y avait là du pognon à prendre, une vedette de Hollywood, mariée, et un type blond qui avait un bras en moins, qui devait être dans le cinéma lui aussi. Il avait peut-être perdu un bras en faisant le métier de cascadeur, il avait une tête à ça. C'était la première fois que Soprano avait de la chance, depuis sa déportation, une occasion de se faire vraiment du pognon, une rente à vie, peut-être, deux mille dollars par mois, voilà ce qu'il était décidé à demander à M. Bauché, pour faire le

boulot, il allait le voir à Nice et lui dire voilà, c'est
tant, et on vous débarrasse du gars.

Le baron se tenait assis dans la pénombre, au
fond de la pièce, entre un paravent japonais et une
table couverte de flacons et de poudriers. Une
paire de jumelles pendait à son cou; de temps en
temps, il les levait et regardait du côté de la
maison des amoureux, ou vers le ciel, qu'il scrutait
longuement, avec attention, comme s'il y cherchait
quelque chose ou quelqu'un. Soprano l'avait rencontré sur une route près de Rome et le baron
l'avait tout de suite impressionné. Il marchait
pieds nus sur la Via Appia; c'était l'Année Sainte,
et Soprano avait d'abord pensé que le baron était
en pèlerinage; on voyait souvent des pèlerins qui
marchaient pieds nus, pendant l'Année Sainte. Il y
a des gens prêts à n'importe quoi, pour bien se
faire voir. Mais peut-être lui avait-on simplement
volé ses chaussures : il était soûl comme un
seigneur et incapable de se défendre. Soprano
n'avait encore jamais vu un homme aussi anesthé-
sié par l'alcool.

Il fut cependant vite obligé de reconnaître qu'il
ne s'agissait pas de ça. De quoi il s'agissait au juste,
il n'avait jamais pu le découvrir, ce qui rendait le
baron encore plus intéressant à ses yeux. Il l'avait
adopté et veillait à tous ses besoins. Tôt ou tard, le
baron allait sortir de son état de stupeur, et alors,
Soprano était sûr qu'il allait tout lui expliquer. Il
devait avoir une histoire, une longue histoire,
connaître un secret important. Il allait peut-être
révéler quelque chose qui allait tout changer.
Parfois, Soprano se doutait d'une autre raison de
cet attachement que le baron lui inspirait : il s'était
tellement habitué à son métier de garde du corps

qu'il lui fallait absolument un corps à garder. Et depuis que son médecin lui avait dit brutalement qu'il aurait dû se soigner plus tôt et que même avec les antibiotiques, à présent, on ne pouvait plus le guérir mais seulement retarder le dernier stade de la maladie, il avait besoin de croire à quelqu'un.

Il n'avait jamais pu découvrir l'identité de celui qu'il avait tout de suite surnommé *il barone*. Ni qui il était, ni d'où il venait, ni ce qui l'avait mis dans cet état. Le seul indice que Soprano avait trouvé en le fouillant était une photo découpée dans un journal. La photo était mauvaise, le baron était plus jeune, mais on le reconnaissait fort bien : c'était le même air stupéfait, le même œil bleu, fixe, un sourcil levé. Malheureusement, l'article que la photo devait illustrer avait été arraché. Quelques mots du texte demeuraient cependant, et Soprano ne cessait de méditer sur ce qu'ils pouvaient bien signifier. Il y avait les mots « *criminel de guerre* », « *camps d'extermination* » et ensuite « *une des plus nobles figures de notre temps* », et un « *véritable chant d'amour, une ode à la dignité humaine* ». Tout le reste avait été supprimé, de façon à ce que seules ces expressions demeurent, avec, au-dessus, la physionomie étonnée du baron. Allez-y donc comprendre quelque chose. Le baron pouvait aussi bien être un criminel de guerre qu'un héros de la Résistance, un saint ou un salopard, un martyr ou un bourreau. Ou peut-être était-il tout cela à la fois. Allez savoir.

D'ailleurs, dans l'état où il était, le pauvre bougre n'avait sans doute jamais eu la moindre chance de s'en tirer. Il était sans défense. On a dû d'abord en faire le chef d'un camp d'extermination, et ensuite un héros de la Résistance – ou inversement. D'abord une ordure, ensuite un saint – ou inversement. L'ordre importait peu. Le baron n'y pouvait rien. On pouvait même imaginer qu'il s'était d'abord fait tuer comme un héros et puis qu'il avait ressuscité comme un salopard. Il paraît que ça existe, ça s'appelle réincarnation. Des fois, on n'a même pas besoin de mourir pour passer de l'un à l'autre. De la victime au bourreau – ou inversement.

Depuis quelques jours, cependant, il y avait un fait nouveau : la page arrachée dans un journal pour dames que des étrangers, à Nice, avaient découverte dans la poche du baron. Ou peut-être l'y avaient-ils glissée eux-mêmes, pour rigoler. Soprano prit dans sa poche la page qu'il avait gardée et la déplia. « *Petit Dictionnaire des grands amoureux. Hölderlin Frédéric (1770-1843). Il voulait l'amour absolu, pur, profond, magnifique, plus grand que la vie...* » Soprano se gratta la joue, bleue de poil, et loucha vers son ami. Pas croyable. De quel amour pouvait-il bien s'agir? Pour réduire le baron à cet état pétrifié, il fallait que ce fût vraiment un sacré amour. Il y avait comme ça des gens qui devenaient fous d'amour pour Dieu, pour l'humanité, pour des causes; des causes sacrées, on appelle ça.

Le baron se tenait parfaitement immobile, les deux mains posées à plat sur ses genoux; sa tête, il est vrai, branlait très légèrement et ses joues étaient cramoisies et gonflées : Soprano eut tout à coup l'impression que le baron retenait un rire énorme, et que, d'un moment à l'autre, ça allait éclater. Mais ce n'était qu'une impression. Allez savoir. C'était sûrement quelqu'un de bien. Il avait eu des malheurs, mais appartenait certainement à la grande noblesse. C'était ce qui avait dû le mettre dans cet état, puisqu'il fallait vivre, et que c'était incompatible. Il exigeait beaucoup de soins; il acceptait de se laver, de s'habiller et de se nourrir lui-même, mais refusait de se torcher le derrière, sans doute à cause de sa noblesse, justement. La noblesse a toujours eu une nombreuse domesticité qui s'occupait d'elle et lui permettait de se consacrer entièrement aux choses élevées. Parfois, Soprano se mettait en colère et donnait au baron des gifles pour le faire descendre de ses hauteurs et le faire parler, mais il n'était parvenu à aucun résultat : le baron demeurait aussi lointain et indifférent sous les gifles que si elles eussent fait partie intégrante de la figure humaine. Et toujours le soupçon qu'il se cachait derrière tout ça un éclat de rire énorme, quelque chose comme une véritable révélation, le fond même de l'affaire – bien qu'on ne pût dire de quelle affaire il s'agissait. Parfois aussi Soprano se demandait si le baron existait réellement, s'il n'était pas le symptôme de la maladie que Soprano avait contractée dans sa jeunesse et qui pouvait avoir à la fin, disait-on, des manifestations inattendues. En fin de compte, c'était la page arrachée au *Dictionnaire des grands amoureux* qui donnait peut-être l'explication. « *Il voulait l'amour absolu, pur, profond, magnifique, plus grand que la vie...* » Le baron avait dû se faire plomber par une pute. C'était peut-être bien ça : une histoire d'amour.

Soprano se tourna vers la petite maison rose en face, parmi les mimosas. Il y avait parfois des blancs dans ses pensées, pendant lesquels il entendait un sifflement bizarre dans ses oreilles et se voyait debout, les jambes nues, dans un tas de poissons qui bougeaient encore et une sardine qui sautait parfois. Il prit le revolver dans son holster et fit tourner le barillet sous son pouce, il avait besoin de ce geste familier pour se retrouver. Il y en avait un autre dans le nécessaire de toilette du baron. Après, ce serait la frontière italienne : elle n'était qu'à quelques minutes. Mais la première chose à faire était de descendre à Nice, voir M. Bauché.

XVII

Ce qui effrayait Willie plus que toute chose, c'était de voir son personnage foutre le camp : il y avait même des moments où le désir de savoir Ann heureuse devenait, dans son évidence, un véritable défi à son talent. C'était dur à avaler, après tant d'années d'efforts, et une si belle réussite dans le rôle de Willie Bauché. L'impression de voir crouler l'œuvre de sa vie. Il lui fallait à tout prix se ressaisir, retrouver son image de marque. Pour commencer, une partouze, après quoi, on tâchera de faire mieux. Il vida une demi-bouteille de cognac, alluma un cigare et demanda la petite Moore, à l'hôtel de Paris. C'était une Anglaise qu'il avait découverte au *Lyon's* de Piccadilly, un jour creux où il s'ennuyait et eut envie de découvrir quelqu'un. En vingt-quatre heures, la nouvelle qu'il allait tourner *Roméo et Juliette*, avec la petite serveuse du *Lyon's* dans le rôle principal, était dans tous les journaux, ce qui montra bien les possibilités publicitaires de l'affaire, et intéressa aussitôt les producteurs. Willie fut assez surpris, parce qu'il n'avait pas eu vraiment l'intention de tourner le film, mais simplement de reprendre contact avec la presse, pour voir si ça répondait. Ça répondait. Il fut assez embêté une fois les contrats signés et qu'il fallut tourner le film. La petite Moore se révéla d'ailleurs assez émouvante dans le rôle, avec son air paumé, bien qu'elle manquât de cette idiotie profonde qu'il faut pour faire une bonne Juliette. Il était évident qu'une femme ne pouvait pas donner dans le personnage ce qu'une tantouze y apportait au temps de Shakespeare, mais la petite Moore s'en était bien tirée. Willie la tenait à présent sous contrat et venait de la prêter – quatre fois ce qu'il la payait, mettant la différence dans sa poche –, pour un film qu'elle tournait à Monte-Carlo. Le montage de *Roméo et Juliette* était terminé depuis trois semaines.

– *Hallo,* Iris. Willie, ici. Non, nous ne sommes pas partis. J'ai été retardé par un projet de film, un machin à l'eau de rose qui va coûter très cher. Une connerie, mais le public veut du sentiment. Je ne suis pas encore sûr si ça va se faire. Tu peux venir à Nice pour la nuit?

– Bien sûr, Willie, si vous le désirez. J'ai promis à Terence de dîner avec lui, mais si vous me voulez vraiment...

– Tu couches avec Terence?

– Vous savez bien que non.

– Eh bien, vas-y. C'est un ami.

– On ne sait jamais quand vous plaisantez, Willie. Mais vous savez que je ferais n'importe quoi pour vous.

– Non? fit Willie, complètement écœuré. En tout cas, sois là ce soir. Je rentrerai probablement tard, tu n'as qu'à te mettre au lit. Ah, j'oubliais : amène une copine.

– Comment?

– Je dis : amène une copine. On sera trois. C'est assez clair, non?

– Mais Willie...

– T'as qu'à chercher parmi les figurantes. Tu diras que c'est pour moi.

Il raccrocha, et se mit devant la glace pour une mise au point, avant de descendre. Grand chapeau blanc, *gallon hat* du Texas, cigare aux lèvres, moue qui accentuait sa fameuse fossette au menton, regard amusé, syncro avec la moue des lèvres, pardessus noir négligemment jeté sur les épaules, costume blanc, cravate rose, carrure d'athlète du ring – c'était au point.

Il descendit. Il venait à peine de sortir de l'ascenseur que trois journalistes se levèrent de leurs fauteuils et vinrent à lui. Il y en avait un qui venait lui demander régulièrement ce qu'il pensait de Hitchcock et de Howard Hawks, un Français. Les deux autres étaient américains et ils n'étaient pas venus ici tout seuls. Cette ordure de Ross, pensa Willie. En tout cas, l'excuse de la maladie ne pouvait plus marcher, il fallait trouver autre chose.

– *Hallo,* Willie, on vous donnait mourant, il y a deux heures.

– Je suis désolé de vous avoir fait venir l'eau à la bouche pour rien, les gars, dit Willie.

– Comment se fait-il que vous ne rentrez pas? Miss Garantier a quitté l'hôtel il y a trois jours et personne ne sait où elle est.

Willie retira le cigare de ses lèvres, n'y laissant que la moue.

– Je vais tout vous expliquer. J'aime la concurrence. J'ai toujours eu le goût de la compétition. Alors, j'ai décidé de prolonger le séjour de ma femme ici pour donner une chance à Ali Khan, à Rubirosa, à Agnelli, et à tous ceux qui se prennent pour champions-séducteurs toutes catégories.

Ils rirent poliment, mais Willie savait qu'il n'allait pas s'en tirer si facilement. S'il ne trouvait pas un os à leur jeter, ces types-là allaient le suivre partout jusqu'à ce qu'ils trouvent Ann et alors, ce serait vraiment la curée.

— Sérieusement, Willie, qu'est-ce qui se passe?

Willie souriait. Il se sentait coincé, mais il savait qu'il allait trouver quelque chose, il trouvait toujours. Il fallait que ce soit énorme, outrageusement choquant, digne de sa réputation. Se tirer d'affaire et, en même temps, remettre son personnage d'aplomb.

— Je vais vous dire, les gars...

Et, bien sûr, il trouva. L'idée lui vint tout naturellement, comme une bénédiction du ciel.

— J'ai revu *Roméo et Juliette,* la veille de mon départ. Miss Moore a beaucoup de talent, mais elle n'a pas cette innocence suprême qu'il faut pour être Juliette. J'ai passé ma nuit sur le film, et j'ai eu une illumination. Une vision nouvelle du personnage. J'ai donc pris une décision.

Il observa l'instant de suspense qui s'imposait.

— J'ai décidé de couper Miss Moore dans toutes les scènes du rôle. Et Roméo également. Au fait, je vais refaire le film dans l'esprit de ce temps. Roméo, aujourd'hui, serait un jeune bourgeois idéaliste, un très jeune intellectuel de gauche qui rêve de justice et de paix, et qui, d'échec en échec, trouve enfin cette image de perfection là où on peut la trouver, et pas ailleurs, ici-bas : auprès d'une jeune fille belle, vierge et pure. Voilà, messieurs, le *Roméo et Juliette* de ce temps.

Il regardait les journalistes qui, après un moment d'ahurissement, le dévisageaient avec le respect dû à ce que Hollywood avait fait de mieux dans le genre.

– Qui envisagez-vous pour les deux rôles?

– Je ne sais pas encore. C'est très difficile, évidemment. Les anciens des Brigades Internationales en Espagne sont trop vieux, et il en est de même pour les jeunes communistes meurtris par le pacte germano-soviétique et les crimes de Staline. Je vais peut-être chercher un adolescent de Budapest ou de Prague, dont le père a été pendu. Enfin, vous voyez l'esprit de la chose. Une œuvre bien de ce temps.

Il rêva un instant, le cigare et l'œil en l'air...

– Juliette, ou le socialisme à visage humain, et Roméo, son éternel soupirant...

Les journalistes observèrent une minute de silence. Le Français posa une question d'intérêt local :

– Monsieur Bauché, comptez-vous prendre part aux fêtes du carnaval de Nice?

Willie rit.

– Je n'ai fait que ça toute ma vie. Et je suis heureux de voir tout cet argent dépensé en confetti et sarabandes, plutôt qu'en canons et munitions.

Ça, c'était pour soutenir sa vague réputation d'homme de gauche.

Il observait les journalistes d'un œil de maître. La petite Moore allait recevoir le choc de sa vie, et cela le rassurait sur son propre personnage. Il n'avait d'ailleurs aucune intention de la couper du film; il suffirait dans un jour ou deux de donner une conférence de presse et d'expliquer que ses déclarations avaient été faites dans un esprit de dérision, pour ironiser sur la mainmise actuelle des idéologies sur toutes les formes d'expression artistique.

— Comment va le petit coin d'azur déguisé en Willie Bauché? fit une voix à côté de lui.

C'était Bebdern, les mains dans les poches de son manteau noir. Il y avait en lui quelque chose qui paraissait sortir de l'expressionnisme allemand, dans le genre juif exterminé.

— Il y a une foire sur l'esplanade du Paillon, dit Bebdern. On pourrait aller tourner sur les chevaux de bois. Vous avez vu les journaux? Des milliers de morts en Corée et c'est du joli aussi en Indochine. En attendant mieux.

Willie eut un véritable élan d'affection pour le bonhomme.

Il le prit par le bras.

— Allons, cher.

Ils passèrent une heure à tourner sur les chevaux de bois, et Willie arrivait presque à s'étourdir et à ne pas penser à Ann, mais quand il s'arrêtait, ça le reprenait. Les photographes les avaient suivis et la photo de Willie Bauché sur son petit cheval de bois rose et souriant de son sourire légendaire devait figurer un an plus tard sur la couverture du livre que Stanley Robak lui a consacré. Après, ils se rendirent chez *Caressa*. La Marne avait choisi *Caressa* pour Willie, parce qu'il pensait que ce nom lui ferait plaisir. Willie se soûlait consciencieusement, mais il commençait à sentir qu'il lui fallait une aide extérieure pour réussir vraiment, l'aide de quelque Soprano tout-puissant et souverain, maître secret du monde, capable de reconnaître les vrais fils de pute dans cette abondance de merde.

— Mon bon, gueulait-il, Goethe était un men-

teur. Il a menti, dans cette affaire de Faust. La
vérité sur l'affaire Faust c'est qu'il n'y a pas de
diable pour vous acheter votre âme. Il n'y a pas
preneur. Il n'y a pas de diable, pas de maître du
monde. Rien que des fils de pute imposteurs, genre
Hollywood, au Kremlin ou partout ailleurs. Il n'y
a pas d'acheteur pour votre âme, laquelle ne vaut
pas un sou, et n'existe du reste qu'à titre purement
hollywoodien, en technicolor. Je vais faire un film
là-dessus, *Goethe a menti*, ou *La Vérité sur l'affaire
Faust*. Il n'y a pas de démon sauveur. On ne peut
pas partir à cette cueillette-là dans les bois de
l'enfance!

Il ne put cependant s'empêcher de murmurer
cette prière incantatoire que sa mère lui avait
apprise :

> *Tire-lire et tire-lou*
> *Pomme d'api et feuille de chou*
> *Venez, venez, j'ai pour vous*
> *Une belette à quatre sous*
> *La parole d'un vieil hibou*
> *Patte de lapin, moustache de rat*
> *Trois petites oreilles de chat*
> *Quatre peaux-rouges dans une bouteille*
> *Un petit nègre sur une abeille*
> *La vieille miss sur son balai*
> *Vite, comptez-vous en anglais :*
> *One, two, three, four*
> *C'est Willie qui sort.*

– Quoi? gueula Bebdern, effrayé. Qu'est-ce que
c'est que ça?
– Mon cul, dit Willie, rapidement, pour sauver
la face.

155

– Ah bon, fit Bebdern, rassuré.

Ils arrivèrent ainsi à minuit, de bar en bar, et Willie s'aperçut qu'il avait changé de pantalon, celui qu'il portait était beaucoup trop petit. A ce moment-là, le Soprano tout-puissant et maître du monde, capable d'exaucer vos rêves les plus tendres et de laisser venir à lui les petits enfants, n'était toujours pas là, mais ils étaient en compagnie de deux putes dont une était assez jolie, lorsqu'on arrivait à la distinguer de l'autre, et d'un jeune homme fluet à qui Willie voulut confier le rôle de Juliette tout de suite et devant tout le monde, simplement pour prouver qu'entre Ann et lui, c'était vraiment fini. La Marne expliquait pendant ce temps à l'une des putes – il n'y en avait qu'une, d'ailleurs – que c'était un processus parfaitement connu et qu'il y avait des communistes qui devenaient haineusement anticommunistes et changeaient de bord et se mettaient au service de la C.I.A. uniquement par dépit amoureux. Ils se débarrassèrent de la fille et du type et changèrent de boîte mais c'était toujours la même et le couvercle était toujours rabattu sur vos têtes et on continuait à rêver à l'intérieur. Chaque fois qu'ils entraient dans un dancing, Willie était reconnu et l'orchestre lui jouait l'air de son dernier film. Finalement, il s'approcha d'un musicien, le saisit par la cravate et se mit à le secouer.

– Espèce de fumier! Si vous voulez saluer Willie Bauché, qui a fait *Don Quichotte*, qui a fait *Le Songe d'une nuit d'été,* je n'admets pas que ça se passe sur cet air miteux, jouez du Bach, du Mozart, du Beethoven!

– Mais, monsieur Bauché, c'est votre plus grand succès! bégaya le violoniste, qui avait de la vanité une vue modeste, qu'il contemplait de sa petite mansarde personnelle.

Ils furent priés de sortir et se retrouvèrent sous les arcades de la place Masséna, mêlés aux masques de carnaval. Ils se traînèrent – Willie soutenait Bebdern et Bebdern soutenait Willie – jusqu'à la foire de l'esplanade et entrèrent dans la tente des lutteurs. Il y avait là deux gorilles qui se mesuraient sur le ring, l'un était en blanc et s'appelait le Noble Joe, l'autre était en rouge et s'appelait la Brute Noire et envoyait tout le temps Noble Joe au tapis par des coups foireux et Bebdern fut immédiatement pour la noblesse et la loyauté et essaya de mordre la Brute au mollet, gueulant que c'était le combat du siècle, le socialisme à visage humain contre le stalinisme hideux, le monde libre contre l'esclavage totalitaire, et après le combat, quand la Brute Noire descendit du ring, il essaya de l'assommer avec une chaise. On les sépara, et la Brute Noire, qui était l'amant de Noble Joe, les invita à prendre un pot, après quoi ils se retrouvèrent dehors, dans la foule du carnaval qui étonnait La Marne par son insouciance, alors qu'avec la Corée, la bombe nucléaire et les divisions soviétiques sur pied de guerre, c'était d'un moment à l'autre.

– Nom de Dieu, jura Willie, qui dessoûlait toujours un peu à la vue des étoiles. J'ai complètement oublié que j'ai deux petites qui m'attendent dans mon lit. Venez. Vous pourrez rester dans la chambre et regarder.

Il traîna Bebdern avec lui.

– Cher petit bout d'azur! gueulait Bebdern. Vous n'y arriverez pas! Il n'y a pas moyen d'en sortir, c'est absolument étoilé et pur de tous les côtés. On est absolument coincé dans la pureté.

Une déchirante aspiration à quelque chose, sérénades de l'âme au clair de lune, la main sur le cœur à la poursuite du bleu! Mon Dieu, faites-moi sale!

Il tomba à genoux au milieu de la rue, mais sur un passage clouté, il n'était pas si soûl que ça.

— Mon Dieu, apprenez-nous à vivre sales et heureux! Sauvez-nous de la tentation du bleu, du rose, du tendre et du pur!

Les taxis klaxonnaient, mais La Marne tenait bon sur le passage clouté, il avait le droit pour lui, comme toujours.

— Les hommes sont sur la terre comme un grand battement d'ailes! affirma-t-il au flic, qui essayait de le faire circuler. Ils battent des ailes, mais n'arrivent pas à s'élever! Et quand ils s'élèvent, ils se cassent la gueule!

Willie réussit enfin à le tirer sur un trottoir et à le faire monter dans un taxi. Ils se firent conduire à l'hôtel.

— Miss Moore est montée dans votre appartement, monsieur Bauché, dit le concierge. J'ai cru bien faire.

— Seule?

— Une autre jeune femme avec elle, monsieur.

— Parce que nous sommes deux, vous comprenez.

— Je comprends, monsieur Bauché...

Il eut une trace de sourire.

— C'est pour votre réputation, bien sûr, dit-il, et si Willie s'attendait à recevoir, dans le regard du concierge, un hommage quelconque à son cynisme pourtant bien connu, il n'y trouva que la sérénité d'un vieux berger, depuis longtemps habitué aux bêlements tristes des brebis. En général, les gens ne lui facilitaient pas les choses. Il y avait une conspiration pour empêcher les hommes de sortir de leur innocence. Le cul lui-même, dans ses plus grands efforts, n'y parvenait pas. Il eut pendant quelques secondes l'impression écœurante d'un monde transformé en verts pâturages où le petit Willie était toujours à la nursery, cependant que Soprano, métamorphosé de garde du corps en garde d'enfants, épinglait des ailes en papier aux derrières roses de deux petits anges, le sien et celui de Bebdern.

— Le cul ne permet pas de s'encanailler, déclara celui-ci. Ça manque d'idéologie, là-dedans.

La Marne éprouvait une nostalgie illimitée de la merde, comme s'il n'avait rien mangé depuis longtemps.

Le concierge les plaça dans l'ascenseur, avec toute l'attention que leur état de fragilité et de douloureuse sensibilité lui paraissait mériter. Ils circulèrent un moment entre le rez-de-chaussée et le septième étage, ne s'élevant que pour mieux descendre. Finalement, le concierge parvint à les arrêter au vol et à les livrer dans l'appartement où ils trouvèrent la petite Moore couchée, lisant *Vogue*, et une blonde à qui sa mère avait dû prêter pour la circonstance sa robe de soirée. Willie s'approcha de la môme Moore et l'embrassa sur le front.

— Papa est content de voir son petit pigeon, déclara-t-il. Présente-moi à ton amie.

— Enchantée, dit la blonde, avec un fort accent niçois.

Il montait de tout cela une telle innocence que La Marne faillit pleurer, pendant que Willie se déculottait sous le lustre, au milieu du salon. Son joli visage de bébé frisé avait cet air gourmand qu'il

soignait particulièrement lorsqu'il y avait des photographes. Il a dû être un adorable enfant aux
boucles douces, pensa La Marne. Brusquement, il
eut une vision qui s'apparentait nettement au
delirium tremens : il n'y avait que des enfants, dans
la chambre. Ils étaient en train de se livrer à une
sorte d'*am stram gram* sexuel, fermement convain-
cus, sans doute, qu'ils allaient ainsi sortir de l'enfance. Iris aidait un peu Willie, levant parfois vers
lui un visage souriant et absolument pur — et quoi
d'autre que l'innocence un visage humain peut-il
offrir? Elle semblait jouer avec une poupée un peu
bizarre. Quant à l'autre môme, elle attendait, à
quatre pattes, en position d'attente, la robe relevée
sur les fesses, ainsi que Willie l'avait placée, et elle
était manifestement trop éberluée par tout ce qui
lui arrivait pour avoir une réaction quelconque.
Comble de malchance, elle était blonde et frisée et
Willie eut à nouveau la vision écœurante des
pâturages verts, avec d'innombrables moutons qui
défilaient, et il commença même à les compter
pour se distraire en attendant.

Bebdern regarda pendant quelques minutes
cette nursery et comme Willie lui fit signe de se
joindre à leurs jeux, il fit un bond de côté et se
réfugia derrière un fauteuil.

— Non, non! bâilla-t-il, d'une voix de fausset. Ne
me touchez pas!

Willie se tourna vers lui avec étonnement.

— Vous n'y arriverez pas! affirma Bebdern,
solennellement. Hitler n'y est pas arrivé! Staline
n'y est pas arrivé! Aucune police n'y est jamais
arrivée! Aucune inquisition, aucune bestialité! Elle
reste propre! On ne peut pas la souiller! Elle reste
propre, la figure humaine!

— Tenez, regardez ça, dit Willie. Vous avez déjà vu ça? C'est dégueulasse, non?

— Les hommes sont sur la terre comme un grand bruit d'ailes! gueula La Marne, comte de Bebdern, duc d'Auschwitz, prince de Bêle-Ame. J'écoute en ce moment le bruit que font vos pauvres ailes, Willie, voilà tout! C'est un bruit lourd, douloureux, et captif, mais c'est ce qui fait sa beauté!

La petite blonde tournait vers eux un visage empreint d'une telle expression d'ahurissement qu'à elle seule elle faisait échouer toute l'affaire. Bebdern vit la petite Moore qui caressait tendrement les cheveux de Willie.

— Hé, hé, hé! fit Bebdern, triomphalement. Tendresse! Tendresse, donc pureté! Je marque.

— Veux-tu laisser mes cheveux tranquilles! hurla Willie, qui se sentait entouré d'une telle innocence qu'il ne pouvait plus se comporter en homme.

— Même Ivan le Terrible, même la Gestapo n'y est pas arrivée! gueulait Bebdern. Ni la Gestapo, ni Staline, ni la dialectique, ni Picasso, ni aucune idéologie, aucune tyrannie de sang et de merde n'y est arrivée! Elle reste intacte, elle reste pure, elle reste propre, la figure humaine! Non, pauvre petit Willie, ce n'est pas toi avec ton cul qui arriveras là où Hitler, où Staline, où la bombe d'Hiroshima ont échoué! Elle reste pure, elle reste belle!

Il sautillait autour du lit, en faisant à Willie, ou à ce qu'il en voyait, un pied de nez, pareil à un petit démon de la pureté – il n'y en a pas d'autre – cependant que la petite blonde essayait de son mieux de faire croire qu'elle était sophistiquée et qu'elle avait toujours vu ça aux surprises-parties, et Willie avait l'impression de lutter avec une allumette de soufre contre tous les démons de l'innocence. Il réussit tout de même à s'introduire dans la petite blonde, l'honneur était sauf, la petite· blonde parut soulagée de comprendre enfin quelque chose.

— Non, Willie! bourdonnait autour d'eux Bebdern. Aucune oppression, aucune persécution, aucun univers concentrationnaire! Vous pensez si vous avez une chance d'y arriver, avec votre petit cul! Vous ne prouverez rien!

— L'œuvre d'art ne doit rien prouver, déclara Willie, avec dignité. C'est André Gide qui a dit ça. Et André Malraux a ajouté : ce n'est pas la passion qui détruit l'œuvre d'art, c'est la volonté de prouver!

Il débanda. La petite blonde eut soudain une illumination : c'étaient sûrement des existentialistes. Elle s'étonna de ne pas y avoir pensé plus tôt. Ça la rassura tellement qu'elle s'endormit tout de suite.

— Vous voyez, dit Bebdern, triomphalement, en la montrant du doigt. Elle a même mis le pouce dans la bouche avant de s'endormir. C'est l'innocence qui vous fait un pied de nez.

Willie commençait à avoir l'impression que leurs parents allaient rentrer d'un moment à l'autre et leur demander comment cela se faisait qu'ils ne dormaient pas encore. Iris nouait ses longs cheveux noirs, bien sagement, et peut-être ce que l'enfance ne sait pas de la vie, eh bien, il faut se dépêcher de l'oublier. Elle se poussa pour lui faire de la place.

— J'irai dormir sur le sofa, au salon. Je ronfle. Dis bonne nuit à ton petit frère...

Elle l'embrassa sur le front.

— Willie...

– Oui?

– C'est vrai que tu vas me couper dans *Juliette*?

Il fut tout de même estomaqué. Elle savait donc, mais n'avait rien dit de la soirée. Elle lui souriait, sans aucun reproche.

– Pas question. Plutôt crever. Tu es formidable, dans le rôle. J'ai lancé ce bobard pour faire peur au studio. Ils me font chier.

Il eut une petite inspiration. Il allait mieux dormir après.

– C'est vrai qu'Ann est un peu jalouse de toi. Elle a toujours peur de me perdre, tu comprends. Tu sais comment elle est...

Il haussa les épaules, d'un air las.

– Elle a toujours vécu dans la crainte d'une rivale...

C'est assez pour cette nuit-là, décida-t-il. La Marne la regardait avec un respect évident.

– Mais tu n'as rien à craindre. Ce film fera de toi une grande vedette. Sois tranquille.

– Tu peux le faire, Willie. Je ne t'en voudrais pas. Tu peux faire n'importe quoi... Ça ne changera rien. Je t'admire tellement!

Willie ferma les yeux. Le summum de la réussite. Il avait envie de vomir. La Marne lui jeta un coup d'œil haineux et passa dans le salon. Elle l'admirait, cette conne. Rien ne pouvait ternir le rayonnement de Hollywood, aucune saloperie, c'était presque aussi puissant qu'une idéologie, quel que fût le nombre de cadavres. Willie le rejoignit; Bebdern lui fit la gueule et Willie frappa à la porte de Garantier, mais celui-ci devait dormir. Il ne voulait pas rester seul : il avait peur de se rencontrer vraiment, ce qui l'empêcherait de fermer l'œil.

Le concierge traversait le corridor, mais lui non plus n'aimait pas le petit Willie.

— On boit un coup au bar?

— Monsieur Bauché, je suis obligé de vous prier de ne pas demeurer dans cette tenue dans le couloir.

— Quoi, j'ai un caleçon, grommela Willie, vexé.

Il rentra dans son appartement. Bebdern était écroulé sur la table, le visage caché dans ses mains. Il avait ouvert la radio, qui donnait des nouvelles des guerres d'Indochine et de Corée. Willie ferma la radio et se glissa dans la chambre à coucher. Les mômes dormaient, Iris dans sa chevelure noire, les bras ouverts. Willie hésita, mais personne ne les regardait. Il lui prit la main, la baisa, la pressa contre sa joue. Ann, pensa-t-il, Ann... Il s'endormit presque aussitôt et rêva qu'il s'envolait.

XVIII

S'habiller lui donnait une allure enfantine et appliquée et lorsqu'elle méditait, immobile, sur un bas qui avait filé, ou luttait, les mains derrière le dos, avec l'agrafe du soutien-gorge, lorsqu'elle tirait son collant le long de ses hanches, elle avait l'air de faire consciencieusement comme sa mère le lui avait appris. Il essayait de voir en même temps ses jambes et son visage, ses chevilles et son épaule, ses seins et ses genoux, et il leur souriait, il souriait à ses mains, à son cou et à sa chevelure, pendant qu'elle allait et venait sur les carreaux rouges où ses pieds laissaient des traces de buée. Elle continua à se couvrir et il ne put le supporter, se leva et elle se laissa déshabiller, jusqu'à ce qu'il fît beau à nouveau.

Jacques...

Ne m'appelle pas. Ne dis pas mon nom. On croirait que nous sommes deux.

Jacques, est-ce que tu vas partir, malgré nous?

Non, ma chérie. Je ne pars plus, c'est fini. Je vais me terrer ici, vivre caché dans ma joie. Je vais changer de nom, me choisir un autre nom, un nom de paix, un nom pour vivre, un pseudonyme pour aimer et ce sera désormais le seul nom auquel je répondrai et qui ne sera connu que de nous deux. Si j'avais, un peu seulement, le sens de la démesure, je pourrais peut-être te dire ce que ce fut, pendant tant d'années, de ne pas te connaître, de t'attendre en vain, t'expliquer, par exemple, comment ton absence se glissait dans une messe de Bach et la privait de toute sérénité. L'absence de l'amour a un génie de faussaire : dans les musées, chaque chef-d'œuvre devenait une contrefaçon. Lorsque je voyageais seul en Italie, il se passait un phénomène bien connu : il n'y avait plus d'Italie et, sous le soleil de Toscane, il m'est arrivé de ne plus voir les dix mille oliviers de la plaine, rien que leurs dix mille sillages de solitude...

Elle rencontra ses yeux, qui faisaient sur elle leur signe muet et fervent, et elle s'approcha, se pencha sur lui pour mieux lire ce qu'il disait :

– Je te crois, dit-elle, gravement.

– Il suffit d'être aimé de quelqu'un pour lui apporter toutes les conquêtes que l'on a tentées en vain et pour accomplir pleinement une œuvre dont on n'a connu jusque-là que l'échec...

Et il ne savait même pas à quel point il était comique.

Elle soupira, mais elle ne lui en voulait pas, elle aimait aussi ce rêve impossible, ce rêve illimité qu'il lui offrait à chaque étreinte : elle pouvait ainsi tenir à pleines mains ce que lui-même avait essayé en vain de saisir. Il voyait sur les flancs de la montagne les villas roses, rouges et blanches répandues partout comme les restes d'une fête et il ferma les yeux pour qu'il n'y eût plus rien d'autre qu'elle. Elle dit quelque chose, il n'entendit pas quoi et il murmura je t'aime et s'endormit, puis se réveilla et ils n'avaient pas bougé, ni l'un ni l'autre, mais les villas, sur les montagnes s'étaient éloignées, touchées de gris et de violet et il pensa aux Baux, lorsque le soleil tombe et que les ombres veulent tout prendre et que la France est comme une main que l'on tient dans la sienne et qu'on ne veut pas lâcher.

– J'ai faim! dit-elle.

Elle se leva, mit ses jeans et un chandail qu'il lui donna et il rit en voyant son chandail blanc de pilote de la bataille d'Angleterre s'orner de deux petits seins pointeurs sur ses vieux jours. Ils se mirent à table, autour du saucisson, du fromage de chèvre et de la salade de tomates et ils ne savaient même plus si c'était le matin ou le soir, le premier jour ou le dernier et quand ils entrouvraient la porte, ils trouvaient sur les marches le sac de provisions, mais la femme de ménage ne se montrait jamais, les voisins l'avaient prévenue. Il y avait aussi les journaux qu'elle glissait sous la porte et il essayait de les jeter à la poubelle sans les regarder, mais ne pouvait s'empêcher :

L'AVIATION SOVIÉTIQUE INTERVIENDRA-T-ELLE ?

MENACES DE CONFLIT GÉNÉRALISÉ.

APRÈS LE BLOCUS DE BERLIN NOUVEAU COUP DE POING DE STALINE.

CORÉE : L'ASSAUT COMMUNISTE REDOUBLE DE VIOLENCE.

L'U.R.S.S. ACCUSE LES ÉTATS-UNIS DE MENER

LA GUERRE BACTÉRIOLOGIQUE EN CHINE ET
EN CORÉE.

UNE MAJORITÉ EXISTERAIT AU CONGRÈS AMÉ-
RICAIN POUR L'EMPLOI DE L'ARME NU-
CLÉAIRE EN CORÉE.

Mais c'était seulement l'état de siège qui continuait et il jetait le monde dehors et claquait la
porte et revenait auprès d'Ann, là où rien ne
manquait. Tout le reste était rêve de puissance des
impuissants avec leurs godemichés idéologiques.
Tout le reste est frustration. On va s'allier aux
grandes catastrophes cosmiques dans l'espoir d'une
petite jubilation d'état-major, ravager un conti-
nent entier, réduire le tiers d'un peuple à l'idéologie, un tiers à l'esclavage, un tiers à l'imbécillité, et
c'est l'impuissance qui enrage ainsi, des états de
manque affectif...

— Je vais m'acheter un dictionnaire d'argot pour
mieux coller à la terre, pour ne plus m'envoler...
Tu sais, il faut dire trois « putain de merde » pour
rester sur terre, comme on dit trois *pater noster* pour
aller au ciel...

Elle étudiait son visage, où le sourire jouait avec
tout ce qu'il disait. Il ne se ressemblait pas. Il
n'avait pas l'air d'un extrémiste de l'âme, d'un
fanatique. Les traits fins avaient une expression de
bonté et d'humour et le front, sous les cheveux
blonds bouclés, touchés de gris, ne portait aucune
trace de fracas intérieur.

— Je ne sais jamais avec toi ce qui est cri ou
dérision...

— Ann, la dérision n'est parfois qu'une épreuve à
laquelle un croyant soumet sa foi, afin qu'elle en

sorte plus forte, plus sûre d'elle-même et plus sereine...

– Je ne te connaîtrai sans doute jamais, dit-elle. Tant mieux. Ainsi je t'aimerai toujours pour la première fois. Jamais je ne te connaîtrai mieux, tu resteras toujours pour moi toujours ainsi, pour la première fois.

Il ferma les yeux pour mieux sentir ses lèvres sur les siennes et pour qu'il n'y eût plus d'ailleurs, rien que la douceur de la vie au goût de femme. Le mistral se glissait jusqu'à eux avec son hommage de mimosas, et tout fut oublié de ce qui était si envahissant et tyrannique, lorsque tu n'étais pas là, ma chérie, et qu'il fallait te chercher en vain en se donnant d'autres raisons de vivre. Mes lèvres sont parties avec mes baisers, effacées, emportées par eux, éteintes. Elles tâtonnent encore dans ton cou, contre ton oreille, et quelqu'un soupire, et je ne sais si c'est toi ou si c'est moi, et quelqu'un est l'autre, je ne sais lequel des deux. Nous sommes si unis que je me sens presque seul et même lorsque tu bouges, ce n'est pas toi que je sens mais le lieu où tu finis. Ma main est encore sur ton sein, mais ce n'est qu'un oubli. Nos bouches sont encore jointes, mais elles ont déjà plus besoin d'air que de baisers. Il monte de la nuit aux senteurs marines et je le bois avidement, et pourtant, il n'est pas toi. Mais je refuse de finir. Je refuse de céder. Je n'accepte pas de m'incliner devant ces tristes limites, devant les lois du genre, les nerfs, le cœur, le souffle, les reins... Les hommes manquent de génie. Dante, Pétrarque, Michel-Ange... Epaves du rêve! Qu'est-ce donc que le génie, si nul ne peut l'accomplir sans fin dans le cri de la femme aimée? Viens. Manquons de génie ensemble.

La Marne avait les traits tirés, de lourdes poches
sous les yeux, des confetti roses, jaunes, bleus et
blancs sur les épaules, et le nez encore plus long et
plus triste que d'habitude. Affalé sur le sofa, faux
Louis XV, le chapeau rabattu sur les yeux pour les
protéger du soleil, il tenait un faux nez à la main et
avait cette apparence légèrement fantomatique des
fêtards que la nuit du carnaval avait abandonnés
en se retirant. Garantier l'écoutait en prenant son
déjeuner devant la fenêtre ouverte.

– Vous n'avez rien à craindre, mon bon, disait
La Marne, presque haineusement. Il partira. C'est
la première fois que je le crois amoureux d'une
femme, alors il va en faire une raison de la quitter.
Je suppose que l'on ne peut pas aimer totalement
sans que grandisse en vous la haine de tout *autre*
totalitaire. Si on lui disait qu'il est devenu prisonnier du communisme, il hausserait les épaules. Il y
a aujourd'hui dans le monde, bien au-delà de
l'U.R.S.S. et de la Chine, une sorte de Goulag
immatériel où le marxisme tient prisonniers ses
ennemis : les « anti ». Je crois que les anticommunistes sont vraiment les compagnons de route les
plus fidèles du marxisme-léninisme. Il est un de ces
hommes qui veulent punir les idées lorsqu'elles se
conduisent mal.

– Qu'est-ce qu'il a comme pedigree?

– Front populaire, Léon Blum, les Brigades
Internationales, antifascisme partout, France Libre, la Résistance. Le désert affectif a toujours vu
fleurir les plus belles oasis idéologiques. Trente
millions de morts.

La Marne soupira. Il prit un toast sur le plateau, l'écrasa et le jeta aux mouettes. Il mit les dernières miettes dans sa bouche.

– Bande de salauds, dit-il, sombrement, sans qu'on pût savoir s'il parlait des uns, des autres, ou de personne en particulier, s'agissant d'une remarque d'intérêt général.

– Enfin, que voulez-vous... Il va sans doute la quitter, je ne vivrai pas un grand amour, et voilà tout. Car vous avez déjà compris sans doute que je vis surtout du bonheur des autres?

– C'est souvent congénital, dit Garantier. Et facile à diagnostiquer. C'est ce qu'on appelle, en général, un besoin de fraternité.

– Une forme banale de parasitisme affectif, oui, dit La Marne. Ainsi donc, il est fort probable qu'au lieu de vivre un grand amour – leur amour – et d'avoir des enfants – leurs enfants –, cet éternel valet, Sganarelle, suivra une fois de plus Don Juan, son maître, vers de nouvelles conquêtes de l'impossible, à la poursuite de l'absolu. Il m'a souvent cité la phrase de Camus : « Je suis contre tous ceux qui croient avoir absolument raison. » Mais comme il est contre eux *absolument*, lui aussi, ça fait beaucoup d'absolu et beaucoup de champs de bataille. Car vous pensez bien que si nous faisions mordre la poussière à Staline, rien ne serait changé, et des millions d'hommes continueront à payer de leur vie le prix de l'impossible.

– Vous avez pourtant dû lui en parler souvent?

– Souvent. Je lui ai rappelé qu'il n'y a pas d'hommes pour toutes les saisons. Sa saison à lui, ce fut l'antifascisme, la guerre d'Espagne, la Résistance. C'est beaucoup pour un seul homme. Il faut laisser de quoi crever aux autres. Mais il n'y a rien à faire. Toujours cette phrase de Camus : « Je suis contre tous ceux qui croient avoir absolument raison. » Mais il faudrait alors qu'il soit aussi un peu contre lui-même...

La Marne haussa les épaules.

— Enfin, dit-il. On ne sait jamais. Peut-être que votre adorable fille lui fera renoncer à Staline.

— Ça vous paraît probable?

— Sais pas. Je n'ai jamais vécu un grand amour, moi. Mais le fascisme et le marxisme-léninisme se sont toujours trompés quand ils ont trop misé là-dessus. Sur la décadence, je veux dire.

La Marne soupira. Les mouettes, au-dessus du balcon, attendaient des miettes en battant des ailes, image même d'agitation et d'inquiétude.

— Oui, *Amour et Occident*, tout ça, murmura Garantier. Mais il faut faire aussi la part de l'ivrognerie, en U.R.S.S... Ça se vaut. Il y a autre chose, et je voulais vous en parler. Je crois avoir compris que ma fille avait un garde du corps... J'avoue que je suis assez inquiet... Dieu sait quelles instructions Willie a bien pu lui donner...

— Je n'ai vu personne, dit La Marne. Je suis resté des heures sous leur fenêtre, le chapeau à la main, en espérant qu'ils allaient me jeter quelques miettes... Je n'ai vu personne.

Il se leva.

— Bon, je vais rejoindre Willie, dit-il. Il faut profiter du carnaval...

Il mit son faux nez.

— Je vais redevenir Bebdern. Un petit intermède dans la continuité vagissante du moi, il n'y a rien de plus revigorant.

— Pauvre Willie.

– Pouah! C'est du bleu tendre, comme vous et moi.

– En tout cas, ne lui donnez pas trop d'espoir. Il est cardiaque.

– Comptez sur moi. Je n'ai aucune raison de vouloir sa mort. D'ailleurs, Willie enfin heureux, ce ne serait plus du tout drôle.

Garantier jetait des miettes aux mouettes. Sur son visage pâle et serein, les rides elles-mêmes semblaient étudiées, soigneusement disposées aux bons endroits, avec la délicatesse de Klee. Sa sensibilité ne s'accommodait plus que de l'éloignement. La vie devenait alors une sorte de politesse exquise des choses, une courtoisie répandue sur tout, un retrait général des crudités sur tous les fronts : en somme et enfin, l'Occident. Une civilisation suspendue au-dessus de son propre vide comme le sourire du chat de Cheshire.

Garantier beurrait son toast.

– Quant à votre ami... Le marxisme a commis l'erreur de donner à des personnages de Labiche le sens de la tragédie. Il les a ainsi sauvés du vaudeville. Ils continuent à perdre leur pantalon en public mais cela ne les fait plus rire. Le marxisme-léninisme a transformé de simples cocus bourgeois en héros conscients et révoltés contre leur destin. Il a craché la tragédie dans l'âme d'une société qui devait finir dans la caleçonnade. Je crois fort qu'en empoisonnant toutes ses sources de délice, le marxisme ne leur ait imposé leur propre salut. Si Lénine n'a pas pu sauver ainsi la société tsariste, c'est que ce fut trop rapide : le temps lui a manqué...

La Marne connaissait bien ce détachement : la peur que l'on cherche à apprivoiser.

— Comment se fait-il que vous ne fumiez pas de l'opium, ami? demanda-t-il. Méfiez-vous. Le palais trop exquis et trop raffiné mène tout droit au goût du bifteck tartare. Voilà qui explique le ralliement de nos élites au fascisme et au stalinisme.

Il sortit, traversa la Promenade et acheta des journaux. L'aviation américaine était en état d'alerte permanente et les vagues de « volontaires » chinois déferlaient en Corée sur les armées des Nations unies qui battaient en retraite. Le monde était rongé par sa réalité. Cheremetev avait écrit que « l'absence de l'amour pouvait devenir Dieu », et Gorki que « l'amour n'était qu'une incompréhension de l'homme devant les lois de la nature ». De quoi crever.

Il s'assit sur un banc et regarda avec honte la mer et le ciel. Il faudrait qu'il y ait chaque année une journée célébrée sur la terre entière où l'homme demanderait pardon à la nature.

XIX

Il ferma la maison à clef et ils descendirent les
vingt marches de la rue Pie, passèrent devant la
fontaine qui essayait de cacher son air frivole sous
la dignité de son millésime romain, remontèrent la
ruelle en escalier qui leur faisait à chaque tournant
sa révérence de pierre, avec les marches qui se
soulevaient comme les plis d'une lourde draperie.
Au-dessus des portes, il y avait des madones dans
leurs niches et lorsqu'elle se retournait, Ann voyait
le regard bleu de la mer qui les suivait et au-dessus
des terrasses en cascades, au-dessus des vignes et
des orangers, il y avait toujours le château, un
château qui manquait résolument de grandeur et
n'évoquait pas dix siècles d'histoire mais dix siècles
de soleil et d'azur.

— C'est un Grimaldi, dit Rainier. Tous les châ-
teaux sont des Grimaldi dans la région, et tous les
habitants, des Imbert. C'est plus commode pour
les étrangers.

Ils passaient devant la boulangerie. Au-dessus de
la boutique, il y avait un ange sculpté en bois,
lancé en l'air, très petit rat de l'opéra. Le boulan-

ger fumait la cigarette, en maillot de corps blanc, les bras nus.

— Salut, Imbert.

— Salut.

Le boulanger suçait son mégot, les mains sous son tablier et contemplait Ann en connaisseur de bon pain.

— Alors, il paraît que vous nous quittez bientôt?

— Mais non, je reste ici.

— La guerre est finie?

— Non, mais je vais en sauter une. Pour les suivantes, on verra. Il y a ce qu'on appelle la retraite des vieux travailleurs, vous savez.

— Mon neveu qui part pour l'Indochine. Pierrot Imbert.

— C'est la vie.

— C'est pas la vie, dit le boulanger.

Il ne dit pas ce que c'était, mais il regarda Rainier les yeux plissés, le mégot ironique et ce fut comme s'il l'avait dit. Il paraissait vexé, en bon Méditerranéen, qui se sent toujours un peu vexé lorsqu'on dit du mal de la vie pour justifier sa propre connerie. Il jeta sa cigarette et rentra dans la boulangerie avec une sorte d'ostentation, et Rainier sentit bien que ce n'était pas seulement une façon de retourner à son four, mais encore et surtout, une façon résolue de ne pas aller en Corée, en Indochine ou ailleurs, où ça attendait encore, alors que la France, c'était ici et nulle part ailleurs.

— Il n'a pas l'air d'accord, dit Ann.

— Les gens ici ont horreur des « causes ». Il y a déjà trop d'Imbert sur notre monument aux morts. Et puis, ils ont dans leurs mains trop de bonnes

choses concrètes pour les laisser là et courir défendre des « idées » à l'autre bout de la terre, où il ne
pousse rien.

Ils débouchèrent sur la cour de l'église, si étroite,
avec ses quatre façades rapprochées, qu'elle avait
toute l'intimité d'un intérieur; à gauche du parvis,
il y avait une lampe et un bouquet fané devant la
plaque en mosaïque où les noms des soldats morts
se serraient comme pour faire de la place à l'avenir. L'église était toute rose, théâtrale, une église
qui avait poussé avec les orangers et les mimosas;
elle paraissait beaucoup plus proche de la Méditerranée que du ciel. Elle avait vécu si longtemps
parmi les vignes qu'elle était devenue elle-même
un gai fruit terrestre et Ann pensa à ces mission-
naires qui passent leur vie parmi les Chinois et qui
finissent par avoir les yeux bridés. Rainier prit Ann
par la taille et ils entrèrent ainsi, sans se sentir
gênés, c'était une église qui comprenait et rien de
ce qui était amour ne pouvait lui être étranger. Ils
avancèrent ainsi sur les dalles, parmi les anges et
les saints dorés et les cierges et les minces colonnes
de faux marbre et tout cela était sauvé du toc par
un air de bonheur; ils avancèrent jusqu'à l'autel et
restèrent un moment immobiles et Rainier sentait
la chevelure d'Ann sur ses lèvres et son cou et ses
paupières et ce n'était pas une mauvaise façon de
se tenir devant l'autel. De la sacristie, une vieille
femme apparut silencieusement, cheveux blancs,
robe noire, mais le visage avait cette gaieté parmi
les rides que ne tourmente aucun doute des bigots.
Elle portait une corbeille de linge sous le bras et
des mimosas. Elle regarda avec malice le couple, et
comme elle connaissait Rainier et savait qu'il était
païen, elle se mit à sourire, et elle prit un plaisir

évident à interrompre ce recueillement auquel ils n'avaient pas droit.

— Alors, monsieur Rainier, cria-t-elle, bien haut, pour bien montrer qu'elle ne se considérait plus à l'église. En promenade?

Et puis, c'était aussi pour les mettre à l'aise, pour les tirer de l'embarras et leur montrer, à ces deux-là, qu'il ne suffit pas d'entrer dans une église pour y être, et pendant qu'elle allait et venait devant l'autel comme devant un coin de sa maison, mettant les branches de mimosa aux pieds du Sauveur, avec la familiarité d'une vieille servante qui est un peu de la famille, elle plaisantait avec les amoureux et prit quelques fleurs dans le panier et les tendit à Rainier.

— Pour votre dame.

— Merci, madame Imbert.

— Elles sont belles, dit Ann. Mais vous êtes sûre que...

La vieille femme la regardait du coin de l'œil, ravie de la sentir gênée, embarrassée et de recevoir ce tribut de timidité.

— Allez, prenez-les, elles seront bien chez vous aussi.

— Comment va M. le curé?

— Je n'ose pas le dire. Il bat la campagne en motocyclette et avec toutes les voitures qu'il y a, j'aime mieux ne pas vous dire s'il va bien ou mal. Avec ça qu'il ne peut jamais aller lentement.

Elle se tourna vers eux encore une fois en riant.

— Mais vous devriez aller dehors, dans le jardin, cria-t-elle. Vous serez mieux. Il y a une jolie vue et puis les orangers.

C'était dit sans ironie, il fallait simplement que chaque chose fût à sa place.

– On peut?

– Bien sûr. D'ailleurs, le jardin est à la commune.

Ils traversèrent la sacristie. Le jardin était minuscule, blotti sur une terrasse; il avait poussé au flanc de l'église comme un rameau en fleur, une poignée de terre qui bravait l'horizon et lui faisait la nique. On entendait les sabots des mulets et l'on voyait la mer et l'horizon qui ouvrait ses grands bras comme pour vous attraper, et la montagne qui ne laissait qu'un petit bout du ciel, un bout d'oreille bleue qui dépassait. L'air prenait à la mer et aux mimosas sa fraîcheur et son parfum, et depuis qu'il vivait retiré dans le village, Rainier s'y était habitué au point qu'il n'en sentait plus le goût. Mais à présent, il le retrouvait avec une plénitude nouvelle : la présence d'Ann, sa main dans la sienne, sauvaient le monde de l'usure. Tout était à nouveau pour la première fois, tout ce que son regard avait pourtant épuisé, tout ce qui, depuis longtemps, avait cessé de répondre. Aimer une femme transformait le vieux ménage que ses yeux faisaient avec la terre en une nouvelle et jeune liaison. Il retrouvait soudain le sens de tant de signes fatigués et à demi effacés par l'habitude : le signe des oiseaux, celui des fleurs, le signe de l'arbre et celui du fruit : le banal n'est peut-être qu'une absence d'amour. Cette pelle, cette pioche, cette brouette, abandonnées sous le palmier, paraissaient touchées par la présence d'Ann et leur faisaient des signes d'amitié, et s'il sentait encore grandir en lui, en ce moment même, sa volonté de lutter contre toutes ces prises en charge totalitaires où l'humain ne pourrait plus exister que comme une corruption du système, c'était seulement comme on murmure des mots d'amour. Juste ciel, ciel de midi, gentil ciel de France, il est temps de finir avec ce goût des choses saisies une fois pour toutes et des conquêtes définitives, il est temps d'accepter tout ce qui dure à peine, et de ne plus partir éternellement, au nom du précaire, à la poursuite de l'absolu. Il est temps de se libérer des autres, de ne plus faire de sa joie un remords et de son bonheur une culpabilité. Une civilisation digne de l'homme se sentira toujours coupable envers lui et c'est à ce signe qu'on la reconnaît. Juste ciel, doux ciel, petit ciel de France, ciel de Montaigne et du pain blanc, n'est-il plus possible d'être heureux dans son coin sans que le vent du large vienne mêler à la joie que l'on respire son insidieux parfum? Mais comment ne pas continuer à défendre son droit de ne pas être dicté et de s'accomplir librement, comme ces villages français qui se mettent peu à peu là où l'œil les demande?

Un jardinier entra, sous son haut chapeau de paille provençal, prit la brouette et l'emmena, sans un regard au couple qui s'embrassait, comme s'ils fissent partie d'un paysage qu'il connaissait depuis toujours.

– Rentrons. Il y a trop de monde...

Ils traversèrent l'église, qui paraissait plus seule, maintenant que le soleil était parti.

Deux religieuses étaient agenouillées devant l'autel, sous leurs grandes cocottes blanches, suspendues à leurs chapelets et qui ne semblaient tenir qu'à ce fil – et, cette fois, ce fut vraiment comme s'ils n'existaient pas et comme s'il n'y eût qu'un seul amour sur terre, mais pas le leur.

Le silence les accompagna hors de l'église et resta sur eux.

Rainier marcha plus vite, pour se retrouver dans un coin que l'on peut remplir à deux, un espace humain, sans au-delà, hors des bras ouverts de l'horizon, et qui vous suffit entièrement. Ils grimpèrent les marches et fermèrent la porte à clef derrière eux, soigneusement, bien qu'il n'y eût pas d'exemple d'au-delà qu'une simple porte et une clef pussent enfermer dehors. Rainier alla à la fenêtre ouverte, et l'horizon était là, bien sûr les bras toujours ouverts et prêts à vous saisir. Il ferma la fenêtre et les volets, tira les rideaux. Ann alla chercher le panier des provisions à la cuisine et regarda un instant la montagne avec son dos de buffle, la gueule baissée vers la mer comme pour y boire et les dernières hirondelles qui s'agitaient au-dessus des pins en silhouettes comme des poils hérissés sur l'échine du fauve. Elle aura un fils de lui et peut-être, lorsqu'il aura vingt ans, le possible et l'impossible auront cessé leurs prises mortelles, elle pourra alors le garder, comme elle n'avait pas pu garder le père. C'était un homme qui faisait de tout ce qu'il aimait une raison de le quitter. C'était un homme qui ne pouvait pas vivre pour ce qu'il aimait, mais seulement contre ce qu'il détestait. Elle rit. C'était assez drôle, d'avoir pour rivale l'humanité. Elle revint et l'observa, qui marchait sur les carreaux rouges dans ses sandales, avec ses hanches étroites, avec son visage si mal caché dans le sourire, elle le regardait, qui mettait le couvert et prenait le pain encore tout chaud entre les doigts pour les sentir s'enfoncer et écouter la croûte chanter.

– Voilà. C'est prêt.

Il versa le vin et ils s'assirent à la table, la porte était bien fermée, les murs étaient solides, je ne pars plus, je reste ici, je vais avoir un fils d'elle et je vais bien lui apprendre ce coin, pour qu'il n'en sorte pas et je vais lui acheter une vigne pour qu'il sache bien ce qui est à lui.

XX

A onze heures du matin arriva Ross, le représentant du studio en France. Il trouva Willie vautré dans le lit, l'œil morne, vêtu d'un pyjama pourpre qui accentuait encore son air bouffi, en train de croquer des biscuits à l'orange, accompagnés de champagne.

— Qu'est-ce qui se passe?

— Que voulez-vous qu'il se passe? Prenez un verre de champagne.

— Willie, il y a quelque chose qui cloche. Ce retard coûte au studio vingt mille dollars par jour. Personne ne vous demande la vérité. On sait que ce n'est pas votre genre. Mais essayez tout de même de venir aussi près de la vérité que vous le pouvez sans tomber malade.

Willie bougea faiblement dans son lit. Il se sentait toujours désarmé au réveil. C'était un moment où il manquait de moyens et était capable, sinon de sincérité, du moins de manquer de conviction dans le mensonge. Il n'acceptait jamais de tourner avant l'après-midi, comme Frank Sinatra. Il savait qu'il n'avait pas la maîtrise de ses traits, de son fameux sourire et de sa voix et était couché là, flasque, étalé en plein réel, comme un gros complexe d'infériorité visible à l'œil nu.

– Eh bien, voilà, Maxie. Mais je vous conseille de le garder pour vous pendant quelques jours encore. J'essaie d'arranger les choses.

– Alors?

– Ann refuse de rentrer.

– Pourquoi?

– Elle est jalouse. J'ai couché avec la petite Moore et elle l'a appris.

Ross le regardait attentivement. Il avait même mis ses lunettes. Il était rouquin, la même couleur que les biscuits à l'orange que Willie était en train de bouffer.

– Je n'en crois pas un mot, dit Ross. Ce n'est pas la première fois que vous la trompez et elle n'a jamais fait d'histoires. Le couple idéal, c'est nous qui l'avons fait. Ça nous a coûté une fortune en publicité.

– Il y a aussi autre chose, dit Willie.

Il avait peur d'en mettre trop. Ross avait soixante ans et il les avait tous connus, d'Orson Welles à Errol Flynn, d'Eric von Stroheim à Mickey Rooney.

– Il y a autre chose, bien sûr. Elle en a assez de la façon dont le studio me traite. Je n'ai pas pu tourner un seul de mes sujets avec elle. Elle ne m'a pas épousé pour mes beaux yeux et vous le savez. Ce qui l'a attirée en moi, c'est ce que la presse du monde entier a dit à propos de mes deux premiers films : le génie. Donnez-lui l'assurance que vous allez me permettre de tourner ma *Nuit américaine* avec Ann dans le rôle de Sabine, et elle sera à Hollywood dans deux jours.

– Vous avez coûté à la firme trois millions de dollars, dit Ross. Nous avons bien voulu jeter cet argent par la fenêtre pour qu'on sache que nous avons un génie avec nous, mais c'est fini, ce temps-là. On pouvait se permettre des films de prestige il y a dix ans, mais pas aujourd'hui. Vous avez entendu parler de la télévision?

Il marche, pensa Willie.

– Je croyais que vous vouliez savoir pourquoi Ann refusait de rentrer.

– Vous voulez vraiment que je raconte au studio votre gentille petite tentative de chantage? demanda Ross. Je vous aime bien. J'ai pour vous une certaine admiration. Vous évoquez pour moi un monde que vous n'avez même pas connu vous-même. L'époque du vrai cinéma, Willie. Ce n'était pas alors du chiqué – ou, si vous préférez, c'était *vraiment* du chiqué. Du chiqué absolu, tout-puissant, qui faisait courir les foules là où il voulait. Depuis, il n'y a eu que Mussolini, Hitler et Staline qui avaient fait du chiqué une telle puissance. Depuis Cecil B. De Mille, il n'y a plus que Staline pour manipuler les foules avec du chiqué. Cela fait que vous m'inspirez une certaine tendresse nostalgique. Vous êtes dans la grande tradition. Mais vous savez ce qu'ils pensent de ça au studio?

Il marche, il marche, pensait Willie, avec soulagement. Ça, c'est le vrai talent.

– Il y a longtemps qu'ils vous auraient débarqué, s'il n'y avait pas eu Ann. Ils sont donc obligés de vous ménager, mais jusqu'à un certain point sûrement. Ce point, vous êtes en train de le franchir. Ils ne vous laisseront plus jamais remonter sur le plateau comme génie universel, *not on your sweet life*. Alors, laissez tomber. Cessez de manipuler Ann et faites vos valises.

Le poisson était merveilleusement noyé, décida Willie. Il pouvait même se permettre quelques fioritures, par amour de l'art.

— Vous leur direz que, cette fois, je leur promets d'être sage.

— Vous savez vous-même que ce serait alors simplement affreux, dit Ross.

— Ils vous ont parlé de mon dernier scénario?

— Non. Ils savent que je vous aime bien.

Ross se leva.

— Je voudrais tout de même dire un mot à Ann.

— Mon bon, en prévision de votre venue, elle est allée faire un petit tour en Italie. Comme elle a pour vous de l'amitié, elle voulait éviter cette rencontre qui lui eût fait de la peine. Comprenez-la, Maxie. Elle traverse une crise morale : l'art, vous savez. Elle a atteint un point dans sa vie où elle a besoin de profondeur, d'authenticité. Elle ne peut plus se contenter de superficiel, du toc, des histoires imbéciles que vous lui faites tourner. Elle a atteint cette maturité où une femme a vraiment besoin de donner le meilleur d'elle-même...

Willie ne pouvait résister au désir de flirter avec le danger. C'était une question de style, de maîtrise. D'art.

— Je vais téléphoner au studio, mais je crains fort que si cette situation se prolonge, ils n'entament contre vous une action pour rupture de contrat.

— Dites-leur qu'Ann exige de tourner ma *Nuit américaine*, après celui-là.

– J'essaierai.

– Vous restez déjeuner?

– Non.

– Non, bien sûr, vous ne pourrez avaler rien d'autre, aujourd'hui.

– Pas en face de vous, en tout cas.

Ross allait ouvrir la porte lorsqu'il se trouva nez à nez avec Garantier qui entrait, un journal à la main.

– Je ne sais pas si vous vous connaissez, dit Willie. Maxie, je vous présente le père d'Ann.

– Enchanté, dit Garantier.

– Nous nous sommes déjà vus à New York, dit Ross.

– Mon cher, Maxie a passé une nuit dans le train pour nous supplier de rentrer à Hollywood.

Garantier montra le journal qu'il tenait à la main.

– Il y a eu hier deux mille morts en Corée, dit-il. Et il y en aura sans doute autant aujourd'hui. Et vous vous occupez de cinéma.

Ross devint écarlate.

– Monsieur, tout le monde s'occupe de cinéma. Seulement, il y a ceux qui font du cinéma comme Cecil B. De Mille, avec des figurants qui restent en vie, et ceux qui font du cinéma comme Staline, avec des figurants qui se font tuer vraiment. Je pense que le Hollywood du Kremlin coûte au monde infiniment plus cher que le nôtre.

Il se précipita dehors, en claquant la porte. Willie resta vautré dans son lit, abandonnant son visage à lui-même, maintenant que Ross était parti et qu'il n'en avait plus besoin.

– Elle n'a pas rappelé?

– Non.

– Elle ne téléphone peut-être pas parce qu'elle va rentrer.

– Je vous en prie, Willie, si vous devez absolument souffrir, faites-le au moins sur le mode comique. Et ne comptez pas sur moi comme partenaire. Vous avez engagé un clown, servez-vous de lui.

– Où est-il?

– A côté. Il compte vos cravates.

Willie se leva et ouvrit la porte du salon.

– Venez ici, valet.

Bebdern arriva, les bras chargés de cravates.

– Cent quarante-huit, dit-il, je les ai comptées.

– Vous pouvez en prendre autant que vous voulez.

– Oh non, grand Willie! Je n'en aurai jamais assez, de toute façon. Vous savez, je suis terriblement exigeant. Ça n'a pas de limites. Soif d'absolu, alors, vous pensez, une cravate... Je vous rappelle que nous avons un jury à présider à cinq heures.

– Un jury? Quel jury?

– J'ai accepté en votre nom de présider un concours de beauté cet après-midi.

– Allez vous faire pendre.

Bebdern se fit larmoyant.

– Ecoutez, Willie, vous ne pouvez pas me faire ça. Laissez-moi profiter un peu. J'ai toujours rêvé de présider un concours de beauté.

– Bon, d'accord. Allez me faire couler un bain.

Il s'assit sur le lit, la tête entre les mains.

– Elle ne peut pas nous faire ça! gémit-il. Non, non et non!

– On ne peut être sûr de rien, dit Garantier, pas

même de l'impossible. *A priori*, il semblerait qu'une femme qui rêve d'amour avec une telle ferveur absolue ne peut se contenter de l'amour. Entre le besoin d'aimer et l'amour, il n'y a pas de commune mesure.

– Je n'ai pas le temps d'attendre qu'elle soit déçue, dit Willie.

Il but encore du champagne. Il était pressé de se soûler, pour sortir du réel avant qu'il ne vous prenne à la gorge. Se libérer du monde et de soi-même par la bouffonnerie, comme les frères Marx, Mack Sennett, W.C. Fields, Chaplin, Buster Keaton, dans cette dimension où l'on peut tout désamorcer par le burlesque et tomber de la lune sur la terre sans se faire une bosse. Il suffirait pour cela de quelques partenaires d'accord pour vous donner la réplique.

– Bebdern!

Le grand improvisateur passa la tête par la porte entrebâillée.

– Qu'est-ce que vous faites?

– Je mets vos caleçons. Je vais essayer de porter vos caleçons. On ne sait jamais, peut-être qu'il se passera quelque chose. Vous permettez?

Il disparut.

– Malédiction, dit Willie. C'est le genre de personnage qu'on n'a vu que dans *La Tentation de saint Antoine* de Bosch.

– Habillez-vous, dit Bebdern, en réapparaissant. Nous allons à notre concours de beauté. Et ne regardez pas tout le temps le téléphone, vous risquez de le détraquer.

Willie ôta son soulier et le lui lança à la figure.

— C'est un encrier qu'il faut jeter, comme Luther quand il a cru voir le diable, dit Bebdern, en réapparaissant. Sans ça, le public ne comprendra pas!

— S'il y avait un diable, je saurais au moins à qui m'adresser! gueula Willie.

— Il ne faut quand même pas prendre le public pour plus con qu'il ne l'est, dit Bebdern, en apparaissant et en disparaissant.

Willie se sentait mieux. Il ouvrit une autre bouteille de champagne. Au bruit du bouchon, Bebdern accourut immédiatement, son long manteau noir balayant le tapis, but trois coupes de champagne coup sur coup et s'enfuit.

— Je sais ce qu'il essaie de faire, dit Willie, avec satisfaction. Il fait Groucho Marx. Bebdern! Tu fais Groucho Marx, hein?

Bebdern passa la tête à l'intérieur du salon.

— J'ai trouvé ça avant lui, dit-il, d'un air vexé. Et je ne fais pas ça à l'écran, moi! Je me donne vraiment, moi! Je désamorce!

— Quand est-ce que tu as trouvé ça? demanda Willie, qui prenait le rôle de Monsieur Loyal.

— C'est mon grand-père qui a inventé ça, pendant un pogrom, dit Bebdern. Quand les cosaques ont violé sa femme sous ses yeux après leur lieutenant qui est passé en premier, il s'est approché du lieutenant et il lui a lancé : « Vous ne pouviez pas demander ma permission, vous, un officier? » Il faut désamorcer! C'est ça, l'humour!

— Oui, il faut se défendre, dans la vie, dit Willie. Il ne faut pas se laisser faire!

— Qu'est-ce que vous voulez, dit Bebdern, on a une sensibilité ou on ne l'a pas!

Willie n'aimait pas beaucoup les *a parte*, mais il y en a toujours eu, dans la *commedia dell'arte*.

Garantier les écoutait en souriant, les bras croisés sur sa poitrine. Il ne croyait plus au cri, il ne croyait même plus à la voix. Il avait horreur des clowns, de la farce, de la dérision, de toutes ces façons de se tordre sous le poids du monde.

— Vous croyez trop à l'humour, dit-il. L'humour est une façon bourgeoise de défendre son confort et de ne rien changer aux réalités blessantes qui vous entourent. Je ne comprends d'ailleurs pas les écorchés : comment se fait-il encore qu'ils aient eu une peau avant? L'ironie, l'humour, la dérision est une manière de se dérober à vos responsabilités sociales. C'est antimarxiste.

— Excusez-moi, bredouilla Bebdern, horrifié. Je ne savais pas!

De peur, il avait les genoux qui tremblaient.

— Là, là, essaya de le rassurer Willie. On leur dira pas...

— J' veux être bien avec eux! gémit Bebdern. J' veux pas avoir d'ennemis à gauche! J' veux être bien avec eux! C'est même ce qui m'a mis dans cet état-là!

— Où est-ce qu'on en était? demanda sombrement Willie, qui avait un creux, et n'arrivait plus à s'improviser.

Bebdern vint à la rescousse.

— Et notre concours de beauté? lança-t-il, vite, en lui versant du champagne. Allons, Willie, habillez-vous!

Il l'aida à entrer dans son pantalon.

— Je veux me mettre en habit, grommelait Willie. Si c'est un concours de beauté, je veux être absolument immaculé. Je veux montrer que l'homme n'est pas quelque chose qui peut être souillé et que la figure humaine demeure toujours radieuse, noble et pure sous les tartes à la crème! J'ai soif de pureté, *shit!* Donnez-moi un plastron de cygne!

Mais ce qu'il voulait vraiment c'était faire basculer le monde délivré de ses poids dans une dimension où la souffrance était drôle, comme dans les premiers films de Fatty Arbuckle, de Chester Conklin et de Mack Sennett, avec leurs inévitables ivrognes en habit titubant sous leurs hauts-de-forme autour des trous d'égout.

— Je vais me mettre en habit moi aussi, annonça Bebdern. Comme ça, j'aurai enfin l'impression d'avoir définitivement rompu avec la classe ouvrière. Vous savez ce que j'ai fait, l'autre jour?

— Non. Raconte.

— Il y avait à Nice une grève et un défilé de travailleurs. Je me suis mêlé à eux et j'ai volé deux porte-monnaie à des ouvriers. La haine de classe, vous comprenez. Ça m'a repris d'un seul coup : de vous à moi, mon grand-père était un petit possédant. On a beau se retenir : un jour ça éclate.

— Rien de sacré, hein?

— Et puis, avec mes anciens rêves néo-marxistes... En faisant les poches des travailleurs, on arrive très bien à rompre avec tout ça. Comme ça, je m'en suis senti débarrassé. Le cynisme intégral. Fort comme la mort. Au-dessus de l'humain, inaccessible. Nietzschéen. Hein? Qu'est-ce que vous en dites?

— Bon chien, Groucho, dit Willie. Donne la patte. Bon chien.

— Qu'est-ce que vous voulez, quand, pendant

trente ans, on a mis tout son espoir dans le communisme, il faut savoir se faire rembourser. Il faut savoir faire un geste. J'ai oublié de vous dire que c'était l'anniversaire de la révolution d'Octobre, ce jour-là.

— Couche, couche, Groucho, dit Willie. Bon chien, Groucho.

— J'ai écrit une lettre à *L'Humanité*, en leur racontant l'histoire, et en donnant mon nom. Comme ça, si le communisme triomphe, ils verront que je ne suis pas un communiste : je ne risquerai pas d'être pendu.

— Avoue que c'est dur de ne plus y croire, hein, mon salaud? fit Willie.

Ils se mirent en habit, La Marne empruntant celui de Garantier, et descendirent l'escalier du *Negresco* avec leurs plastrons blancs, se soutenant mutuellement comme deux pingouins qui se seraient trompés de latitude. Un char fleuri entièrement recouvert d'œillets rouges les attendait devant l'entrée, et avant que Willie ait eu le temps de protester ou de demander des explications, Bebdern le poussa à l'intérieur et s'installa à ses côtés. Au-dessus du char, il y avait une banderole rouge avec l'inscription *Hollywood vaincra*, en lettres d'or. Willie regardait stupidement la banderole, puis Bebdern.

— Qu'est-ce que ça veut dire?

— Il y a bataille de fleurs, à trois heures, sur la Promenade. J'ai promis au Comité des Fêtes que vous y prendrez part. A part : j'ai touché cinquante mille francs pour ça, pas un mot!

Willie essaya de descendre.

— Arrêtez! hurla-t-il au chauffeur. Je refuse absolument! Je refuse, au nom sacré des peuples à

disposer d'eux-mêmes! Arrêtez, chauffeur, je des-
cends!

– Restez tranquille, ordonna Bebdern. Sinon, je
vends votre belle âme à la presse. J'irai raconter
non seulement que votre femme vous a quitté, mais
encore que vous l'aimez au point d'en être presque
heureux pour elle. Restez tranquille, on en a pour
une heure. Et puis, pour une fois que vous sentez
bon et que ça sent bon autour de vous, ne gueulez
pas.

Willie resta effondré, l'œil morose, parmi les
œillets.

Il faisait beau et la promenade des Anglais était
envahie par la foule en fête qui regardait le défilé
des chars fleuris. Les haut-parleurs annonçaient la
présence de Willie Bauché et jouaient le thème
musical qui l'accompagnait partout. Willie roulait
effondré parmi les fleurs dans une attitude d'empereur romain entouré de Barbares et jetait de temps
en temps à Bebdern un regard blessé. Bebdern
saluait à droite et à gauche, répondant aux
applaudissements qui s'adressaient à Willie. Devant la tribune officielle, il fit arrêter le char et
serra longuement la main au Président du Comité
des Fêtes qui essayait de lui parler américain.
Bebdern essaya lui aussi de parler américain, cria
« Vive le monde libre! » et ils continuèrent à se
serrer longuement la main en bredouillant en
américain sous les éclairs des photographes, pendant que Willie, complètement abruti et ressem-
blant à Ferdinand le Taureau, essayait de bouffer
un bouquet de violettes et Bebdern lui donna
discrètement des coups de pied pour le forcer à se
lever. Finalement, il visa juste, l'atteignant à la
cheville, et Willie poussa un hurlement, se leva,

envoya le bouquet de violettes dans la gueule du Président du Comité des Fêtes et toute la tribune officielle éclata en applaudissements, le Président chancela et répondit par un coup de mimosa dans l'œil de Willie qui poussa un effroyable mugissement, se mit à arracher les fleurs du char et à les jeter avec leurs bouts de fil de fer à la figure des officiels, essayant de bondir hors du char et de grimper sur la tribune et Bebdern dut le retenir, le tenant par les jambes, pendant que le public applaudissait et trépignait. Willie se démenait sous la banderole *Hollywood vaincra*, le Président du Comité des Fêtes réussit à s'emparer de la main de Willie et la secoua vigoureusement et Willie essaya de libérer sa main et ils restèrent ainsi accrochés l'un à l'autre par la poignée de main, pendant que Willie gueulait au Président du Comité des Fêtes qu'il ferait mieux de dépenser tout cet argent pour améliorer les conditions de vie des travailleurs et le Président du Comité des Fêtes lui répondit que la Ville de Nice se souviendra de Willie avec émotion et reconnaissance et Willie lui dit *you son of a bitch* et le Président répondit catégoriquement « moi aussi ». Le char avança, et Willie s'effondra à nouveau parmi les œillets, cependant que La Marne, debout, et saluant à la ronde, se rendit soudain compte avec horreur qu'il s'imaginait être en train d'effectuer son entrée sur un char fleuri dans un monde entièrement libéré des guerres, de la haine, de l'illusion lyrique et du couple U.R.S.S.-U.S.A., un monde entièrement libéré de l'impossible par lui, La Marne, et par lui seul, et qu'il était le Sauveur, le Bienfaiteur et le Pacificateur, et il rougit de honte et s'assit bien sagement et s'appuya contre Willie et baissa le nez.

– Il y a un seau de champagne sous les fleurs, dit-il. Mais j'ai beau boire, il n'y a rien à faire : l'ivresse persiste. Pas moyen de dessoûler, l'illusion lyrique demeure... Invincible, indéracinable, avec ses bêlements idylliques...

Willie était déjà à quatre pattes, en train de déboucher la bouteille. Tout en buvant, il essayait d'inventer quelque chose de vraiment dégueulasse pour se discréditer lui-même aux yeux des masses populaires en tant que produit typique du mal capitaliste américain dans son incarnation holly-woodienne, illustrer ainsi la démoralisation com-plète de l'Occident et la désintégration de ses valeurs, discréditer enfin tout le système, pour soutenir sa réputation d'homme de gauche et expliquer ainsi le boycottage financier auquel il se heurtait lorsqu'il cherchait à réaliser une œuvre cinématographique géniale. Il pouvait, par exem-ple, bouffer de la merde en public : VOYEZ CE QUE L'AMÉRIQUE FAIT DE SES GRANDS HOMMES VOYEZ L'ÉTAT AUQUEL LE POUVOIR DE L'AR-GENT RÉDUIT LES CRÉATEURS ou bien, tout sim-plement, WILLIE BAUCHÉ DANS « LA DÉCA-DENCE DE L'OCCIDENT », avec photo, à la une de tous les journaux. Mais tout ce que ça réussirait à prouver ainsi, c'est que la presse était libre. Il avait parfois l'impression qu'il s'était donné une tâche au-dessus de ses forces : se haïr au point d'en faire une culpabilité à l'échelle de l'Occident tout entier. La plus douce des consolations : la justifica-tion de son vide, de sa névrose et de son échec personnel par le transfert sur la société de tout ce qu'on hait et méprise en soi-même, pour échapper à la responsabilité. Substitution habile au *moi* psychologique insupportable d'un « *eux* », d'un « *ils* » sociologique ainsi rendu seul coupable. Faire du psychologique un tout-à-l'égout du sociologique. « Regardez ce que vous avez fait de moi, je n'y suis pour rien, *je* n'y est pour rien! » Mais il fallait beaucoup de talent et même de génie pour arriver à incarner avec suffisamment de crédibilité les grands thèmes de propagande communiste. Comme il fallait tout le génie de Staline pour incarner avec suffisamment d'authenticité, de terreur et de sang les grands thèmes de propagande anticommuniste.

– Bebdern.

– Oui?

– J'en ai assez d'incarner leurs thèmes de propagande.

– Tenez bon, grand Willie. N'oubliez pas que vous avez un concours de beauté tout à l'heure.

Ils étaient précédés par le char fleuri du régiment de chasseurs alpins qui jouaient des marches militaires et suivis d'un char de la section locale du Parti communiste surmonté d'une immense colombe faite d'œillets blancs. Entre les deux, Willie, la lippe pendante, se laissait trimbaler dans son char personnel, avec la banderole *Hollywood vaincra!* qui n'était pas sans avoir un certain air de vérité prophétique. De temps en temps, Willie recevait un bouquet dans l'œil, mais demeurait inerte et se contentait de murmurer quelques grossièretés. L'odeur des fleurs avait fini par réveiller son allergie et déclencha une violente crise d'éternuements, et il se tint là, secoué de spasmes, éternuant sans arrêt, pareil à un empereur romain résigné qui se laisse traîner dans son char vers le lieu de l'attentat. La Marne, pendant ce temps, se demandait s'il n'avait pas entrepris une tâche impossible : éviter que la guerre de Corée ne dégénère en conflit mondial. L'impression de tenir séparés, par un acte de volonté prodigieux, les deux blocs formidables et hostiles, les empêchant de crouler l'un sur l'autre. La radio avait annoncé à une heure que le général MacArthur réclamait l'autorisation d'utiliser l'arme nucléaire, que le Congrès américain s'était réuni en session extraordinaire et que les nouveaux assauts des troupes chinoises menaçaient de rejeter à la mer les forces des Nations unies. Le monde prenait un caractère démentiel nettement obsessionnel. Pour desserrer l'étau et échapper à l'angoisse, il ne restait que la bouffonnerie. Le burlesque devenait une nécessité d'hygiène mentale, une danse qui se moquait des poids les plus écrasants. A ces moments de « bêle-âme », comme il les appelait, La Marne se lançait dans la clownerie avec la ferveur d'un derviche tourneur. Il sauta sur les genoux de Willie et se serra tendrement contre lui.

— Protégez-moi, grand Willie! Défendez-moi! Je refuse de sauver le monde, na!

Willie le jeta parmi les œillets et éternua sombrement plusieurs fois de suite.

— Nous sommes comme des héros d'une tragédie grecque qui essaieraient de se soustraire à leur sort! gémissait le noble comte de Bebdern, enfoncé parmi les fleurs. J'en ai assez de mimer la grande peur de l'Occident! Je refuse absolument de tenir mon rôle dans la tragédie!

— Allez le dire à Sophocle et à Staline, grommela Willie. Vous m'emmerdez.

Il continuait à éternuer. Au bout d'un moment,

Bebdern se mit à éternuer, lui aussi, par sympathie : il y avait là une petite fraternité à partager, et d'ailleurs, la fraternité, c'était peut-être ça : éternuer ensemble.

Willie boudait. Le ciel était particulièrement bleu et radieux, une sorte d'expression de parfaite imbécillité, et la mer avait cette plénitude épanouie qui éveillait toujours chez Willie un sentiment de concupiscence et de frustration, comme tout ce qui était beau et qu'il ne pouvait ni manger ni coucher avec. La quantité de choses adorables que l'homme ne pouvait posséder excusait toutes ses tentations de destruction. Il y avait des dialogues de rocs avec l'horizon, des forêts avec le ciel, des états d'eau et des états de pierre, des fleuves à l'aube et des villages français au soir qui provoquaient chez lui une frustration violente, un désir qui ne pouvait être apaisé. Il reconnaissait à ce signe son propre manque de génie : il eût fallu être Cézanne pour pouvoir s'assouvir. Devant ce défi, on ne pouvait se réfugier que dans l'art ou la destruction. La beauté du monde était une possession qui se refusait. Willie prenait tout cela comme une humiliation personnelle et, face à ces insolents mélanges d'azur et de lumière, il se sentait provoqué, éternuait spasmodiquement et grattait le vide au creux de ses mains, en regardant le ciel avec haine. L'homme était torturé par l'aiguillon de l'absolu qui l'invitait à la divinité, mais il ne pouvait que se gratter sous cette épine irritative, remplissant ainsi les musées et les bibliothèques. Finalement, Willie se mit dans un tel état de démangeaison et de frustration qu'il lui fallut Ann, tout de suite, une beauté entièrement suffisante, apaisante, la seule possession du monde possible, un ciel que l'on pouvait tenir dans ses bras.

Il se pencha en avant et tapa sur l'épaule du chauffeur.

– *Get out!* Descendez!

Il le poussa dehors, se mit au volant et démarra.

– Qu'est-ce que vous foutez? hurla Bebdern.

– Je veux la voir.

– Vous êtes fou! Il y a quarante minutes de route! Vous allez faire ça dans un char fleuri?

– M'en fous. Ça n'étonnera personne de ma part.

– Et votre concours de beauté! Vous avez promis d'y assister.

– On y est en plein, grommela Willie.

Ils sortirent de l'enceinte parfumée et roulèrent vers la Grande Corniche. Bebdern gueulait : Willie roulait à cent à l'heure et avec un tel mépris pour les tournants qu'il parut à Bebdern que les fleurs qui les couvraient déjà les regardaient avec ironie et il chercha la bouteille de champagne mais Willie l'avait vidée entièrement. Au bout d'un moment, il se rendit compte que la frousse intense qu'il ressentait lui faisait le plus grand bien : elle le simplifiait et recréait enfin entre lui et la vie un courant de sympathie.

– Allez, roulez, Willie! Plus vite!

A Eze, la beauté du cap Ferrat, étendu six cents mètres plus bas entre deux nappes d'eau paisible, s'imposa à eux avec une telle évidence souveraine et une telle indifférence à leur égard qu'ils se regardèrent et lorsqu'ils virent Roquebrune, avec ses maisons fleuries et roses, palmiers et mimosas,

Willie se mit à rire, tellement cela faisait paysage de rendez-vous où l'on vient se régaler avec la femme d'un copain. Il avait eu tort de s'affoler, cela ne pouvait être profond et sérieux dans ce décor à coucher, c'était un baisodrome et rien d'autre et il se sentit rassuré et donna à Bebdern une tape formidable sur l'épaule qui fit voler quelques œillets.

— Qu'est-ce qui vous prend?

— Rien, mon bon. Sauf que ça ne peut pas être sérieux, là-dedans. C'est un paysage-boxon.

— Mon pauvre Willie, dit Bebdern avec pitié, on voit que vous ne connaissez rien à l'amour! Ça peut vous prendre n'importe où, même dans ce panier fleuri! Ça se fout du contexte!

— Mais non, mais non, voyons! protesta Willie. Pas là-dedans. Pas dans ce petit rose. Ça ne peut pas être profond, là-dedans. Ce n'est pas assez tourmenté. Vous voyez, vous, *Les Hauts de Hurlevent*, là-dedans? Ici, ça ne peut pas aller plus loin que la bésouille. On doit bien jouir ici, je ne dis pas. On doit venir pour ça. Mais c'est tout. C'est une histoire de cul. Je ne risque rien.

Bebdern se mit en colère. Il se sentait personnellement insulté chaque fois qu'on minimisait l'amour devant lui ou quand quelqu'un d'autre en parlait en connaisseur.

— Mais enfin, Willie, qu'est-ce que vous savez de l'amour? s'emporta-t-il, d'une voix que l'indignation rendait digne. Rien! Strictement rien! Qu'est-ce que le cul a à voir là-dedans, espèce de babouin, vous qui ne connaissez de l'amour que son court cheminement vaginal? Par quelle ordurière usurpation avez-vous réduit à l'état de bite le don qui vous a été fait de l'infini? Que dis-je, de l'infini?

De beaucoup plus! Qui donc a encore besoin de l'infini, qui a vécu un regard d'amour? A côté de ce que j'ai là, là...

Il se toucha le cœur.

— ... à côté de ce que je porte là, en moi, l'infini est un petit besoin! Quant à l'éternité, mon bon, elle rêve d'avoir une peau de femme, une main d'homme, des lèvres humaines, elle est là, toute grosse, toute vide, toute bête, et demandez-lui un peu ce qu'elle donnerait pour devenir simplement un baiser? Alors ne venez pas me dire que l'amour, ça ne peut pas ici, ça ne peut pas là, ça ne peut pas ceci, ça ne peut pas cela, parce que ça peut tout, putain de merde, et je vous dis putain de merde à titre simplement terrestre, puisque, avec vous, ça ne monte pas plus haut!

Willie était blême de rage.

— Comment osez-vous? gueula-t-il. Espèce d'éjaculateur prématuré! A côté de l'amour, votre infini n'est qu'un éjaculateur prématuré! L'amour, je le connais, il est là-dedans, là-dedans!

Il se frappait la poitrine. Ils gesticulaient tous les deux au-dessus de l'horizon, faisant craquer les plastrons de leurs fracs.

— Vous n'y connaissez rien! hurlait La Marne. Strictement rien! Moi, j'ai lu toute une littérature là-dessus. Je connais tout ce qu'on peut lire de l'amour! Tenez, le magazine *Elle* publie depuis un an, chaque semaine, un *Petit Dictionnaire des grands amoureux*, je n'ai pas manqué un numéro, pas un seul! Alors, taisez-vous!

— Pauvre factotum! gueulait Willie. Déchet humain! Qu'est-ce qui a fait *Roméo et Juliette*, c'est vous ou c'est moi? Vous ne connaissez pas ma réputation, non?

– Je la méprise votre réputation, je la méprise!
bégayait Bebdern. Je lui pisserais dessus si elle
pouvait se matérialiser!

Willie le prit au cou.

– Vous voulez que je vous foute dans le préci-
pice?

– Lâchez-moi! Vous parlez à quelqu'un qui a
aimé toute sa vie, ne l'insultez pas!

– Qui? Qui avez-vous aimé?

– Comment, « qui »? Qu'est-ce que ça veut
dire, « qui »? En somme, pour vous, il faut mettre
la main sur quelqu'un, pour aimer? Un choix
d'article? Une emplette? De l'épicerie? Moi, j'ai
aimé une femme en général, voilà. Je ne l'ai pas
rencontrée, je peux donc vous parler d'amour,
moi! On ne peut pas rencontrer l'amour et le
réduire à ça! C'est plus grand, plus fort que toutes
les rencontres! L'amour, c'est une aspiration à
l'amour! On ne peut pas consommer! On ne peut
pas réduire l'amour à ses pauvres réalités consom-
mables! D'ailleurs, quand on y est, on ne le voit
plus, on s'y perd, on se dit merde, c'est pas
possible, c'est ça? On y est, quoi! Et quand on a
vécu un vrai amour, on a été balayé, on n'est plus
là pour en parler!

Ils étaient assis dans leur char fleuri sur la
Moyenne Corniche et se regardaient avec haine et
parlaient d'amour.

– Je vais vous tordre le cou, bégayait Willie. Le
premier qui me dit que je ne sais pas ce que c'est
l'amour, je lui...

– Avec combien de femmes avez-vous couché?
hurla Bebdern. Mille? Deux mille?

– Ça n'a rien à voir, il n'y en a jamais
qu'une!

– Moi, je me suis conservé vierge, hurlait Bebdern, en se frappant la poitrine, alors, j'ai le droit
de parler d'amour! Je sais ce que c'est! C'est là,
c'est là-dedans! hurlait-il, en se frappant la poitrine. C'est plein, là-dedans! On ne sait vraiment
ce que c'est, l'amour, que lorsqu'il vous manque!
Alors, on le sent, on le comprend, on peut en
mesurer l'absence, la grandeur, on peut en parler
en connaissance de cause! C'est en vous, un trou
en vous, un trou autour de vous, et ça ne fait que
grandir, de tous les côtés! On est hanté! On vit
avec ça et on connaît ça intimement et avec tous
les détails comme une aspiration dévorante, et ce
qu'on ne connaît pas de l'amour quand on ne l'a
pas connu, ne peut plus jamais être vécu! Quand
on l'a vécu, ce n'est plus la même chose! C'est
comme le communisme, quand il touche terre et se
réalise! Ça n'a plus aucun rapport avec le communisme! Vous ne vous figurez quand même pas,
mon pauvre petit, qu'on peut vivre un grand
amour et être là pour en parler? Vous me faites
mal aux genoux, tenez! Vous avez déjà rencontré
des gens qui ont été dans l'autre monde et qui
vivent pour en parler? Hein? Dites-moi, Toto?
Vous avez déjà connu des gens qui sont revenus de
l'au-delà? Pauvre type, té!

Bebdern était tellement déchaîné qu'il en arrivait à parler avec l'accent niçois, en plus de son
accent des confins polonais, ce qui s'ajoutait à
l'étrangeté de son aspect général, un habit, sur
fond grandiose de mer et de ciel bleus. Sous ses
sourcils très fins, les yeux dévorants étaient pleins
de larmes et il se frappait la poitrine à grands
coups de poing.

– Moi, je n'ai jamais connu l'amour, je sais

donc ce que c'est! gueulait-il, les cheveux hérissés. Je suis un vrai amant, tous les autres, c'est des consommateurs!

Ils se regardaient avec un tel désespoir et une telle rage que, devant cette nudité, ils eurent honte : ils s'étaient laissés aller à une telle crise de sincérité qu'il n'y avait plus où se cacher. Bebdern se tut et baissa le nez d'un air coupable, sourit lâchement et se mit à renifler un œillet. Willie alluma un cigare.

– C'est quelle maison, exactement?

– On ne la voit pas d'ici. Vous pouvez laisser la voiture sur la place du Château.

Ils arrêtèrent leur char au milieu de la place et se précipitèrent dans le café, où Willie commanda une bouteille de champagne. Le patron les accueillit avec le sourire.

– Alors, monsieur La Marne, on vient voir les amoureux? On ne parle que de ça, au village!

– Sortons de là! gronda Willie. Im-mé-dia-te-ment!

Ils vidèrent quand même la bouteille, en emportèrent une autre avec eux et remontèrent la rue de la Fontaine jusqu'à la rue Pie.

– C'est là? murmura Willie.

Mais ce n'était pas la peine de demander, ça se sentait : la maison avait un air de bonheur. Une tour et des marches étroites qui grimpaient le long du mur, jusqu'à la terrasse du toit. La place n'était qu'un patio; des enfants jouaient sous le regard des saints et des madones au-dessus des portes; les façades avaient l'élégance légère des draperies féminines qui s'écartent sur un pas de danse. Willie s'était arrêté devant la maison, le regard levé; il se sentait sans défense, devant elle, et il ressentait même quelque chose qui ressemblait à de la simplicité. Il sourit.

– Et c'est mon amour qu'ils vivent, là-dedans, mon amour, dit-il doucement.

Le comte de Bebdern et d'autres lieux de solitude se tenait silencieux à ses côtés, décontenancé par cet accent. Willie fit un pas vers les marches mais un gamin et une fillette d'une dizaine d'années se jetèrent dans leurs jambes comme des oiseaux.

– Ils sont là, ils sont dans la forêt, à la vieille tour...

– Montrez-nous le chemin, ordonna Willie. Tenez...

Il prit dans sa poche quelques bonbons contre l'asthme et les leur donna. Ils quittèrent le village par le chemin de Gorbio. Devant le petit cimetière qui domine le paysage, Willie s'arrêta et parut intéressé : chaque tombe avait une vue imprenable sur la mer, le ciel et les collines d'oliviers. Il commença même à se déshabiller, en grommelant qu'il en avait assez d'interpréter les Willie Bauché, que c'était un rôle impossible à tenir et qu'il allait se coucher là et Bebdern eut beaucoup de mal à le persuader de continuer la lutte pour la survie et la victoire des clowns qui font leur numéro lyrique dans l'arène du cirque décadent de l'Occident. Il l'invita à ne pas s'incliner devant les hordes barbares des assiégeants, à écouter la Voix de l'Amérique, et il alla même jusqu'à lui parler du dernier des empereurs Comnène qui mourut, l'épée à la main, en combattant sous les murs de Byzance encerclée. Naturellement, Willie fut assez flatté par la comparaison et il se laissa convaincre de ne pas crever d'amour alors qu'il y avait tant d'autres raisons de crever et il se drapa, moralement, de pourpre, vida la bouteille de champagne et reprit la lutte pour l'honneur, laquelle consiste à repousser le monde par la seule puissance du rire, et il annonça même aux enfants que, face à la bombe nucléaire, éclater de rire n'était pas une mauvaise façon d'éclater. Ils continuèrent donc à trébucher dans l'arène, avec leurs fracs aux plastrons raides qu'ils opposaient à la barbarie de vivre et de subir comme une proclamation de dignité. Le gamin et la fillette marchaient devant eux en se tenant par la main.

— Déjà! grommela Willie, en les montrant du doigt.

Les enfants s'arrêtèrent au pied du sentier qui grimpait à travers la forêt de pins et d'oliviers et Willie et Bebdern levèrent les yeux vers les sommets.

— C'est tout là-haut, dit le gamin. Il faut traverser le ruisseau.

— Qu'est-ce qu'ils peuvent bien faire là-haut? demanda Willie.

— Hé, l'amour, pardi! dit le plus jeune des Imbert. Qu'est-ce que vous croyez?

— Vous entendez, Bebdern? hurla Willie. Ils débauchent même les enfants?

— Je m'en fous, déclara La Marne, qui se demandait toujours si la guerre de Corée allait dégénérer en guerre nucléaire avec soixante-dix millions de morts, selon les premières estimations. Il faut absolument empêcher ça!

— C'est bien mon avis! gronda Willie.

— Il faut absolument empêcher le conflit nucléaire! murmurait La Marne. Regardez ces

207

enfants! Il faut les sauver! Et la seule façon, c'est d'arrêter Staline! S'il n'y avait pas Staline, le communisme serait différent! Il serait humain, généreux, respectueux des droits de l'homme! C'est la faute à Staline!

– Qu'est-ce que vous voulez que ça me foute, vos petites histoires! hurla Willie. Je veux ma femme! C'est loin?

– Il n'y a qu'à monter tout droit, expliqua le gamin. Jusqu'au Saut du Berger, là-haut... En grimpant bien, il y en a pour dix minutes.

– *Shit,* fit Willie. Pour une fois que je me mets dans la nature, il faut qu'elle soit en pente!

Ils se mirent à grimper, sous le regard moqueur des gosses. Cela sentait la résine des pins et Willie eut une violente crise d'éternuements. L'air frais et toutes ces senteurs de la nature leur montaient à la tête.

– Ça manque de dialectique, là-dedans! grommelait Bebdern. Ça manque d'idéologie! Je ne me sens pas chez moi, dans la nature! C'est archaïque! C'est archaïque!

Il s'arrêta et commença à chanter :

– J'ai-me le son du cor...

– Ta gueule!

– J'ai-me le son du cor le soir au fond des bois! chantait Bebdern, la main sur le cœur. J'espère que vous vous rendez compte que toute la décadence de l'Occident est contenue dans ce seul vers? L'Occident s'est perdu au fond des bois, la nuit tombe, et tout ce qu'il fait, c'est un peu de musique! A part : n'empêche qu'ils ne passeront pas!

Le dernier des Comnène et le dernier des Rappoport arrivèrent ainsi, non devant les murs de

Byzance, mais devant un ruisseau, et il y avait bien une planche, mais quelqu'un l'avait tirée de l'autre côté, ils ne purent pas passer et Willie s'agita rageusement au bord de l'eau.

— C'est à moi! grondait-il, en se frappant la poitrine. C'est mon amour qu'ils font, là-haut! Je veux voir à quoi ça ressemble mon bonheur!

— Comment peut-on faire l'amour sur le chemin de cent cinquante-trois divisions blindées soviétiques? s'enquit Bebdern.

— Cinquante-deux, dit Willie.

— Comment, cinquante-deux?

— Cent cinquante-deux divisions blindées, dit le dernier des Comnène. Ils n'en ont pas une de plus!

— Comment, pas une de plus? s'irrita Bebdern. Et celles qu'ils ont depuis deux jours dans les Carpates? Et celles qui sont à pied d'œuvre en Pologne, en Hongrie, en Tchécoslovaquie? Vous ne lisez pas les journaux? Je parie que vous n'écoutez même pas la Voix de l'Amérique!

— Cent cinquante-deux, s'obstina Willie. Quand vous aurez fini de semer la panique?

— Ça vaut mieux que de faire l'autruche dans une atmosphère de fausse sécurité! s'emporta Bebdern. Je vous dis : cent cinquante-trois divisions, avec celle qu'ils ont dans les Carpates!

— Cent cinquante-deux, dit Willie, sombrement.

— Cent cinquante-trois!

— Cent cinquante-deux!

Ils faillirent en venir aux mains, chacun voulant prouver à l'autre qu'il était plus au courant du péril qui les menaçait mais, heureusement, Bebdern se rappela qu'ils n'étaient pas là pour faire face à l'angoisse mais au contraire pour la fuir et qu'il s'agissait de se défendre à grands coups de tarte à la crème contre toutes les sales gueules historiques du sérieux. Il transigea donc avec Willie pour cent cinquante-deux divisions soviétiques prêtes à foncer, abandonnant la division des Carpates à son triste sort.

— J'ai une idée, dit Willie. Il n'y a qu'à grimper sur la colline en face, sans traverser le ruisseau. Elle est plus haute que l'autre, on verra peut-être quelque chose.

Ils arrivèrent complètement épuisés au sommet de l'autre colline, au-dessus de la cascade, au lieu dit Saut du Berger, mais on ne voyait toujours rien, des arbres seulement, et quelques pierres d'un mur en ruine, pas trace d'amour.

— Je vais grimper sur cet arbre, décida Willie. Aidez-moi.

— C'est ça, dit Bebdern. Essayez de voir. L'amour doit être quelque part à l'horizon!

Il s'agenouilla au pied de l'olivier, Willie grimpa sur son dos, et voilà, pensa La Marne, comte de Bebdern, marquis des Brigades Internationales, duc de Munich et duc du pacte Staline-Hitler, chevalier du socialisme à visage humain, voilà, pensa La Marne, avec une sombre satisfaction, à quatre pattes, en habit, sous un arbre, avec un prince de Hollywood debout sur son dos au sommet d'une colline inspirée, voilà la dernière position d'un vieux militant, de Staline à Trotski et à Guy Mollet, voilà où vous mène toute une vie d'homme de gauche. Ils durent s'y reprendre à trois reprises, pendant que La Marne entendait clairement le rire de Staline à ses oreilles, et finalement, Willie parvint à s'accrocher aux branches et fut dans l'arbre, et Bebdern leva vers lui de la terre un visage anxieux, pendant que Willie cherchait en vain un signe d'amour à l'horizon.

– Vous voyez quelque chose? murmurait Bebdern, avec nostalgie. Il commençait d'ailleurs à dessoûler, moment pénible entre tous.

Willie continua à s'élever, grimpant sur les vieilles branches, cependant que Bebdern l'encourageait en lui récitant des vers de Pétrarque et d'Omar Khayyam. Levant les yeux, Willie aperçut ce qu'il prit d'abord pour un épouvantail à moineaux. Mais il vit qu'il s'agissait d'un homme confortablement installé sur l'arbre; il tenait une paire de jumelles collée à ses yeux et paraissait complètement perdu dans la contemplation de quelque chose d'ineffable à l'horizon.

– Qu'est-ce que vous foutez là? hurla Willie, indigné. C'est à moi!

L'individu lui témoigna le plus parfait mépris et ne bougea pas. Willie fit un bond de Tarzan, saisit le voyeur par les jambes mais perdit l'équilibre et ils s'écroulèrent tous les deux avec fracas à travers les branches sur Bebdern, qui se mit à gueuler. Lorsqu'ils se démêlèrent, ils trouvèrent le personnage porté à la contemplation debout à côté d'eux. Il était fort élégamment mis et la chute ne semblait pas avoir dérangé sa tenue. Le baron semblait faire partie de ces rares privilégiés, nature d'élites qui demeurent impeccables en toutes circonstances – croisades, famines, exterminations, triomphes idéologiques sur des tas de cadavres, construction d'une société sans classes, défense de la vraie foi, droit de disposer des peuples au nom du droit des peuples à disposer d'eux-mêmes – on voyait vraiment qu'il avait l'habitude des chutes. Il redressa l'œillet blanc dans sa boutonnière, mais c'est tout. Il n'avait même pas lâché ses jumelles en tombant; sans doute allait-il continuer quoi qu'il arrive, à scruter l'horizon à la recherche de l'ineffable.

– Hé, mais c'est l'homme de Hölderlin! fit La Marne, avec sympathie. Qu'est-ce que vous faisiez au sommet de l'arbre, Soif d'Amour?

– Comment, qu'est-ce qu'il faisait? s'indignait Willie. Il était en train de se rincer l'œil, voilà ce qu'il faisait. Je vais lui foutre une de ces peignées...

Il se tut brusquement. De l'endroit où ils étaient, avec le cap de l'Italie et la baie de Menton et les vallées qui s'offraient à leurs yeux dans la lumière, on voyait le chemin de Gorbio parmi les pins et les oliviers, et Willie venait d'apercevoir le couple qui marchait dans la direction du village, lointain et inaccessible, se mouvant sur une autre terre, où la vie éclatait avec toute l'évidence du bonheur. Ils suivaient le sentier, serrés l'un contre l'autre, et ils paraissaient marcher à la fois sur la mer et dans le ciel. Ann portait une blouse blanche, on voyait sa chevelure comme un sillage dans le vent, et au-dessus d'elle le mistral chassait ses troupeaux. Ils les regardèrent, tous les trois, le baron à travers ses jumelles, trois hommes mûrs qui rencontraient enfin la vérité. Puis Bebdern se passa la main sur les yeux, et le baron redressa un peu la tête et s'éloigna sans mot dire, en tremblant légèrement sur ses gonds, tournant le dos au ciel et à la terre comme s'ils eussent soudain perdu leur contenu.

Quant à Willie, naturellement, il commença aussitôt une crise d'asthme. Ils se traînèrent enfin lamentablement jusqu'au village, Bebdern installa Willie dans son char fleuri, prit le volant et emmena le vaincu hors de l'arène.

XXI

L'après-midi, ils remontaient le chemin de Gorbio, ce sentier des mulets qui domine les vallées de
Menton et longe de très haut la mer, au-delà du
petit cimetière blanc, avec la tombe d'un grand-
duc russe qui dépasse toujours un peu. Ils grimpaient ensuite jusqu'aux ruines d'une tour de guet
au sommet de la colline et restaient là, allongés sur
une couverture, tant que durait le soleil et tant
qu'il leur restait des forces. Lorsqu'ils étaient couchés, personne ne pouvait les voir. Lorsqu'ils se
levaient, ils se détachaient sur la colline et devenaient visibles, mais alors, cela n'avait plus d'importance. Pour arriver jusqu'à eux, il fallait traverser un ruisseau sur une planchette de bois et
Rainier retirait ensuite la planche et ils devenaient
inaccessibles, autant qu'on peut l'être. A chaque
heure qui passait, ils entendaient l'horloge de
l'église. Au début, Rainier avait pensé à s'arranger
avec le curé, qui était un bon chrétien, ennemi de
la torture, il voulait lui demander d'arrêter l'horloge pour une semaine, d'expliquer aux villageois
qu'elle était en panne. Je suis sûr que le curé le
ferait, pensait-il. C'est un bon bougre. Et il est du

Midi, avec l'ail et l'accent. Un curé pour vivants.
Je lui dirai un mot, demain matin. Mais il ne le fit
pas, il se contentait, chaque fois que l'horloge
sonnait, de prendre les lèvres d'Ann. Finalement, il
arriva à se convaincre qu'elle ne sonnait que pour
ça et que les cloches ne sonnaient que pour ça et
que l'église et le curé n'étaient là que pour ça.

— Embrasse-moi.

Il l'embrassa. Mais ce n'était pas un bon baiser.

— Ce n'était pas un bon baiser, dit-elle.

— Il ne nous manquait déjà rien avant, c'est
pour ça.

— Jacques.

— Oui.

— Quand es-tu parti pour la première fois?

— L'Espagne...

Il se leva pour boire et prit la jarre de terre, en
pensant à l'Espagne, aux collines nues et rudes, si
différentes de celles-ci, comme des troupeaux de
buffles immobiles sous des nuages au galop. Il
pensa à la colline de Tolède; la première fois qu'il
l'avait vue, elle lui avait parlé moins de ses camarades qui tombaient sous les murs de l'Alcazar que
du Greco, qui avait dû la peindre à peu près du
même endroit, dans sa *Crucifixion de Tolède,* et il
s'était dit alors – il y avait de cela déjà quinze ans!
– que bientôt il n'y aura plus de dictateur, plus de
Franco, plus d'Hitler, plus de Staline, et qu'il n'y
aura enfin plus d'autre façon de prendre les villes
que de les peindre ou les regarder. Mais il fut
blessé aussi devant l'Alcazar. Il leva la jarre et but
le filet d'eau glacé qui le pénétra comme une lame,
et il se dit rageusement qu'il était temps d'en finir
avec la beauté des cités mêlée à celle des causes,

mais que l'on meurt tout de même mieux sous le regard du Greco et de Goya que sous celui d'un breveté d'état-major.

– Mon père était déjà parti avant : 14-18. Pas revenu. Ma mère disait en 40 : bientôt, la France sera une histoire sans Français, des vignes et c'est tout.

– Il te ressemblait? Physiquement, je veux dire?

– Je l'ai très peu connu. C'était un idéaliste, du genre humanitaire, imprécis et inspiré. Avant, ça faisait les premiers socialistes, aujourd'hui, ça fait les derniers aristocrates.

Il revint s'allonger auprès d'elle, mit la main dans sa chevelure et elle aperçut pour la première fois, autour de son poignet, sa plaque d'identité militaire, comme une demi-menotte : l'autre devait enserrer le poignet d'un militant communiste, comme un symbole de fraternité. Deux Prométhée enchaînés l'un à l'autre et qui en sont réduits à essayer de se voler.

– Jacques.

– Oui.

– Tu n'as pas de photo de toi, quand tu étais petit?

– Non.

– Dommage.

– Pourquoi?

– Comme ça... Les mères sont imprévoyantes. Elles ne pensent jamais...

Elle voulait dire... « elles ne pensent jamais aux autres mères », mais se tut. Il ne comprendrait pas. Et ce n'était pas sûr, de toute façon. C'était le moment du mois où elle avait le plus de chance : encore fallait-il avoir de la chance. Il lui arrivait parfois d'étudier son visage, pour déceler une ressemblance future. Ce n'était pas seulement un désir d'avoir un enfant de lui, mais encore et surtout un refus de se laisser mutiler. Seul un enfant, désormais, pouvait lui permettre de demeurer entière.

— Viens plus près. Mais si, on peut toujours.
— Comme ça?
— Comme ça.

On entendait les clochettes des moutons, très haut dans la montagne et des rires d'enfants, dans la vallée, et le mistral paraissait choisir, de tous les bruits, ceux qui étaient les plus légers à porter.

— Jacques.
— Oui.
— Parle-moi un peu de toi. Je ne te connais pas. Je ne sais rien de toi.
— Si, tout de même.
— Peut-être les grandes lignes. Les hauts lieux. Les sommets. Je voudrais connaître les petites choses. Celles qui comptent. Raconte. On n'a même pas eu le temps de se parler.
— Raconte, toi.
— Eh bien... D'abord, je suis mariée.
— Ça, c'est les grandes lignes. Je voudrais connaître les petites choses. Celles qui comptent.

Elle secoua la tête, appuya le nez contre sa poitrine. Il prit son visage et baisa ses lèvres, longuement, comme un homme donne le meilleur de lui-même.

— Tu vois, dit-il. Je crois d'ailleurs qu'il faudra en venir avec les mots comme d'expression. Il faudra en revenir aux baisers. Ils disent tout. Ils ne savent pas mentir. Et même lorsqu'ils essaient, on devine le mensonge, parce que la langue s'y glisse alors malgré elle.

– Je devrais me méfier de toi, dit-elle. Les gens qui parlent bien sont comme des danseurs professionnels. Ils dansent la valse à la perfection avec n'importe qui.

Il caressait son sein doucement, aussi doucement qu'il est dans le pouvoir d'une main d'homme. Et ses lèvres reprirent leur lente errance, jusqu'à ce qu'il se fût enfin senti soulevé par ce cri qui lui donnait naissance et lui rendait tout ce qu'il avait perdu, raté, gâché dans sa vie.

– Le cri du muezzin, murmura-t-il.

– Tais-toi.

– Mais le cri du muezzin donne seulement la palme, le minaret, le jet d'eau et le désert. Tandis que toi...

– Tais-toi.

– ... Ton cri donne tout ce qu'on a raté dans la vie. Tiens, ma mère est morte en 43, sans savoir que la France était libérée et que j'étais vivant. Elle sait, maintenant. Elle a entendu.

– C'est un blasphème, non?

– Non. Parce que je ne suis pas capable d'un tel blasphème.

On entendait les oliviers et le ciel passait très vite, au-dessus, dans sa poussière blanche, et le soleil faisait mal aux yeux. Personne ne venait là, sauf les barques de pêche, qui paraissaient monter jusqu'à eux, au-dessus des vallées de Menton et du cap, au-dessus des oliviers et des plantations d'œillets de la plaine, les barques de pêche qui paraissaient venir jusqu'à eux avec leurs bonshommes qui se balançaient. Ils venaient là tous les jours, mais une fois, en arrivant devant le ruisseau, ils trouvèrent la planche retirée et de l'autre côté, deux gosses qui montaient la garde, parmi les buissons et ils devaient avoir douze ans à eux deux. Ils les regardaient méchamment et le gamin avait un chapeau en papier sur la tête, genre Napoléon et la petite fille le tenait par la manche, et ils avaient tiré la planche de l'autre côté et on ne pouvait pas passer. Rainier avait essayé de parlementer.

– C'est à nous ici, dit la fillette. C'est Paulo qui a bâti le pont, ajouta-t-elle, en montrant la planche. On était là avant vous. Pas vrai, Paulo?

Le gamin ne disait rien, mais il avait avancé son pied nu et remuait les orteils et gonflait les lèvres et les regardait avec défi.

Rainier voulut insister, mais Ann le tira par la manche et ils firent demi-tour et commencèrent à descendre vers le chemin de Gorbio, lorsque la petite les héla. Ils s'arrêtèrent. De l'autre côté du ruisseau, il y eut un long conciliabule, le gamin ne paraissait pas d'accord, mais il était clair que malgré son chapeau et son air mauvais, ce n'était pas lui qui commandait.

– Qu'est-ce que vous nous donnez, si on vous laisse passer?

Il fut convenu que, pour cinquante francs, le pont serait baissé chaque après-midi. Et chaque fois qu'ils venaient, les enfants étaient là et le gamin baissait le pont et saluait militairement pendant qu'ils passaient et puis ils couraient aussitôt au village s'acheter un cornet de glace.

C'étaient des petits Imbert, naturellement.

XXII

Il était debout sur la terrasse et Ann le voyait
sur un fond d'étoiles. L'air avait cette fraîcheur
marine qui apaise les larmes. La veille, très tôt le
matin, un homme était venu frapper à la porte, un
petit homme aux sourcils tristes.

— Excusez-moi, j'ai une nouvelle importante
pour...

Je suis allé te réveiller. Vous vous êtes serré la
main, non sans hostilité. Le petit homme m'a
regardée longuement et mit la main sur son cœur,
comme les présidents des Etats-Unis lorsqu'ils
saluent le drapeau. Tout en lui était comique.
Charlie Chaplin disait que, faire rire de soi, c'est
une façon de se faire aimer.

La Marne sortit un journal de sa poche et le
déplia.

— Là, en troisième page... Il y a une réunion des
amis du chevalier Bayard, cet après-midi...

— Oh, ça va, dit Rainier.

— Ils doivent vous chercher partout...

Tu lui avais claqué la porte au nez.

Il ne faut pas pleurer. Il faut être ce que les
hommes appellent une femme forte. Elle se leva,

mit son pull blanc, resta un moment assise sur le
lit, regardant les journaux qui traînaient par
terre.

L'AVIATION STRATÉGIQUE AMÉRICAINE EN
ÉTAT D'ALERTE.

« IL FAUT ÉVITER À TOUT PRIX L'EMPLOI DE
L'ARME NUCLÉAIRE », DIT EISENHOWER.

LES PEUPLES FRÈRES DE L'U.R.S.S. ET DE LA
CHINE UNIS AUTOUR DES CAMARADES STA-
LINE ET MAO...

Il partait dans deux jours.

Ann pensa au gratte-ciel de l'O.N.U. qu'elle
avait visité la veille de son départ, sans se douter
qu'elle regardait le lieu même où se nouait son
destin. « *Les troupes des Nations Unies débarquent en
Corée...* » Ces mots en dernière page des journaux
n'avaient éveillé en elle aucun écho. C'était lointain, étrange, théorique. Il lui semblait qu'ils
n'avaient de vrai qu'une erreur. Gratte-ciel :
jamais une aspiration humaine n'avait mieux
mérité son nom. Debout sur l'East-River, la tour
des Nations Unies paraissait une fuite de plus vers
le ciel d'une humanité obsédée par on ne sait quel
rêve de l'inaccessible. La poursuite du bleu : c'est
ainsi que Rainier appelait moqueusement cette
dévorante nostalgie, et il aurait pu aussi bien
parler de lui-même.

Elle le rejoignit sur la terrasse.

– Jusqu'où, Jacques? Jusqu'à quand?

Elle essayait de parler avec détachement, de ne

pas mettre trop de véhémence dans sa voix, ne pas
crier sa révolte et sa colère de femme.

— Pourquoi la Corée, enfin?

Il hésita un peu, souriant comme on s'excuse.

— C'est un moment unique de l'histoire, Ann, et
il faut faire de son mieux. Le communisme est
tombé entre les mains d'un dictateur démentiel. Le
communisme est prisonnier de Staline.

— Il s'agit de libérer le communisme aussi, c'est
ça?

— Il faut lui donner la chance d'évoluer librement comme toutes les choses vivantes. Je ne crains
pas la réussite du communisme : je crains son
échec. Parce que l'échec, c'est toujours la force, la
terreur, l'oppression, la peur. Depuis un quart de
siècle, Staline empêche le communisme de vivre,
de s'épanouir, de devenir une œuvre humaine. Il a
fait sienne cette phrase de son ami Gorki : « Si
l'ennemi ne se rend pas, on l'extermine. » C'est ce
qu'il n'a cessé de faire. Nous ne nous rendrons pas.
Voilà pourquoi les Nations Unies se battent en
Corée. Encore une fois, le stalinisme n'est pas le
communisme : c'est une malformation, une mons-
truosité historique. Le vrai visage du communisme,
on ne pourra le voir qu'après la chute de Staline.

Possédé, pensa-t-elle. C'était sans espoir. Assis là,
avec sa manche vide, sur fond d'étoiles, mutilé
mais intact, et qui ne voyait dans les défaites que
des victoires en puissance. Elle ne voulut pas le
dire vraiment, mais ne put s'empêcher :

— Et toujours les beaux rôles... Contre Franco,
contre Hitler, et maintenant contre Staline... C'est
comme nous autres, à Hollywood. Le vedettariat.
Tu finiras par décrocher l'Oscar. L'Oscar du plus

beau rôle pour la plus belle cause. Je ne veux pas te blesser, mais...

– Mais non, tu ne me blesses pas. Il y a de ça. Une fois, un gosse du village – onze, douze ans – m'a demandé un autographe... Hé oui! Il s'est planté devant moi et il m'a regardé sévèrement. « C'est vrai que vous êtes un héros? – Non. – Papa dit que vous êtes Compagnon de la Libération. – Ben oui. – Alors, est-ce que je peux avoir un autographe? » J'ai signé. Il a réfléchi et puis il m'a demandé : « Qu'est-ce que c'est, un Compagnon de la Libération? » Drôle, non?

– Non. Et ce n'est pas la peine d'aller se faire tuer en Corée pour lui rafraîchir la mémoire... Qu'est-ce que tu défends, Jacques? Quoi, au juste?

– La précarité...

Il hésita, essayant de se retenir. Et ce sourire qui cherchait toujours à s'excuser, comme s'il savait qu'il est des chants intérieurs qui se perdent dès qu'ils cessent d'être muets. Peut-être Gorki avait-il raison, après tout, et qu'il y avait un pitoyable idéalisme bourgeois qui cherchait à faire du monde une république des bêle-âmes, une œuvre lyrique. Et l'humour lui-même n'était qu'une vaine tentative de désamorçage, une façon de parer au ridicule en le soulignant. Il demanda :

– Tu sais jouer de la guitare?

– Non. Pourquoi? Qu'est-ce que ça veut dire?

– Ce serait plus facile à chanter si tu pouvais m'accompagner à la guitare... Ecoute-moi...

Elle lui prit la main et la pressa contre sa joue pour l'aider. Il baissait la tête. Il n'y avait pas d'excuse. Rien ne justifiait l'absurdité de la quitter.

224

Il pouvait rester auprès d'elle comme la plus claire conscience de la terre.

– Ecoute-moi. J'ai été l'automne dernier dans un village qui s'appelle Vézelay. Je ne te le décrirai pas. Lorsque tu lis une fable de La Fontaine, c'est là-dedans, lorsque tu lis Ronsard et du Bellay, c'est aussi Vézelay, c'est très bien rendu, très fidèle. Et, bien sûr, lorsque tu lis Montaigne, alors là, c'est vraiment la leçon de Vézelay, c'est Vézelay senti et pensé et exploré de l'intérieur, pour nous montrer de quoi c'est fait. Je suis sûr que tu vois mainte-nant le village et la campagne autour et cette lumière, aussi, qui sait parfois s'éloigner juste ce qu'il faut de la clarté aveuglante, comme la raison du génie... Il y a quatre noms gravés sur le granit du monument aux morts de Vézelay. Ce sont des noms de papillons. Il y a d'abord Papillon, Augus-tin, tombé en 14-18, et puis Papillon, Joseph, et Papillon, Antonin. Et vingt-cinq ans plus tard, il y a encore Papillon, Léon, tombé en 1940... Autour, il y a les jardins, la basilique, les collines et les vignes qui nous séparent si bien de l'horizon, comme pour mieux nous garder... Je regardais ces noms qui paraissaient moins gravés dans la pierre que suspendus dans les airs et je me disais que les papillons sont précaires, qu'ils ne volent ni trop haut ni très loin, et que les lendemains qui chan-tent, c'est beaucoup trop tard pour eux. Et voilà tout ce que je défends, Ann : la précarité...

Elle l'écoutait, frissonnant dans la nuit, les genoux ramenés sous son menton, le profil caché sous la chevelure. Autrefois, ici même, sur cette terre provençale, il y avait d'autres troubadours. Elle devait dire plus tard à son père, dans un moment d'abandon : « C'était un homme qui divinisait. Je l'imagine, tel qu'il eût été autrefois, parcourant le monde avec sa lyre, divinisant la France, la Vierge, Vézelay, la Liberté, la Précarité, à la manière des cours d'amour. Il y avait en lui un poème intérieur qui ne pouvait se passer d'un objet de culte, et il y avait beaucoup trop de place, dans ce besoin d'adoration, pour qu'une femme pût la tenir. »

– Tu auras ton Oscar, dit-elle. C'est un très beau rôle. Un Errol Flynn, en plus inspiré. On pourrait appeler le film : *L'Amant des causes perdues*. Mise en scène de Staline, extérieurs en Corée, musique de Karl Marx. D'accord ?

– D'accord. Nous gagnerons, mais toutes les causes deviennent des causes perdues. Il faut toujours recommencer. Albert Camus a écrit tout un livre là-dessus, *Le Mythe de Sisyphe*.

– Bon, va pour *Le Mythe de Sisyphe*, avec Jacques Rainier et sa pierre dans les rôles principaux.

– Je n'y peux rien, Ann. Il me faut rester comique.

Il pensa à La Marne, grand d'Espagne, duc d'Auschwitz, Chevalier des Droits de l'Homme, connétable de Munich, prince du Vel' d'Hiv', seigneur d'Hiroshima, marquis de l'Immaculée Conception, baron de l'Impérissable Foi. Il y avait déjà plus de quarante-cinq ans que Zinoviev, le futur fusillé de Staline, prononçait pour la première fois les mots « socialisme à visage humain »... Il était difficile de dire oui, j'y crois, j'y crois encore, toujours et malgré tout, il était difficile de demeurer dans la tradition des grands clowns lyriques, de Briand – « Arrière, les canons ! Arrière, les mitrailleuses ! » –, de Léon Blum, de Chaplin et des Fratellini. Il fallait serrer les dents et continuer à faire rire de soi. Et c'était seulement une question de quelques tartes à la crème de plus sur les visages de quelques morts.

— Tu as la plus belle voix depuis l'avènement du parlant, dit-elle.

Mais c'était un homme qui acceptait la dérision. La dérision, l'ironie, la parodie étaient pour lui une épreuve par le feu à laquelle ce croyant soumettait sa foi essentielle, afin qu'elle en sorte plus sûre d'elle-même, plus souriante et plus sereine.

— La précarité, Ann... Je refuse ces monstrueuses ouvertures de compas au nom de la Vérité, qui placent une pointe dans la souffrance et l'autre dans l'avenir et qui font des lendemains qui chantent un morne silence d'aujourd'hui. Il n'y a pas de Vérité. Je ne sais si tu connais la recette célèbre du grand cuisinier normand Duprat : « *Prenez une vérité, laissez-la reposer un bon moment pour voir si elle ne change pas de couleur sous vos yeux et si elle ne tourne pas à son contraire, observez de quoi elle se nourrit — des fois que ce serait de vous? — portez-la ensuite à hauteur d'homme, ni plus haut ni plus bas, sentez-la bien, assurez-vous que ça ne sent pas le cadavre, mordez-en un tout petit bout, goûtez prudemment sans avaler, mâchez-la très soigneusement, surtout si on veut vous la faire avaler intacte, voyez si ça ne vous étouffe pas, si ça ne vous reste pas dans la gorge, si ça ne vous tord pas les boyaux, si ça ne vous sort pas aussitôt par les narines, si ce n'est pas accompagné de sueur et de nausée, et si tel n'est pas le cas, avalez-la, mais peu à peu, petit à petit, en mâchant toujours longuement chaque bouchée, mais surtout, surtout, soyez toujours prêt à la recracher...* » Et Duprat, qui est un des grands cuisiniers de France, conclut ainsi : « *La démocratie, c'est le droit de recracher...* »

Elle ferma les yeux.

C'est bien dit, Jacques. Très joli. Très vrai,
aussi. C'est une bonne raison de me quitter. Il est
tellement agréable pour une femme d'être abandonnée pour le droit de recracher. Plus tard, je
dirai à mes amis : j'ai rencontré un homme
merveilleux. Vous le voyez toujours? Non, il m'a
quittée, justement, parce que c'était un homme
merveilleux. S'il était resté avec moi et si nous
avions vécu heureux ensemble, il aurait subi une
perte de beauté morale. C'était un grand comique.
Lorsqu'il touchait mon sein, c'était, dans sa main,
comme si la France était ronde. J'aurais pu l'aimer
toute ma vie, mais, apparemment, une femme n'a
pas le droit de garder pour elle seule une telle
grandeur d'âme. C'était il y a bien longtemps, en
1952. Vous vous souvenez? La guerre de Corée.
Non, bien sûr, qui s'en souvient encore! Il y en a
eu tant d'autres, depuis... Il s'appelait Jacques
Rainier et il voulait libérer le communisme de
Staline, si j'ai bien compris. J'ai même appris par
cœur ce qu'il m'en disait : « Le communisme, nous
ne savons même pas encore ce qu'il est. Nous ne le
voyons même pas. Nous ne voyons que Staline.
Nous ne pourrons voir le vrai visage du communisme qu'après Staline. Je crois qu'après la fin de
Staline, le communisme va s'épanouir vers un
avenir humain, heureux, que les Etats-Unis vont
évoluer dans la même direction par une évolution
inverse, et le point de rencontre sera enfin une
vraie civilisation, la plus belle, peut-être, que l'humanité ait connue... » Il me chantait cela en 1952,
et, depuis, ainsi que vous savez, l'histoire lui a
donné raison. C'était un de ces visionnaires qui ne
se trompent jamais et qui ont une sorte de compréhension intuitive de l'avenir. D'ailleurs, c'était un

homme qui aimait faire rire. Il appelait même cela
« l'honneur d'être un homme ». Oui, l'honneur
d'être un homme, pour lui, c'était de savoir rester
comique. Je n'ai pas eu de chance, que voulez-
vous. J'aurais pu aimer un ivrogne, un aigrefin, un
drogué, un truand... mais non! Il a fallu que ce fût
un idéaliste. Je me disais, je me souviens, deux
jours avant son départ, en regardant ce héros au
sourire si doux, si bien cadré par les étoiles, que
l'on calomniait Hollywood lorsqu'on l'appelait une
« fabrique de rêves », et qu'il y avait d'autres
fabriques de rêves, beaucoup plus odieuses, plus
pourries et plus coupables. C'est, aujourd'hui, une
mère qui parle. A l'époque, alors que je me tenais
dans la nuit étoilée près de celui qui était encore là
mais qui était déjà aspiré, happé, corps et âme, par
l'abîme des sommets, par cette ignoble fraternité
entre ennemis dont on peut se demander si elle
n'est pas l'œuvre de quelque démon moqueur, je
me disais seulement avec cette rancune féminine
dont finira par naître, peut-être, un jour un monde
de femme, que nous formions vraiment un couple
idéal, un couple de vedettes, et que le celluloïd
idéologique n'avait rien à envier à l'autre, lorsqu'il
s'agissait d'illusionnisme, de truquage, d'effets spéciaux, mais aussi de photogénie, d'envoûtement et
de séduction...

— Jacques, lorsque j'étais une petite écolière de
sept ans, à Paris, ma maîtresse me faisait apprendre ce qu'on appelait alors la « leçon de choses ».
C'était un livre; il y avait des dessins et des
légendes. Les dessins représentaient un paysan
dans sa grange, un boulanger devant son four, une
ménagère dans sa cuisine, un chien accueillant son
maître... Je recopiais studieusement dans mon

cahier cette leçon : « Le paysan met son blé en grange. » « Le boulanger fait cuire le pain dans son four. » « La ménagère prépare le repas de la famille. » « Le chien accueille joyeusement son maître. » Et il me semble maintenant qu'il y avait dans cet humble manuel scolaire toute une réalité du monde que nous avons oubliée, que nous avons perdue et qu'il n'y a plus aujourd'hui qu'un vieux livre d'enfant et la voix d'un poète d'un autre temps qui osent dire : « *Mon Dieu, mon Dieu, la vie est là, simple et tranquille...* »

Il se taisait. Poliment, gentiment, avec beaucoup de sérieux, car il ne faut jamais se montrer ironique avec les enfants et les poètes. « C'était il y a plus de vingt-cinq ans, mais je me souviens si bien de ces pauvres instants où une femme essayait pour la dernière fois et sans aucun espoir de retenir ce noyé des cimes, ce naufragé des sommets. Je me souviens aussi qu'à un moment, dans mon indignation, dans ma peine, j'ai levé les mains comme si je tenais une caméra et j'ai cherché le meilleur cadrage, ce beau profil viril et inspiré, sur le fond d'étoiles. Portrait historique de Jacques Rainier, l'homme qui avait sauvé le communisme des mains de Staline, et qui avait ainsi empêché l'invasion de la Hongrie et celle de la Tchécoslovaquie, qui avait ainsi rendu possible le triomphe de l'insurrection de Budapest et celui du printemps de Prague, et, bien sûr, c'est aujourd'hui seulement que je sais combien, alors, il était drôle, avec sa beauté d'âme et sa foi invincible dans la réconciliation entre les idéologies et entre les hommes, car, disait-il, " les hommes ratent rarement lorsqu'il s'agit de se ressembler ". Je n'ai jamais réussi à retrouver cette citation de Gorki dont lui-même avait perdu la référence – je crois qu'elle se trouve quelque part dans la correspondance de l'écrivain –, cette phrase qui parle des " clowns lyriques faisant leur numéro d'idéalisme dans l'arène du cirque capitaliste ", mais elle lui allait admirablement. Bien sûr, nous savons aujourd'hui que lorsque les mêmes clowns inspirés font le même numéro dans l'arène du cirque marxiste, ils finissent dans le goulag ou à l'asile psychiatrique. Ce sont les mêmes drôles. Le sel de la terre. Je l'aimais profondément et je l'aimais pour tout ce que je détestais en lui, tout ce qui me l'a fait perdre. C'est un curieux paradoxe : aimer un homme pour tout ce qu'on voudrait changer en lui. Il avait une âme trop photogénique. C'est maintenant une photogénie démodée. Le cinéma d'aujourd'hui n'aime plus les beaux profils, ceux de Robert Taylor, de Clark Gable, de Cary Grant. Nos vedettes maintenant ont les gueules des Al Pacino, de Niro, Dustin Hoffman. Vous voyez que ma rancune n'a pas su vieillir. Je voulais un enfant de lui, la seule façon possible de le garder un peu, de ne pas le perdre entièrement. Je calculais le jour, le moment du mois, et dans mes étreintes, il y avait presque plus de volonté délibérée que de passion. J'ai réussi et ce fut ma seule victoire de femme. C'est un beau petit garçon qui sourit beaucoup et dont le regard a déjà une clarté qui me bouleverse et me fait parfois craindre le pire : on dirait deux petits clins d'œil bleus de l'horizon. Oh mon Dieu, pourvu qu'il y échappe. Je lui ai donné les prénoms de Jacques-Rainier. S'il doit lui ressembler, j'espère au moins qu'il cherchera ses beaux rôles à Hollywood et non dans toutes les Mecque de celluloïd idéologique. Je suis devenue évidemment un peu amère. Mais je crois que l'on a commis de telles horreurs au nom de la Vérité que l'on a fini par conférer une aura d'humble sainteté au carton-pâte et au toc. Au moins, chez nous, on avoue que l'on ment et on n'envoie pas les figurants au vrai massacre. Tout ce qu'il y a de faux en Occident est proche de Hollywood mais tout ce qu'il y a de faux à Moscou est proche du goulag. Ce qui compte, ce n'est pas la part du vrai et la part du faux mais la part du moindre malheur. Un jour, lorsque les archéologues extra-terrestres se pencheront sur nos vestiges, ils décideront que nos vrais " grands hommes " ont été ceux qui ont causé le moins de malheurs. Peut-être verra-t-on alors dans ce Panthéon de l'avenir les images d'Errol Flynn, de Gary Cooper, de Charlton Heston, avec ces mots : " Ceux-là, au moins, faisaient seulement semblant. " J'avais envie de lui crier : laisse-les à leurs " bonds en avant ", laisse-les bondir avec cette magnifique certitude : c'est ainsi qu'ils sauteront tout droit dans le doute. Les certitudes ont toujours été les plus sûres façons de se tromper. Laisse-les s'épanouir dans leurs certitudes et le doute leur viendra comme un suprême couronnement. Laisse-les s'enivrer de dureté, de force, d'acier : c'est le goût de la fragilité qui les attend au bout. C'est en vain qu'ils luttent contre cette féminité qui s'insinue. Laisse-les mesurer par siècles : il leur viendra une telle nostalgie de la seconde, du moment, qu'ils auront besoin de toute notre amitié pour ne pas foutre en l'air tout ce qu'ils auront bâti. De leurs échafaudages, il ne leur restera qu'un humble amour pour ce qu'on ne peut bâtir. C'est au sommet de leur œuvre qu'ils reconnaîtront soudain son échec et c'est alors qu'elle sera accomplie. Ils demandent tant à eux-mêmes, ceux de Chine, ceux de Russie, que l'indulgence et la tolérance leur viendront simplement comme une connaissance de soi, comme une pitié de soi. La " coexistence pacifique ", cela veut dire : leur laisser et nous laisser le temps de changer. Encore un effort, encore une " longue marche ", encore un han! et un craquement d'os, et ils entendront enfin nos voix féminines et ils finiront par les écouter. Je sais : ici, c'est une femme qui parle, une pitié, une tendresse, une patience de femme. Mais le temps des femmes n'est pas encore venu et je n'ai donc rien à espérer. Pars. La plus vieille musique d'homme : le chant du départ. Un chant d'homme, un monde d'hommes, des malheurs d'hommes et les voix de femmes ne sont encore que leur écho. Voilà tout ce que je ne lui disais pas alors, car à quoi bon lutter contre cette loi de tous les Hollywood : c'est autour des vedettes masculines que l'on bâtit ces films-catastrophes qui ont fait recette depuis le début des temps... »

– Pourquoi ris-tu, Ann?

– Vous avez pris tous les grands rôles, vous autres, je crois que l'on devrait donner enfin les premiers rôles aux femmes.

XXIII

Willie était couché dans la nuit, les yeux grands ouverts. Il essayait de penser aux choses pratiques, Ross, contrats, le studio d'Hollywood qui le bombardait de télégrammes menaçants, aux journalistes qui commençaient à sentir le roussi : il y en avait deux qui se relayaient en permanence dans le hall de l'hôtel, et lorsqu'il sortait, il avait tout le temps la sensation d'être suivi. Mais il continuait à voir le sentier de Gorbio, entre la terre et le ciel et le couple qui s'embrassait. Ils marchaient lentement, enlacés, Willie essaya de sourire, d'oblitérer cette image absurde de tendresse, et de sentimentalisme à l'eau de rose, comme il eût crié « Coupez! » sur un plateau de cinéma, si ses interprètes avaient osé lui infliger un plan d'une si affligeante banalité. Mais il n'y avait rien à faire : les clichés ont toujours eu la peau dure.

Willie alluma, sortit du lit et s'habilla fébrilement sans aucune idée précise de ce qu'il fallait faire. Il n'y avait plus qu'une solution : Soprano. Il allait chercher Soprano, lui seul pouvait le tirer de là. Mais où? Comment? Existait-il, seulement? Mais bien sûr qu'il existait : c'était une certitude.

Beltch existait bien. La maffia existait. Et sans doute avaient-ils tous un patron encore plus fort, tout-puissant, qui avait des ramifications partout, qui faisait la loi. Soprano ou un autre, peu importe. Il fallait trouver quelqu'un, et tout de suite.

Il mit son smoking, et vérifia son équipement devant le miroir de la salle de bains : la moue moqueuse, l'œil amusé, tout ce visage qui rappelait, en blanc d'ivoire, une certaine beauté nègre, celle des têtes de guerriers du Bénin, sculptées dans le bois, mais comme latinisée, touchée d'espagnol. Les cheveux étaient de ce noir bouclé qui semble toujours réclamer la boucle d'or de Iago dans le lobe de l'oreille, mais il n'était jamais allé jusque-là : il ne faut jamais trop souligner, dans la mise en scène, l'écran insiste déjà assez lui-même, un effet d'agrandissement. S'il ne pouvait pas trouver Soprano pour le débarrasser de son rival, il allait trouver quelqu'un d'autre : sur la Côte d'Azur, les truands prêts à tout pour de l'argent ne devaient pas manquer. Il se sentit mieux. Plus trace d'asthme. Il s'improvisait, une fois de plus, avec art, déployait tout son génie de mise en scène.

Il descendit dans le hall et demanda au caissier de lui donner de l'argent contre un chèque. Le caissier regarda le chèque et parut ennuyé.

— Je regrette, monsieur Bauché, mais pour cette somme, ce n'est pas possible.

— J'ai l'intention de faire un tour au baccara. Il me faut au moins ça.

— Nous ne doutons pas un instant de votre signature, mais notre société a pour principe de ne jamais causer d'ennuis aux personnalités célèbres

de notre clientèle par des poursuites éventuelles...
C'est un principe de discrétion.

– Alors, qu'est-ce que je dois faire? Les banques
sont fermées.

L'employé leva les bras.

– A quelqu'un d'autre, monsieur Bauché, j'aurais rappelé qu'il existe une bijouterie... spécialisée,
qui fonctionne en permanence à côté du casino.
Mais, naturellement, cela ne vous intéressera
guère.

– Merci, dit Willie.

Il sourit. Une idée simple et belle. Il aurait dû y
penser tout de suite. Il remonta dans son appartement et passa dans celui d'Ann, en sifflotant. Le
procédé avait une muflerie cynique qui correspondait parfaitement à l'idée qu'il se faisait de son
personnage. Il ouvrit le coffre-fort et prit les bijoux
d'Ann : le collier de perles à lui seul allait bien
faire un million et pour ce prix-là, à défaut de
Soprano, il était sûr de trouver quelqu'un. Après
tout, il agissait dans l'intérêt d'Ann, dans son
intérêt bien compris. Il était donc normal qu'elle y
participât. Il glissa les bijoux dans sa poche et se fit
conduire au Casino de la Méditerranée. Il trouva
la bijouterie juste derrière et un vieux monsieur
arménien qui se pencha sur le collier.

– Gros jeux, ce soir, remarqua-t-il.

– Ils n'ont encore rien vu, l'assura Willie.

Ils firent l'opération rapidement.

– Vous pouvez récupérer le collier pendant quarante-huit heures, dit le bijoutier. Vous perdrez
seulement quatre pour cent.

Willie prit trois cent mille francs.

– Vous pouvez me garder le reste en dépôt?

– C'est une bonne précaution. Et puis, ça permet de prendre un peu l'air, entre deux parties.

Il avait un nez démesurément long et Willie le regardait avec émerveillement : ce nez ne paraissait pas réel.

Il prit le reçu et se retrouva dans la rue de France, la liasse de billets à la main, qu'il tenait ostensiblement. Ça ne pouvait pas manquer d'attirer une crapule.

C'était l'avant-dernière nuit de carnaval et la foule refluait de la place Masséna et se dispersait dans les boîtes et les cafés, dans cette excitation nerveuse des gens qui ont peur de perdre leur entrain et le maintiennent artificiellement à force de cris, d'agitation et de rires. Il y avait plus de masques, plus de déguisements qu'au cours des soirs précédents : le règne de Sa Majesté le Carnaval touchait à sa fin et on jetait les confetti à pleines mains comme une monnaie qui devient rapidement sans valeur; le vacarme devenait hystérique, les rires de plus en plus aigus; les faux nez, les fausses barbes, les chapeaux pointus, les pierrots, les charlots et les clowns bondissaient en se tenant par la main dans la poussière de plâtre; partout régnaient l'inflation et la fièvre habituelles des régimes à la veille de la chute. Une fille qui passait, coiffée d'un chapeau de hussard en papier d'argent, au bras d'un pâtissier tout blanc, s'arrêta devant Willie et le montra du doigt :

– Regardez-moi celui-là. Qu'est-ce qu'il fait, avec tout ce pognon à la main?

– Mademoiselle, répliqua Willie, en lui clignant de l'œil, je cherche un homme.

– Cochon, dit la fille.

Il essaya quelques bars. Il entrait, s'accoudait au

comptoir, faisait mine de compter l'argent. Il avait d'abord songé à imiter l'ivresse, mais il ne voulait pas qu'on le crût sans défense, il voulait quelqu'un de bien décidé, un vrai tueur : il ne voulait pas qu'on se bornât à l'assommer. Il ne savait plus très bien s'il voulait se faire assassiner ou louer les services d'un assassin pour supprimer son rival. Mais sans doute cela revenait-il au même. Il voulait qu'on l'aidât à sortir de là et voilà tout. Il exhibait un moment son argent, puis sortait. Mais ça ne marchait pas. Personne ne le suivait. Il se sentit écœuré. Il voyait pourtant très clairement la scène et même la tête des personnages qu'il aurait choisis pour la jouer. A la sortie d'un dancing, il remarqua tout de même un individu qui se glissait derrière lui. Il tourna dans une ruelle sombre, le cœur battant, tout heureux de sentir qu'il avait peur. L'homme arriva sur lui, les mains dans les poches. D'un geste, il fourra sous le nez de Willie une poignée de photos.

— *Dirty pictures*, dit-il. *Very dirty.*

— *I am in dirty pictures myself*, dit Willie. *Very dirty.*

L'individu s'approcha.

— Un compatriote? Je voudrais quand même que vous jetiez un coup d'œil...

Il exhiba sa collection.

— Comprenez-moi, dit-il. Ce n'est pas seulement le fric, ou un petit verre — bien que, s'il m'était offert... C'est pour établir un contact humain...

— Bonsoir.

— Alors quoi, Willie, il n'y a vraiment pas moyen de tirer un mot de vous?

Un journaliste.

– Sans blague! dit Willie. Bien joué, mon vieux.
J'ai presque marché.

– Si vous ne voulez rien dire, c'est qu'il y a
sûrement quelque chose dans ce qu'on raconte,
Willie.

Willie lui sourit gentiment.

– Et qu'est-ce qu'on raconte?

– Que le couple le plus uni du monde est sur le
point de divorcer, dit le type.

Un coup au hasard, pensa Willie.

– N'y comptez pas trop. En tout cas, mon
vieux, j'ai beaucoup apprécié votre idée que, pour
obtenir mes confidences, il suffit de montrer des
photos cochonnes. Vous me prenez trop au sérieux,
vous savez. Les journalistes croient beaucoup trop
à Willie Bauché. Ils oublient qu'ils l'ont fabriqué
eux-mêmes.

Il tourna sur ses talons. Il était à peu près sûr
que le type avait tiré au hasard, mais on peut être
tué comme ça aussi. Il n'y pouvait rien. Il ne
cherchait même plus Soprano : après la rencontre
qu'il venait de faire, il était de nouveau en plein
dedans. Il entra au *Cintra* et vit tout de suite, au
bar, les deux journalistes qui l'avaient interviewé
la veille; il savait que c'était un hasard, mais il
commença à avoir de l'urticaire.

– Hello, Willie, qu'est-ce que vous faites là?

– Je sors du Casino. Vous n'avez pas vu ma
femme? Je l'ai perdue dans la cohue.

– Pas vu. Buvez un verre?

– Non, je vais la chercher. Si vous la voyez,
dites-lui que je suis retourné à la salle des jeux.

– O.K.

Il sortit aussitôt, cacha l'argent dans ses poches
et entra au Casino. Il s'était rappelé tout à coup ce

que le portier de l'hôtel lui avait dit : c'était le soir
du bal « Veglione », au Casino, le plus grand bal
masqué de l'année. Peut-être Ann y serait-elle,
sous un déguisement, et peut-être lui serait-il possible de se glisser jusqu'à elle et de lui murmurer :
« Je t'aime », sans être reconnu. Il n'avait pas
d'invitation, mais fut admis avec empressement,
avec tous les honneurs dus, à un bal des Têtes, à
quelqu'un qui s'était si bien composé une tête de
Willie Bauché. Les lustres donnaient aux salles
toute la splendeur étincelante d'une fête aérienne,
une sorte de règne suspendu. Willie rôda un
moment de salle en salle, mais elle n'était pas là,
elle n'était pas venue, c'était pourtant le dernier
grand bal de la saison. L'orchestre jouait uniquement des valses et chaque fois que Willie entendait
une valse, c'était comme si Ann la lui eût refusée.
Finalement, il se dirigea vers la sortie. Il arriva au
milieu d'un incident : le contrôleur essayait d'in-
terdire l'accès du bal à un monsieur déguisé en
curé.

— Vous ne pouvez pas entrer habillé ainsi. Vous
savez que seuls les déguisements décents sont
admis. Nous ne voulons choquer personne.

— Mais je ne suis pas déguisé, protesta le prê-
tre.

Il avait l'air d'un honnête homme, anxieux de se
faire comprendre.

— Je suis vraiment le curé de Giens, au-dessus de
Sainte-Agnès, sur la Grande Corniche, vous savez.
J'ai quitté exprès mon village pour danser un
peu.

Les gens le regardaient avec consternation. Ils
étaient vraiment embêtés. Même ceux qui
n'étaient pas croyants sentaient qu'on leur faisait

un coup au-dessous de la ceinture. Chacun se sentait du reste vaguement visé. C'est pas question de religion, murmurait-on. C'est question de chaque chose à sa place, une place pour chaque chose. On savait plus très bien qui était qui. C'était démoralisant. On ne pouvait plus compter sur rien, voilà.

— Voyons, mon bon monsieur, supplia le curé. Laissez-moi entrer. Je ne suis pas déguisé : j'essaie simplement de me discréditer.

Willie se sentait merveilleusement léger : le bonhomme lui faisait perdre cent kilos au moins.

— Vous ne pouvez tout de même pas continuer éternellement avec votre anticléricalisme! s'irritait le curé.

Il commençait à faire du scandale, menaçait d'écrire à son évêque et, en général, se comportait comme s'il eût voulu piétiner la terre et mettre tout le monde dans le bain. Willie se sentit mieux : l'impression d'avoir un partenaire. Il adressa au curé un petit clin d'œil et le curé lui répondit et les gens furent très déprimés : c'était la première fois qu'ils voyaient un curé cligner de l'œil avec cet air-là, c'était affreux. Ils ne se sentaient plus en sécurité.

— Faites pas attention à lui, dit Willie. Ce sont les romanciers catholiques qui l'ont mis dans cet état. Qu'est-ce que vous mimez au juste, mon vieux? Graham Greene? Mauriac? Dostoïevski?

— Alors, vous ne me laissez pas entrer? gueulait le curé. Je vous préviens, si vous ne me laissez pas entrer danser la valse, je vais faire un malheur. J'irai me vautrer chez les putes. J'irai bouffer de la merde. Ça vous apprendra!

Les gens étaient terrifiés. Il valait peut-être

mieux le laisser aller danser la valse, après tout. Comme ça, on sauvait encore quelque chose. Ils souffraient en silence, surtout les professions libérales. Pour ceux-là, c'était vraiment de respect humain qu'il s'agissait. Ils avaient l'impression de perdre la face. Willie regarda le curé attentivement, pour voir si ce n'était pas Bebdern, mais ce n'était pas lui. Cela prouvait que la résistance s'organisait. Les gens ne se laissaient plus écorcher sans gueuler... La lutte pour l'honneur s'organisait. Il y avait évidemment beaucoup de petits écorchés qui profitaient du carnaval pour passer pendant quelques instants la tête dehors et respirer un bon vieux coup d'air pur avant de retourner au bureau. Ils faisaient une petite pirouette, trois petits pas, poussaient leur gueulante, se libéraient du poids du monde par la bouffonnerie, puis retournaient d'où ils venaient. Willie considérait le curé, faux ou vrai, avec la légère ironie, ou plutôt avec le sérieux excessif que les professionnels témoignent aux amateurs. Il l'emmena au café boire un pot. A la surprise de Willie, lorsqu'il fut installé sur la banquette, le curé, faux ou vrai, sortit de sa poche une boîte d'allumettes de cuisine, frotta une allumette, puis l'éteignit, la porta à la narine et la renifla bruyamment, d'un air rêveur.

— C'est bon, murmura-t-il, c'est très bon!

— Le soufre, hein? demanda Willie. Petites bouffées d'enfer?

Le curé poussa un grand soupir et prit une nouvelle allumette.

— Donnez-m'en une, demanda Willie.

Ils se délectèrent un moment et brûlèrent ainsi toute la boîte et le garçon rôdait autour d'eux, l'œil rond et n'osait pas prendre la commande.

Puis le curé se leva, glissa dans la main de Willie une nouvelle boîte et se traîna dehors, nostalgique, sans père ni mère, et sans doute demain allait-il revenir au bureau ou continuer à vendre ce qu'il vendait avant. Willie le suivit d'un regard reconnaissant, le monde était plein de merveilleux compères, de complices tendres et fraternels qui ne demandent pas mieux que de lutter à vos côtés.

Il sortit, et l'air marin l'envahit de sa fraîcheur. Ann, pensa-t-il, Ann... Il n'y avait pas de *commedia* qui pouvait le libérer de cette intolérable réalité. Il prit les billets de banque dans sa poche, fit encore un ou deux cafés, exhibant la liasse aussi ostensiblement que possible, mais ça ne mordait pas. Ce fut seulement vers deux heures du matin, en sortant d'un bistro de la place Grimaldi, qu'il eut l'impression d'être suivi. Son cœur battit plus vite et il y eut un moment d'allégresse et d'anticipation. Il se retourna rapidement et vit deux silhouettes qui s'arrêtèrent aussitôt. Il s'enfonça dans une ruelle déserte de la vieille ville. Elle dormait; le carnaval ne l'avait pas touchée. Quelques traces de confetti devant les portes. Willie entendait toujours les pas, derrière lui, mais il n'osait pas se retourner. Il faisait semblant d'être soûl, pour les encourager. Il ferait semblant de se défendre : un coup de couteau, et ce serait enfin fini. Il continua à tituber en chantonnant d'une voix d'ivrogne à travers ce décor irréel de lune, de nuit et de façades italiennes, qui paraissait être prêt pour la mort de Pierrot ou le triomphe d'Arlequin. Les pas se rapprochèrent et Willie retrouva soudain les peurs délicieuses de son enfance, il hésitait entre la peur et l'incantation, le désir de fuir et celui de jouer. Il était à présent arrivé au bout de la vieille ville, devant le portique qui donnait sur la mer et sur le clair de lune, au-delà des étalages vides du marché aux poissons, et il huma l'air avec délice : s'il devait mourir ici, ce serait vraiment une apothéose, il goûtait à l'avance l'idée de rendre l'âme dans cette forte odeur de maquereau. Il s'arrêta et presque au même moment, les deux hommes furent sur lui. Il leur fit face instinctivement, vit un chandail rouge et blanc, un masque...

– Hello, Willie, fit une voix dans le plus pur américain. Vous n'allez tout de même pas vous jeter à la mer parce que votre femme vous a quitté? Blague à part, qu'est-ce qu'il y a de vrai ou de faux, dans cette histoire? Où est-elle, et avec qui?

Son faux nez, assis sur une fausse moustache, tremblait pendant qu'il parlait; l'autre rejeta son masque en arrière comme un vulgaire chapeau mou et Willie eut droit à son visage blafard, terne, plat, un vrai visage, quoi. Il portait même des lunettes. Ce fut sans doute cette paire de lunettes qui fit éclater Willie. Elle lui donnait l'impression d'être vu, saisi, épinglé dans toute sa nudité. Il se jeta sur les deux journalistes, les poings serrés.

– Bande de salauds! Je vous apprendrai, moi, à insulter ma femme! Tiens, prends-moi ça!

Il eut facilement le dessus et laissa les deux types bégayant des injures sous un étalage renversé. Il trouva un taxi place Grimaldi, se fit conduire à l'hôtel et demanda la clé au concierge de nuit.

– Vos amis sont montés il y a une heure, avec la clé.

Bebdern, pensa Willie, avec mauvaise humeur. Il monta à l'appartement et entra. Le salon était éclairé. Un homme était assis au fond, face à la porte; il croisait les jambes; le lustre étincelait au-dessus de son panama blanc; il serrait un cure-dent entre ses lèvres; il y avait en lui quelque chose d'infiniment vulgaire, depuis les escarpins vernis jusqu'au menton bleuâtre; il rencontra le regard de Willie sans bouger, suçant son cure-dent. A ses côtés, debout, se tenait un personnage que Willie reconnut immédiatement : il portait le même chapeau melon gris, le même costume prince-de-galles, et avait le même air impassible, bien que légèrement congestionné, que lorsqu'il lui était tombé dessus pour la première fois.

— Soprano, dit Soprano.

La main de Willie jouait, dans sa poche, avec les allumettes de cuisine. Une petite odeur de soufre. Il ne savait même plus s'il était soûl ou au contraire extrêmement lucide. Il sourit. C'était ce sourire qui creusait les fossettes sur ses joues et sur son menton et produisait sur tout le monde une impression de cynisme parce qu'il n'était plus un enfant. Il eût simplement souhaité Soprano un peu moins vulgaire, plus mystérieux, plus sinistre, plus... plus stylisé. Ce n'est pas lui qu'il aurait choisi, s'il avait été chargé de la mise en scène du film. Il eût fallu quelqu'un de plus saturnin, quelqu'un comme Conrad Veidt ou Peter Lorre. Mais on ne pouvait pas trop exiger de la réalité. Et heureusement, il y avait son compagnon.

— Le baron, dit Soprano, de sa voix rauque, en retirant le cure-dent de ses lèvres, avec un mouvement de la tête vers l'intéressé.

... Heureusement, il y avait son compagnon. Il ressemblait à une statue légèrement tremblante et toujours sur le point de tomber, appuyé sur sa canne, un cigare éteint et tordu aux lèvres, comme

s'il se fût trouvé sur le chemin d'une gifle retentis-
sante, avec son chapeau melon gris sur l'oreille et
toute une écurie de chevaux qui sautaient l'obstacle sur son gilet canari. Il paraissait étrangement
contracté et Willie se demanda si ce que celui que
Soprano appelait le « baron » s'efforçait visible-
ment de retenir n'était pas un éclat de rire énorme,
homérique, capable de balayer le monde entier.

XXIV

Il ne dormit pas, après leur départ. Il brûlait d'impatience, sûr, cette fois, de réussir sa sortie. Voilà pourquoi il avait proposé à Soprano de lui apporter l'argent à la villa, au milieu de la nuit. Il n'avait pas voulu lui parler franchement, c'était trop sentimental, trop fleur bleue, et il était toujours entendu que c'était Rainier qu'il s'agissait d'abattre, mais Willie était sûr que l'autre avait compris. Il était convaincu que le tueur sicilien comprenait instinctivement le scénario, ce que Willie le suppliait de faire : le débarrasser enfin de lui-même. Vers dix heures du matin, il fit venir le concierge, qui devait témoigner plus tard qu'il avait trouvé M. Bauché déjà passablement ivre, et que l'acteur lui avait demandé de lui procurer un costume de Pierrot pour la Redoute qui devait avoir lieu le soir au Casino Municipal. Le concierge envoya immédiatement un chasseur au magasin et, vers midi, Bebdern surprit Willie en train d'essayer le costume.

– Qu'est-ce que c'est? s'étonna-t-il. Un vice nouveau?

– C'est le carnaval, au cas où vous ne le sauriez pas, dit Willie, avec mauvaise grâce.

Il n'avait aucune envie de voir Bebdern, à ce moment-là. Avec ses yeux tristes qui comprenaient, Bebdern le faisait éternuer : il était là, planté devant lui comme une épine irritative.

– Je viens vous dire adieu, Willie. Vous ne me verrez plus.

– Pas possible! s'étonna Willie. Je croyais que c'était pour la vie.

– On a besoin de moi ailleurs, figurez-vous, dit Bebdern. Je ne sais si vous êtes au courant, mais on est en train de tourner un très grand film. L'ÉTAT DE SIÈGE, LA DÉFENSE DE L'OCCIDENT, LE MONDE LIBRE... Les morts hésitent encore entre plusieurs titres. C'est une coproduction U.S.A.-U.R.S.S., sous l'égide des Nations unies. Grand écran, en technicolor, son stéréophonique. Effets spéciaux : napalm, guerre bactériologique, peut-être bombes nucléaires. On me propose un rôle : ils ont besoin de comiques. Adieu, grand Willie. Je vous envie : je n'aurais jamais cru qu'il était possible de s'adonner à ce point à un destin personnel.

Il montra ses dents dans une espèce de rire creux et rauque.

– Vous avez de la veine d'être cocufié par un seul être. Moi, c'est l'humanité entière... et les belles idées. Il y en a, Willie, il y en a, quoi qu'on en dise. Alors, quand elles vous font cocu... C'est quelque chose! Plus elles sont belles, plus on les aime, et plus elles vous font cocu. C'est historique, chez elles. Alors, adieu...

– Mais enfin, sacré nom de Dieu, dit Willie, si

c'est pour être cocu, on est aussi bien en France qu'en Corée !

– C'est le genre de mec qui veut punir les idées lorsqu'elles se conduisent mal, dit La Marne, en pensant à Rainier. Et puis, quoi, à défaut de fraternité, il faut se contenter d'un frère.

Il serra la main de Willie et lui sourit.

– Fini le divertissement, lui dit-il. Portez-vous bien, roi du celluloïd.

Après son départ, Willie dut boire une bouteille de champagne pour faire passer le mauvais goût de Bebdern dans sa bouche. Il s'était senti frôlé par la réalité. Il entra chez Garantier : mais Garantier était sorti. A moins que ce fût lui, ce cactus, sur la table, à côté de la fenêtre. Ou bien qu'il fût devenu entièrement transparent à force d'effacement. Il rôda en rond dans l'appartement, luttant en vain contre une montée irrésistible de la lucidité et du réel. Soprano n'allait pas se donner la peine de le tuer, il allait le laisser en plein dedans, étouffant sur le sable comme un poisson tiré de son élément. Il allait empocher l'argent et filer, sans prendre de risques. Finalement, Willie atteignit un tel degré d'anxiété qu'il fit ce que son médecin lui avait interdit de faire : il avala quelques amphétamines, mélangées avec l'alcool, ce qui eut un effet libérateur qu'il connaissait bien. Une demi-heure plus tard, il se sentait maître de lui-même comme de l'univers. A quatre heures de l'après-midi, il quitta le *Negresco* par l'entrée de service et se fit conduire à Monte-Carlo en taxi. Il mit son costume de Pierrot dans les toilettes de l'hôtel de Paris et prit l'autocar pour Menton. Il attendit l'obscurité en traînant au bord de la mer, le visage barbouillé de plâtre écrasé, sous les éclairs d'un feu d'artifice qu'il fit admirer à un enfant. L'enfant était heureux, applaudissait, riait aux éclats. Willie voulut le ramener ensuite à sa mère, mais il n'y avait pas de mère et d'ailleurs, il n'y avait pas d'enfant non plus. Il prit à pied le chemin de Roquebrune. Il avait très peur. C'était merveilleux. Il n'avait rien ressenti de pareil depuis qu'il avait passé la nuit dans un cimetière, à l'âge de neuf ans. Soprano l'attendait sur la place. Il y avait un clair de lune et avec ses façades roses, baroques, autour, c'était tout à fait comme un décor d'opéra, il n'y avait plus rien de vrai. Ils montèrent à la villa. Le baron était en train de faire une réussite, à la lumière d'une bougie, en bras de chemise et gilet, le melon sur la tête, un cigare aux lèvres. Il ressemblait à un patron de *saloon* dans un film du Far West. Willie sortit l'argent et fit mine de le compter, et Soprano le regarda faire fixement, en buvant du whisky, et il lui offrit un verre, sans doute pour le réconforter, avant de le descendre.

C'était exactement ce qu'il avait prévu dans son scénario. Il se demanda ce qu'ils allaient faire de son cadavre. Il avait inventé des centaines et des centaines de situations analogues, lorsqu'il n'était qu'un petit scénariste sous contrat à Hollywood. Willie voulait absolument savoir ce qu'ils allaient faire de son corps. Sans ça, c'était comme s'il partait sans connaître la fin du film. Il ne savait pas comment Soprano allait s'en débarrasser, mais ça allait sûrement manquer d'imagination. Heureusement que Willie avait pris ses dispositions. Il avait amené avec lui la malle d'Ann, avec les initiales A.G. en lettres d'or sur fond noir. Il comptait être découpé en morceaux – physiquement aussi, cette fois – et déposé ensuite dans les bureaux de l'œuvre pour la Protection de l'Enfance malheureuse. Il y avait aussi une autre version du scénario, encore plus satisfaisante. On découpait toujours le petit Willie en morceaux et on les plaçait dans la malle. On introduisait ensuite discrètement la malle dans la maison des amoureux. Ils allaient continuer à s'aimer tendrement à côté du pauvre petit Willie découpé en morceaux dans un coin. Willie se voyait très bien dans ce rôle. Il savourait déjà d'avance tout le plaisir qu'il allait éprouver à lire les journaux, le lendemain de la découverte de la malle. Ça, c'était du cinéma. Hitchcock pouvait toujours courir. Naturellement, tout était dans la mise en scène et dans le choix des interprètes, mais Willie allait s'en charger et il était prêt à demander à Ann et à son amant de jouer leurs propres rôles. Ce serait dur, mais tout au service de l'art. Le cinéma, c'était son élément naturel, c'est là qu'il respirait.

— Allez-y, bégaya-t-il, à Soprano, qui l'observait fixement.

Il était debout à côté de la malle ouverte, qui le regardait d'un œil rond. C'était la première fois qu'une malle ouverte avait cet air-là. Willie fit un pas en avant, pour se mettre dans la malle, mais il n'y avait pas de malle. Il n'y avait que Willie, debout, une jambe levée. Il faillit tomber et Soprano s'approcha de lui.

— Allez dormir un peu, monsieur Bauché.

Ce fut seulement le lendemain, lorsqu'il se réveilla seul dans la villa après seize heures de sommeil, que Willie eut soudain la révélation de la vérité.

Des journalistes!

Comment ne l'avait-il pas compris plus tôt?

SUR LA CÔTE D'AZUR UN SOIR DE CARNAVAL
   L'AMOUR VIENT SÉPARER ANN GARANTIER ET
   WILLIE BAUCHÉ.

Photos du « couple idéal ». Et à côté... photo du
vrai couple, sur le sentier de Gorbio. Comment ne
pas avoir compris ce que cachaient ces jumelles
énormes suspendues autour du cou du « baron »?
C'était pourtant un vieux truc. Une caméra téles-
copique. Il suffisait de se rappeler le salopard, au
sommet de l'arbre, les jumelles collées à ses yeux :
il prenait des photos, naturellement.
   Et il y avait mieux.
   Willie entendait sa respiration sifflante comme si
ce fût quelqu'un d'autre qui souffrît d'asthme à
côté de lui.

WILLIE BAUCHÉ FAIT APPEL À DES TUEURS POUR
   SUPPRIMER L'AMANT DE SA FEMME.

FOU D'AMOUR ET DE JALOUSIE... LE DÉSESPOIR
   DE WILLIE BAUCHÉ. JE VOUS DEMANDE DE
   TUER L'AMANT DE MA FEMME. VOILÀ CE QUE
   NOUS A DIT WILLIE BAUCHÉ.

VINGT MILLE DOLLARS SI VOUS TUEZ CET
   HOMME, NOUS PROPOSE WILLIE BAUCHÉ.

LA STUPÉFIANTE ERREUR DE WILLIE BAUCHÉ.

IL PREND DEUX JOURNALISTES POUR DES
   TUEURS ET LES CHARGE DE SUPPRIMER
   L'AMANT DE SA FEMME.

Willie était effondré dans un fauteuil, la tête en arrière, les yeux fermés.

Foutu. Fini. Ridiculisé. Un enfant, visible à l'œil nu, aux yeux de tous.

C'est ce qu'on appelle travailler la main dans la main avec la presse. Les journalistes de Hollywood donnent un prix spécial aux vedettes qui coopèrent le mieux avec eux. Il l'avait vraiment gagné, cette fois.

Ce salaud de Beltch. Il avait vraiment le sens de l'humour. Il l'avait livré aux journalistes. L'impression de perdre un ami d'enfance.

Maudit asthme.

Il essaya de desserrer sa cravate, son col – mais il n'avait plus ni col ni cravate.

Ils l'avaient bien eu. Et c'était très bien joué. Ils paraissaient sortir de son dernier film, *L'Age d'or*, avec Conrad Veidt. Le personnage du baron, par exemple. Peter Lorre. C'était tout à fait ça. Un peu stylisé, un peu maudit. Expressionniste. Juste ce qu'il fallait de surréel, de fantastique. Mack the Knife. Musique de Kurt Weill. Le fantastique social des bas-fonds. *Opéra de quat'sous*. Romantisme crapuleux. Ils l'avaient écouté avec beaucoup de sérieux, lorsqu'il leur avait proposé de venir lui-même à la villa, avec l'argent.

– Moitié avant, moitié après. J'attendrai. Il faut que je sois là, vous comprenez, pour consoler ma femme, après...

Soprano l'avait écouté très sérieusement.

– On va vous soupçonner, c'est pas prudent, monsieur Bauché... Un homme comme vous...

Une voix rauque, saccadée...

– On me soupçonnera de toute façon... Mais on ne pourra jamais rien prouver...

Il avait ri.

— Tout cela ne fera d'ailleurs qu'ajouter un je ne sais quoi à mon genre de beauté...

Voilà ce qu'il avait lâché, à des journalistes... La presse de Hearst, sans doute... Oui, certainement... Ils l'avaient piégé... Hearst voulait sa peau, comme il avait voulu celle d'Orson Welles, après *Citizen Kane*...

— Surtout, ne le ratez pas... Si elle ne rentre pas à Hollywood, je suis ruiné... C'est aussi simple que ça...

Brusquement, et d'une manière tout à fait inattendue, le baron avait lâché un pet formidable. Il demeura d'ailleurs parfaitement digne dans l'adversité.

— Il se détraque, remarqua Soprano. C'est l'émotion. Ce qu'il veut dire, c'est qu'il serait beaucoup plus naturel de les supprimer tous les deux.

Willie en avait eu un frémissement de joie : ça, c'était la petite fleur bleue qui pointait, le sentimentalisme bien connu du Méditerranéen qui montrait son sale museau rose.

— Non? fit-il, narquoisement. Il est si délicat que ça?

— Le baron, c'est quelqu'un, dit Soprano. Il a des manières. Il aime pas séparer ceux qui s'aiment. Il trouve que ça se fait pas.

— Il vous l'a dit?

— Vous venez de l'entendre. C'était l'émotion... Il préfère les tuer tous les deux. Comme ça, ils resteront ensemble.

— Désolé, mais ça ne fait pas mon affaire. Ma femme me rapporte un million par an, avant les impôts... Cela vaut bien un petit manque de délicatesse.

MA FEMME ME RAPPORTE UN MILLION PAR AN, NOUS DIT WILLIE BAUCHÉ QUI NOUS PROPOSE VINGT MILLE DOLLARS POUR SUPPRIMER SON RIVAL, LA VEDETTE FRANÇAISE JACQUES RAINIER, COMPAGNON DE LA LIBÉRATION, HÉROS DE LA GUERRE D'ESPAGNE ET DE LA RÉSISTANCE...

– Bon, dit Soprano. Moi, vous savez... Mais c'est le baron. Il a du sentiment.

– Pipi, dit le baron.

– C'est l'émotion, dit Soprano. Tu feras ça tout à l'heure. Tu vois, on cause. Retiens-toi...

Le baron ne se retint qu'à demi, lâchant une série de petits pets discrets.

Ils l'avaient eu avec ses propres armes. Avec son propre art, son style cinématographique, dans l'atmosphère d'un monde légèrement penché et goguenard.

Il essaya encore une fois de défaire son col et sa cravate : ils étaient par terre. Il entendait la phrase du docteur, à chaque visite : « Attention, Willie, pas d'amphétamines mélangées à l'alcool. »

Et puis il se redressa, sourit.

Une idée géniale. Il allait non seulement effectuer un rétablissement de grand style mais encore, affirmer sa suprématie. D'abord, laisser le scandale éclater. WILLIE BAUCHÉ ESSAIE DE LOUER LES SERVICES DE TUEURS PROFESSIONNELS ET S'ADRESSE POUR CELA... À DEUX JOURNALISTES ! Les journaux en font des gorges chaudes. Une publicité énorme.

Et c'est alors que Willie va annoncer son intention DE TOURNER UN FILM SUR LE SUJET. Tout le monde comprend immédiatement : C'ÉTAIT UN COUP PUBLICITAIRE. Des ah! Des oh! Admiration de tout Hollywood. Ce sacré Willie Bauché, personne n'a son pareil pour lancer un film.

Il se mit à rire. Il respirait plus librement. Tout cela avait été, dès le début, un coup publicitaire. Ann était complice. L'autre type – la vedette française, ce compagnon de la Libération – l'était également. De la publicité avant toute chose. Tête des journalistes, maniés comme des enfants de chœur. Utilisés comme du papier torche-cul. Apothéose de Willie.

Il hésitait simplement sur le dénouement du film. Il y avait une solution pleine d'humour, tout à fait dans sa manière. Un *happy ending*, l'amour sauvé – sans rien sacrifier de la qualité. À la fin du film, Soprano se laissait toucher par le spectacle de l'amour qu'il avait continuellement sous les yeux. Si bien qu'au lieu de tuer l'amant, il tue le mari, – sans oublier de lui prendre son argent, bien entendu. Après quoi, il s'en va sur les routes, avec son ami, musique de Dimitri Tiomkin. *Fade-out*. Tout s'arrange. Ann va épouser l'homme qu'elle aime. Garantier la voit partir vers le bonheur, ce bonheur qu'il avait toujours souhaité pour elle, au fond du cœur. Quelques mots sur le pauvre petit Willie, et l'image finale de Willie couché parmi les pierres, enfin délivré. Heureux, lui aussi, puisque l'amour triomphe à la fin.

Willie riait et sanglotait, c'est la même chose, et cela prouvait la qualité du film.

L'air sentait la draperie, le moisi et une indéfinissable odeur de cocotte, de rouge, de poudre.

L'odeur de la réalité, cette vieille pute. S'il avait à s'occuper du choix des acteurs, il aurait donné à la réalité le visage d'une vieille vérolée dont aucun maquillage n'arrive jamais à cacher les traits. Durs, cruels, impitoyables. Il essaya de desserrer son étreinte, autour de son cou.

Il écoutait, mais des coups de feu dans les collines ne prouveraient rien : un chasseur solitaire, et voilà tout. Ces deux gars-là n'étaient pas des tueurs. C'étaient des journalistes.

Ça va faire un film formidable, pensa-t-il. Ma grande rentrée à Hollywood.

Mais il avait beau essayer, il n'y arrivait pas entièrement. Le matériau se dérobait. Il refusait de se plier à l'affabulation.

Ce qui collait le moins, c'était l'attitude de Soprano. Il avait une espèce de simplicité, un manque d'art qui lui donnait un caractère étonnamment réel. Une abominable sensation d'authenticité. Il avait passé la nuit à ronfler, à côté du baron, dont il ne se séparait jamais. Vers midi, il leur avait fait des œufs au plat et ouvert des boîtes de sardines. Vulgaire, banal, minable. Aucun style, pas trace d'ironie. Il se fit donner l'argent et le compta soigneusement, en léchant son doigt. Il avait une sorte de vérité, de son panama à son pantalon trop large. Heureusement, il y avait le baron. Willie n'avait qu'à le regarder, avec sa mine étonnée, son melon sur l'oreille, le cigare écrasé qui ne semblait pas avoir quitté ses lèvres depuis deux jours, son pantalon collant à petits carreaux, ses guêtres blanches, et l'œillet au milieu de tout ça, pour sentir un merveilleux élément grotesque, de fantastique, dont la vie n'était pas capable. Willie l'avait observé avec délectation :

enfin un élément d'art. Le personnage, légèrement branlant sur ses gonds, d'ailleurs invisibles – honneur? dignité? refus d'accepter l'humiliation d'être un homme? – le sourcil levé, le corps raidi par un effort énorme pour se soustraire à tout contact avec un monde innommable – le baron était trop bien campé pour être vrai. Rien de tout cela n'était vrai. Il n'y avait pas de tueurs, pas de journalistes, il n'y avait que Willie qui affabulait, qui travaillait au scénario de son nouveau film, dans son bureau de Beverly Hills. Trop d'amphétamines...

Il ferma les yeux et retrouva pendant quelques instants ce soulagement qu'il éprouvait lorsque rien n'était vrai et qu'il régnait en maître sur un univers qu'il inventait de toutes pièces, avec une puissance d'imagination que ses ennemis traitaient de mythomanie mais qui avait enrichi l'écran de tant de chefs-d'œuvre. Mais l'angoisse demeurait, insinuante, piaulante, un glapissement de singe. Son cœur s'affolait. Trop d'amphétamines.

Il se leva, se traîna à la fenêtre. Le village sautait sous ses yeux à chaque quinte de toux, avec son faux mauresque, ses fausses loggias Renaissance, son faux baroque italien... Du faux partout : je vois que j'ai eu des précurseurs, pensa-t-il, moqueur.

On apercevait le chemin de Gorbio, parmi les oliviers, à la droite et au-dessus du village, et il vit Soprano et le baron, immobiles, sur le sentier. Il eût préféré ne pas les avoir vus, mais il était trop tard, et il les regarda stupidement, essayant de comprendre ce qu'ils faisaient là. Ils auraient dû être déjà à Nice, téléphonant à leurs journaux. Peut-être voulaient-ils prendre encore une photo du couple.

Au même moment, il aperçut les jumelles posées sur la chaise. Il hésita. Il pouvait à présent savoir. Il suffisait de prendre les jumelles et les examiner pour voir si elles cachaient une caméra.

Il hésita un moment, puis saisit les jumelles. C'étaient des jumelles ordinaires. Il n'y avait pas de caméra.

Ses doigts tremblaient et il eut du mal à faire le point. Soprano et le baron dansaient devant ses yeux, se rapprochaient, s'éloignaient, se fondaient et se séparaient, dans une sorte de ballet absurde qu'il ne parvenait pas à arrêter. Puis il vit qu'ils étaient debout derrière une haie de mûriers. Plus haut, à un tournant du chemin, Ann et Rainier venaient d'apparaître, descendant lentement vers le village, enlacés, au-dessus des oliviers qui les partageaient avec le ciel. Soprano avait écarté les buissons, penché en avant dans l'ombre des nuages qui filaient sur la colline – et il tenait un revolver à la main.

Willie poussa un hurlement, jeta les jumelles et courut vers l'escalier.

Dehors, le ciel, les jardins, la terre avaient des couleurs paisibles et heureuses, qu'aucun bouleversement humain ne pouvait toucher. Et la première seconde de conscience que Willie eut, alors qu'il grimpait en courant parmi les oliviers, dans son costume de Pierrot, fut une seconde de rancune devant cette indifférence du monde, ce tranquille et impardonnable refus, qui s'étendait du ciel à la terre entière, de prendre part à la panique d'une souris.

Il entendit un coup de feu.

Il se releva. Sans doute était-il tombé, parce qu'il se releva. Ann, Ann, essayait-il de crier, je n'ai pas voulu cela, j'inventais seulement! Tu me connais, je ne fais qu'inventer, toute ma vie ne fut que ça, une invention, une affabulation de tous les instants. Il n'y avait rien de vrai, dans tout ça, ce n'était qu'un mythe pour Hollywood... Ça aurait fait un film formidable, je l'aurais mis en scène moi-même, un triomphe, le plus beau rôle de ta vie! Un Oscar! Il essaya d'avaler quelque chose qui lui obstruait la gorge, mais il n'y a pas de gorge assez large pour avaler la réalité. Non, non, ce n'est pas possible, la vie ne peut pas être aussi *ça!*

Il se releva. Oui, il faudra demander la musique à Dimitri Tiomkin, il avait fait merveille pour *Le train sifflera trois fois*. C'est du cinéma, du vrai, pensa-t-il, et il se sentit enfin redevenir lui-même. Il eut envie de sortir de sa poche un étui en or, prendre une cigarette, et refermer l'étui avec un claquement sec comme savait le faire si bien Eric von Stroheim, dans *La Grande Illusion*. Il avait besoin de ce geste. Mais il n'avait pas d'étui et il n'avait plus la force de gesticuler. Puis il se pencha, ramassa le petit Willie et le porta jusqu'au sommet de la colline, en le serrant tendrement dans ses bras, jusqu'à l'endroit dit le Saut du Berger. Il eut la force et le courage de porter le petit Willie jusque-là, et la mer et le ciel s'approchaient et s'éloignaient et se fondaient en une masse informe, et il sentait que le public avait braqué ses jumelles sur l'arène pour se repaître de chaque seconde de son désespoir et de son agonie. Puis il serra le petit Willie sur son cœur, arrangea un peu ses cheveux, le moucha, lui essuya les yeux et lui murmura les mots d'une berceuse qu'il avait tant aimée – les seuls mots entièrement vrais qu'il connaissait :

Trotti, trotti, trottina,
Dors Willie, la lune est là.
Mais si Willie ne dort pas
Même la lune qui est si bonne
Le donnera aux grandes personnes
Un petit nègre
Dans une bouteille
La bouteille se casse
Le nègre se ramasse
Pin pon d'or
C'est Willie qui sort.

Il lui tapota la joue, lui sourit et le laissa tomber du haut du rocher pour lui apprendre à rêver, à aimer et à vivre, et fit une chute, purement physique, d'ailleurs, de quelque quinze mètres, en regrettant qu'il n'y eût personne pour prendre une photo.

Il resta là des jours et des jours, pendant qu'on le cherchait dans tous les mauvais lieux.

Ce furent finalement les oiseaux qui donnèrent l'éveil.

XXV

Il était trois heures de l'après-midi lorsqu'ils quittèrent la villa et commencèrent à grimper la colline, en évitant le village. Le baron grimpait d'un pas ferme, sans prêter la moindre attention aux épines, qui l'accrochaient au passage : il demeurait comme toujours au-dessus des contingences, aussi aucun obstacle, aucune égratignure ne pouvait interrompre son escalade. Le baron paraissait résolu à parvenir au sommet et à demeurer sur ces hauteurs auxquelles il aspirait depuis sa naissance.

Soprano regrettait de l'avoir amené avec lui. Ce n'était pas le genre de boulot pour une nature aussi distinguée. Il avait essayé de le laisser avec une bouteille de whisky dans la voiture, sur la Corniche, mais le baron avait refusé. Il était descendu de l'auto et l'avait suivi. L'amitié, quoi. Ça ne se discute pas. Il paraissait plus congestionné que d'habitude et avait toute son impassibilité coutumière, mais il semblait faire plus d'efforts pour la conserver.

Il faisait beau et presque calme, avec cette pointe de nervosité que le mistral met toujours autour de lui; les feuilles des oliviers bruissaient doucement, comme si le mistral comptait son argent au-dessus de leurs têtes; Soprano songeait à tout ce qu'il aurait pu faire s'il était vraiment riche, s'il pouvait vraiment se laisser aller : pour commencer, il aurait acheté une Rolls pour le baron, avec un chauffeur en livrée et un caniche royal. Soprano ne savait pas du tout ce que ça pouvait être, un caniche royal, mais cela évoquait quelque chose de vraiment huppé. Il aurait pu emmener le baron dans les grands casinos, à San Remo, à Monte-Carlo, s'asseoir à côté de lui et le regarder fièrement perdre sans broncher une fortune, dans l'admiration générale. Il était sûr que le baron avait déjà tout perdu et peut-être plusieurs fois. Mais il ne se laissait pas abattre et gardait sûrement bon espoir de se refaire. Il devait être certain de se retrouver un jour à sa vraie place, très haut, au sommet, entouré de respect et de tous les soins, et il recevrait Soprano à sa table et peut-être même lui permettrait-il d'habiter avec lui.

Ils étaient arrivés près d'une bergerie en ruine, à quelques pas du sentier, derrière des mûriers épais et hauts de deux mètres.

– Voilà, dit Soprano. On va les attendre ici.

On entendait les pins et les oliviers et on voyait l'ombre des nuages qui courait sur le flanc des collines et plongeait au fond des vallées où la verdure s'épaississait dans les recoins intimes de la terre. En mangeant le raisin qu'ils avaient apporté avec eux dans la musette, ils pouvaient apercevoir, plus bas, à l'entrée du village, le coteau où ce raisin était né et où il fut cueilli : c'était un Imbert, lui aussi.

– Donne-moi encore une grappe...

Il tendit la main, mais il n'y avait pas d'Imbert dans la musette, et il dit :

– On en prendra davantage demain, et il regretta aussitôt d'avoir jeté cette ombre sur la terre et sur le ciel.

Il partait demain, il n'y avait plus de demain.

Elle se sentait effrayée, moins parce qu'il partait, mais parce qu'elle n'était pas sûre. Il fallait encore patienter, mais déjà, elle essayait de pressentir : elle guettait son corps, ses seins, son ventre, bien que ce fût absurde, c'était beaucoup trop tôt, on ne pouvait pas savoir. Mais elle avait bon espoir. Elle sourit et posa la main sur la joue de Rainier et la caressa, mais cette caresse ne lui était pas destinée, ni ce sourire. Son visage prit un air un peu coupable, un mélange de triomphe et d'innocence et Rainier lui prit le menton, la regarda dans les yeux :

– Qu'est-ce qu'il y a? Qu'est-ce que tu es allée voler à la cuisine?

Elle secoua la tête sans rien dire, cacha son espoir sous ses paupières, commença à boutonner sa blouse avec une attention extraordinaire. Elle ne cherchait plus à le convaincre, à le libérer de *leur* emprise; il n'y avait qu'une façon de le changer, et c'était d'élever son enfant. C'est tout ce que nous pouvons faire pour essayer de vous changer enfin, pensa-t-elle. C'est ainsi que nous réussirons peut-être à murmurer doucement, clandestinement, le monde futur, dans l'oreille de nos enfants. Rien ne nous sépare, nous autres, femmes, et cette œuvre qui leur échappe, c'est nous qui l'accomplissons.

Nous ne sommes pas assez aimées pour vous retenir, mais vous laissez toujours dans nos mains l'avenir qui vous échappe. Et nous continuerons patiemment, maternellement, notre labeur imperceptible, jusqu'à ce que le monde soit fait de cette tendresse qui s'insinue.

— A quoi penses-tu?

— Moi? fit-elle, en ouvrant de grands yeux innocents. A rien.

Elle se leva, jeta un dernier regard aux collines. D'ici vingt ou trente ans, des petits Imbert du village se demanderont un jour avec étonnement quelle est cette vieille Américaine qui vient ici errer toute seule dans les broussailles, à la recherche de quoi.

Ils ramassèrent la couverture et la musette et commencèrent à descendre. Il était quatre heures de l'après-midi et les premières brumes jetaient déjà leur ombre bleue. Ils traversèrent le ruisseau sur la planche branlante et suivirent le chemin; une bergerie en ruine, une haie de mûriers, une fontaine sans eau... On apercevait déjà, plus bas, les toits de Roquebrune, puis le village disparut et il n'y eut plus que la mer, les mûriers hérissés et le cri jaune d'un mimosa, ici et là.

— Les voilà, dit Soprano.

Il y eut dans les yeux du baron quelque chose qui pouvait à la rigueur passer pour une expression. Une sorte de clarté. Mais ce n'était sans doute que le reflet du ciel, d'autant que le baron lui aussi avait les yeux bleus.

Soprano alla jusqu'au tournant, s'assura que personne ne venait du côté du village puis reprit sa place derrière les mûriers. Le couple était encore à une cinquantaine de mètres et il fallait les laisser venir beaucoup plus près pour bien viser. Ils marchaient très près l'un de l'autre en se tenant par la main et Soprano voulait être tout à fait sûr de ne pas toucher la femme. Il se doutait bien que le baron aurait préféré les tuer tous les deux plutôt que de les séparer, mais qu'est-ce que vous voulez. Il leva son arme.

Ce fut à ce moment-là que le baron tira.

Il était à quelques pas derrière Soprano et il tira presque sans viser, pointant simplement le colt dans sa direction. Soprano se rejeta en arrière et s'assit brusquement par terre, les jambes écartées. Le baron se tenait devant lui, le revolver à la main, l'air gêné. Soprano fit un effort terrible pour comprendre pourquoi le baron avait fait ça, mais il avait du mal à réunir ses pensées, avec ce mistral qui dispersait tout et finissait par vous vider la tête. Il mit les deux mains à plat sur la terre et essaya de se retenir. Il pensa tout à coup que le baron avait dû le blesser, peut-être même sérieusement. Sans doute avait-il tiré sans le savoir, un réflexe... Soprano se résignait mal à perdre un ami. Mais son visage exprimait une telle incompréhension et un tel reproche peiné que le baron eut pitié de lui. Il décida de le rassurer et de mettre le monde en ordre autour de lui et rendre ainsi ses derniers instants plus faciles.

Il se pencha donc sur Soprano, le fouilla et prit la liasse de billets de banque dans sa poche.

Il alla même jusqu'à commencer à compter l'argent, en mouillant le doigt, et en prenant un air cynique, jusqu'à ce qu'il sentît que Soprano était tout à fait rassuré.

Soprano parut comprendre, en effet. C'était pour de l'argent. Son visage s'éclaira, il eut une espèce de sourire, il jeta au baron un regard d'admiration et essaya de lui dire quelque chose, mais se mit à tousser et dut se coucher sur le dos. Il pensa que ce fils de pute avait dû le blesser moins sérieusement qu'il ne l'avait d'abord cru, parce qu'il n'avait presque plus mal. Il eut envie d'une cigarette mais y renonça, pour une raison ou une autre. Au bout d'un moment, il eut encore moins mal, et puis, il n'eut plus mal du tout et ses yeux devinrent aussi calmes que possible.

Le baron fit alors quelque chose de très curieux.

Il tourna le dos au corps et exécuta, avec ses pieds, ces mouvements rapides que les chats et les chiens font, lorsqu'ils veulent couvrir de sable ou de terre leur trace intime. Après quoi, il prit la liasse de billets et la jeta loin de lui. Ensuite, il descendit sur le chemin, de l'autre côté du tournant, s'appuya sur sa badine et attendit.

Lorsque le couple passa à côté de lui, le baron se découvrit et salua l'amour. Il le salua longuement, en prenant le melon contre son cœur et, avec son gilet, sa petite moustache et son visage cramoisi, il ressemblait à un ténor de province en train de pousser un *o amor!* sentimental. Il s'inclina si profondément sur le passage du cortège royal qu'il faillit tomber et Ann sourit à cet étrange gentleman, et le baron, avant de reprendre son numéro imperturbable, demeura encore un instant chapeau bas devant le souverain. Ses joues étaient gonflées et il mit sa main devant sa bouche et il tremblait légèrement sur ses gonds comme s'il devait faire de grands efforts pour ne pas pouffer de rire. Il avait concédé un point au monde, mais c'était le seul dont ce dernier pouvait se prévaloir. Le baron s'inclinait devant l'amour mais devant rien d'autre et il allait continuer son chemin, impassible et hautain, sous les tartes à la crème, ces étoiles filantes de l'horizon humain. Il était sûr de s'en tirer, malgré la pensée que le philosophe Michel Foucault lui avait consacrée, et selon laquelle « l'homme est une apparition récente dont tout annonce la fin prochaine ». Il faillit éclater de rire, mais sut se retenir. Il se redressa, leva la tête, offrit ses yeux à la lumière et entama la descente d'un pas ferme. Il y avait longtemps qu'il avait pris pour devise un vers du poète Henri Michaux : *« Celui qu'une pierre fait trébucher marchait déjà depuis deux cent mille ans lorsqu'il entendit des cris de haine et de mépris qui prétendaient lui faire peur. »*

Une demi-heure plus tard, environ, le baron faisait une apparition très remarquée sur la Grande Corniche.

Des gamins avaient dû lui jouer un mauvais tour, avec la cruauté bien connue des enfants envers les ivrognes, parce qu'il apparut à califourchon sur un âne, assis à l'envers, en tenant la queue de l'animal entre ses mains.

Il avait retrouvé toute sa dignité.

XXVI

Nous avons pris l'autocar pour Menton, il avait fait porter sa valise à la gare le matin, par Imbert.

L'autocar était blanc et vieux, c'était le même que nous avions pris pour venir, je ne sais si tu t'en souviens.

En passant sur la route du Cap, nous avons levé la tête et nous avons vu Roquebrune, le château et l'église, et la maison, avec ses volets verts fermés, mais malheureusement il y a là un tournant, ce fut vite envolé.

Quand tu me quitteras la prochaine fois, quand tu partiras encore une fois, en Abyssinie, ou en Chine, au Chili, au Pérou, au Vietnam, au Congo, en Argentine, en Tchécoslovaquie, au Nicaragua, en Bolivie, en Afrique du Sud ou pour libérer la lune, quand on se quittera la prochaine fois pour la dernière fois avant la prochaine, il faudra le faire à Paris, dans le métro, à l'heure de pointe, dans la cohue et la bousculade, on n'aura pas le temps de s'en apercevoir, on descendra à Châtelet, allez, salut.

Nous sommes arrivés à Menton, il restait encore

une heure et demie, et depuis deux jours, c'était le meilleur moment et j'ai voulu me donner une chance de plus et je te l'ai dit.

– Où?

– Ça m'est égal, où.

Ils allèrent dans un hôtel en face de la gare. On nous donna le 43, au quatrième, avec des papiers peints jaunes, nous sommes montés à pied, il n'y avait pas d'ascenseur et nous nous sommes assis sur le lit, en nous tenant par la main. Le garçon d'étage entra, avec son tablier vert et son air las, on voyait qu'il avait l'habitude.

– J'ai oublié les serviettes.

Il mit une serviette sur le lavabo et une autre sur le bidet, mais cela se passait très loin, dans un autre monde, ça ne blessait pas.

Je me déshabillai juste ce qu'il fallait pour faire vite.

Nous nous sommes levés.

Je te pris le bras, mais l'escalier était trop étroit et tu as retiré ta main un peu brusquement, il m'a semblé, avec colère, mais en bas, j'ai vu que tu pleurais et je me suis sentie mieux.

Je réglai la note et nous sommes sortis.

Nous entrâmes dans la gare et tu courus aussitôt chercher ta valise à la consigne et tu serras vite ma main pour t'excuser de la lâcher.

Je revins ensuite pour te dire au revoir mais le train arrivait déjà et il ne s'arrêtait qu'une minute et je sentis la joue mouillée sur la mienne et je voyais derrière ton épaule un porteur en blouse bleue qui nous regardait en souriant pendant que tu sanglotais contre mon épaule et je crois bien que je souris à son sourire, entre hommes, la pudeur virile, n'est-ce pas.

Je rentrai dans le wagon alors que le train s'ébranlait déjà et elle fit sur le perron les quelques pas traditionnels et il se pencha par la portière la manche au vent et resta ainsi un moment à la perdre de vue. Ce fut vite fait et il entra dans un compartiment vide et s'assit près de la fenêtre et regarda la place vide en face la place béante de vide qui riait de lui à gorge déployée et les cinq places béantes de vide qui riaient de lui à gorge déployée et il écoutait les roues qui riaient de lui et il regardait le ciel bleu qui faisait le clown sur les lignes télégraphiques et il resta là avec sa manche vide les dents serrées planté dans l'Histoire dans sa gorge déployée dans le rire et la dérision et se laissa aspirer se laissa emporter se laissa récupérer se laissa généraliser et retourna dans l'arène des causes sacrées et retourna dans l'arène du cirque idéaliste pour son numéro toujours renouvelé des causes sacrées pour de nouvelles culbutes et de nouvelles chutes vers les sommets sous les bravos et les insultes et les quolibets dans la haine et dans la dérision et le doute était en lui comme son seul allié sûr et le rire était autour de lui comme un tribut à tout ce que le rire ne peut entamer.

Il tomba en Indochine, tué par une mine, alors qu'il se rendait en compagnie d'un ami à un rendez-vous secret dont le but n'apparut jamais clairement. Il semblait avoir erré assez longtemps entre les lignes et on n'a pu déterminer s'il avait été victime d'une erreur, d'un guet-apens ou d'une dernière illusion, et ceux qui s'étaient toujours un peu méfiés de lui comme d'un dangereux rêveur l'ont même carrément soupçonné d'avoir cherché à rejoindre le camp ennemi. Ce fut seulement grâce aux pages d'un carnet qu'il avait laissé dans sa valise que l'on a pu pressentir quelques-uns des motifs qui l'avaient inspiré. On y trouvait notamment, à côté des phrases vieilles d'un demi-siècle et qui avaient déjà beaucoup servi à rien – « Arrière, les canons! Arrière, les mitrailleuses! » « Ni vainqueurs, ni vaincus! » « La paix des cœurs! La paix des braves! » – une autre phrase qui devait faire fortune beaucoup plus tard et connaître beaucoup de succès sur d'autres écrans : « Pour un compromis historique ». Les derniers mots lisibles de son carnet étaient : « La main tendue… » En somme, selon l'expression d'un journaliste, « cela ressemblait comme deux gouttes d'eau à une promenade sentimentale ». Ce fut au cours de cette tentative que son chemin passa tout naturellement par un champ de mines.

Il est difficile de ne pas relever ici un côté bizarre de l'accident.

Le champ de mines se trouvait en pleine forêt et ceux qui retrouvèrent Rainier constatèrent que, par un singulier hasard, sa main tendue serrait la queue d'un singe tué par l'explosion. Le singe paraissait prodigieusement étonné. La Marne était tombé à côté de son ami, accroché à sa manche vide. Son visage avait cet air de sombre satisfaction de quelqu'un qui avait toujours dit que ça allait finir comme ça. Dans les affaires de Rainier, on trouva la photo d'une célèbre vedette de cinéma et, sur une des pages du carnet, le début d'une citation de Gorki, dont il avait ainsi fini par découvrir, sans le savoir, sinon le texte exact, du moins le sens précis : « … Dans l'arène du cirque bourgeois, où les idéalistes humanitaires et les belles âmes jouent le rôle de clowns lyriques… Non. Dans l'arène du cirque où les clowns lyriques font leur numéro de fraternité et de réconciliation… Non. Il faudra voir ça de près. »

Son corps doit être prochainement ramené en France.

DU MÊME AUTEUR

LES TÊTES DE STÉPHANIE, *roman*.

AU-DELÀ DE CETTE LIMITE VOTRE TICKET N'EST PLUS VALABLE, *roman*.

CLAIR DE FEMME, *roman*.

CHARGE D'ÂME, *roman*.

LA BONNE MOITIÉ, *théâtre*.

LES CLOWNS LYRIQUES, *roman*.

LES CERFS-VOLANTS, *roman*.

VIE ET MORT D'ÉMILE AJAR.

L'HOMME À LA COLOMBE, *roman*.

*Au Mercure de France sous le pseudonyme d'*Émile Ajar :

GROS CÂLIN, *roman*.

LA VIE DEVANT SOI, *roman*.

PSEUDO, *récit*.

L'ANGOISSE DU ROI SALOMON, *roman*.

COLLECTION FOLIO

Dernières parutions :

Impression Brodard et Taupin
à La Flèche (Sarthe),
le 28 mars 1990.
Dépôt légal : mars 1990.
1ᵉʳ dépôt légal dans la collection : septembre 1989.
Numéro d'imprimeur : 6095C-5.
ISBN 2-07-038172-2 / Imprimé en France.

48977